LE RELAZIONI PERICOLOSE

A Eléonore e Edouard, i miei produttori.
Prima di ogni progetto c'è una visione...
Grazie Gaëlle per averci creduto
e avermi dato fiducia.
RACHEL SUISSA

A Isabel e a Zélie, le mie editrici.
Si dice spesso che nessun incontro
capita per caso e il nostro è stato deciso
dal destino, grazie per aver creduto in me.
WENDY THÉVIN

Prologo

TRISTAN

Che cosa saresti disposto a fare per la celebrità?

Duecento anni fa per appartenere all'élite dovevi avere il sangue blu, essere un aristocratico! Vent'anni fa dovevi essere pieno di soldi. Oggi un titolo nobiliare o tanto denaro non ti impediscono di essere un *loser*. Oggi potere significa fama... e una volta che l'hai assaporata saresti disposto a tutto pur di conservarla, persino a morire.

Cammino sul tetto del Teatro del Casinò di Biarritz al buio, lontano dai lustrini, dalle paillette, dal pubblico, dai fotografi di professione o improvvisati, dai follower e dagli Instagrammer. Acqua passata.

Proiettando il suo bagliore sui vetri degli edifici che sovrastano la Côte des Basques, a ogni giro il faro mi schernisce ricordandomi che sono alla deriva. La mia storia si conclude con la perdita dell'unica donna che abbia mai amato. Mi avvicino al bordo, solo pochi centimetri mi separano dal richiamo del vuoto. Una sfida mi ha portato fino a questo tetto e un'altra mi libererà. Tra meno di cinque secondi finalmente affronterò "la prova suprema". Per quanto tempo si può resistere in equilibrio sul bordo di un tetto a dieci metri dal suolo, con gli occhi chiusi, il telefono in una mano e una bottiglia di whisky e una sigaretta nell'altra?

Ho indossato tante di quelle maschere negli ultimi tre anni, ho interpretato tanti di quei ruoli: il fidanzato perfetto, il perfetto campione di surf, il figlio perfetto, il perfetto soldato... Ora interpreterò quello del perfetto equilibrista.

Un altro passo e cadrò di sotto.

Cammino sul mio filo immaginario, tiro l'ultima boccata e accendo a ruota un'altra sigaretta. Non sento più niente... Mi porto il filtro alle labbra e aspiro voracemente. Magari è davvero l'ultima. Trattengo il fumo, il bruciore mi consuma a poco a poco. Per un attimo allevia questo dolore che mi si avvita dentro crescendo di minuto in minuto... Mi detesto... e continuo a rigirarmi nella testa la domanda: "A che cosa saresti disposto pur di farti conoscere? Pur di appartenere all'élite?".

Oggi per appartenere all'élite devi creare il buzz! Con un telefono, un buon piano e un po' di fortuna puoi persino diventare una star. Prima inizi, più possibilità hai di riuscire, ma lo scopo non è solo quello di arrivare in cima alla piramide. La vera sfida è non farsi spodestare. Per essere un re amato dai "sudditi" bisogna saper scegliere la propria regina... E che regina! La mia *partner in crime* era Vanessa Merteuil. L'unica, la bambina prodigio, l'eroina della trilogia *La Petite Sophie*, quella che ha fatto sciogliere la Francia e poi il mondo intero! Vanessa Merteuil... "La piccola graziosa Sophie", se solo la gente sapesse che non è affatto quello che finge di essere.

Neanch'io sono quello che fingo di essere: fumo, bevo, mi drogo, non ho valori né morale, e per consolidare il regno della mia celebrità sarei disposto a tutto! Persino a vendermi l'anima. Il problema, quando si decide di mettere a tacere la propria umanità, è che per sentirsi vivi si ha bisogno di rincorrere sfide sempre più ardite, sempre più rischiose. La mia di quest'anno si chiamava Célène. L'unica donna che abbia mai amato davvero. Eppure le ho volutamente rovinato la vita. Alzo il viso al cielo, espiro il fumo che avevo trattenuto nel petto e lo guardo sollevarsi verso le stelle. Prima di Célène c'era Vanessa. Era l'unica a comprendere il mio lato oscuro, e per una buona ragione: lei stessa era l'oscurità nelle fattezze di un angelo. Versione femminile e contemporanea di Dorian Gray, Vanessa Merteuil in apparenza esibisce giovinezza e perfezione, ma nell'anima è un mostro centenario che si nutre della purezza degli altri, contenta di trascinarli nella lussuria... Io e Vanessa sorvolavamo la vita insieme, regnavamo fianco a fianco, eravamo al di sopra delle leggi, ci prendevamo gioco dell'amore e delle emozioni umane in generale; di quelle emozioni che, a nostro giudizio, rendevano deboli. La peggiore di tutte era l'amore, la più grande ammissione di debolezza.

Io e Vanessa eravamo contrattualmente uniti in un rapporto consolidato: la coppia perfetta, sana nel corpo e nella mente, onesta, amorevole. Ci mostravamo su Instagram ed elargivamo i "migliori consigli" di cuore ai nove milioni e mezzo di follower de "La Petite Sophie In Love", la sua rubrica quotidiana.

La mia socia incrementava i miei follower e le più grandi marche sponsorizzavano le mie gare di surf. Non ci siamo mai abbassati ad amarci... ma lei sapeva accendermi, eccitarmi senza che ci fosse un reale contatto fisico. La mia sfida personale era possederla... solo una volta. Ho fatto tante stupidaggini per quella ragazza, ma sarebbe troppo facile dire che Vanessa mi abbia manipolato. No, io ero perfettamente consapevole: le regole del gioco le avevamo stabilite insieme!

Ho toccato con mano il vero amore. Quello che mi dava la voglia di essere un uomo migliore. Célène, il mio tornado alto un metro e cinquanta, mi ha letteralmente travolto. È comparsa all'improvviso e ha mandato in frantumi il mio mondo oscuro a colpi di convinzioni, valori e principi. Ha fatto ciò che non era riuscito a nessun altro essere umano: mi ha "sorpreso", "divertito" e trafitto in pieno cuore. Ma i giochi erano già fatti, non erano previsti arretramenti...

Se invece avessi avuto scelta? Avrei potuto impedire tutta questa tragedia? Ripasso in rassegna il film degli ultimi tre mesi.

Questa è la mia confessione, cari follower. Ma è troppo tardiva.

Addio, Célène, ti amerò per sempre, anche se ormai non ha più alcuna importanza.

CÉLÈNE

Non riesco più a respirare, soffoco, non ho più freddo, il vento di sud-ovest mi sferza il viso, il mio abito da sposa è sempre più pesante, sono stremata, corro con tutte le mie forze ma i piedi affondano nella sabbia gelata, sono sola al buio, soltanto la luce del faro rischiara il mare e gli scogli. Come ho potuto essere così stupida? E se mia madre fosse ancora qui? Si vergognerebbe di me? O mi prenderebbe tra le braccia per confortarmi e mormorarmi all'orecchio che "andrà tutto bene", anche se è solo una dolce bugia?

Quando moriamo lasciamo una traccia. Noi siamo definiti dalle nostre azioni, siamo i nostri valori, le nostre convinzioni, il nostro senso morale... Io ho rinnegato tutti i miei principi per un ragazzo che mi ha annientata. Ha rovinato la mia reputazione, il mio onore, la speranza in un futuro felice, la speranza in un futuro *tout court*. Ma la colpa è solo mia. Tristan si è insinuato in una breccia che sono stata io stessa a creare. Avrei agito diversamente se solo avessi saputo fino a che punto il gioco era pericoloso? Se avessi saputo che la morale e la lussuria sono le due avversarie sulla scacchiera della vita che, quando infuria la battaglia, non fanno prigionieri? La morte è l'unico modo per mettere fine al conflitto. Come sono arrivata a questo punto?

Smetto di correre, riesco appena a camminare. Sono sul bagnasciuga di fronte al mare, un mare nero, un mare spesso, un mare selvaggio eppure un mare che mi attira. Il vestito è troppo pesante, con un gesto stacco la crinolina tempestata di perline e la lascio cadere sulla sabbia. Vado incontro a questo mare che malgrado la violenza delle onde mi tranquillizza. Sono ossessionata da un pensiero: far tacere tutti i rumori, tutte le voci che mi urlano nella testa. Lavarmi, rinascere... e perciò non essere più. Ora il mare mi avviluppa, finalmente le voci si affievoliscono. Ancora qualche passo: i fianchi, la vita, il petto, il collo. Fluttuo, fluttuo, affondo, il sale ha smesso di bruciarmi gli occhi, l'acqua sembra calda... Finalmente tutto è calmo...

Si dice che chi è prossimo a morire veda la propria vita scorrere davanti agli occhi. Io vedo il momento in cui tutto ha vacillato, sento la voce di Pierre: Célène... Célène...

TRE MESI PRIMA

1
CÉLÈNE

«Célène, ci sei?»

«Pierre, mi senti?»

«Ok, ci siamo!»

La connessione è ristabilita, video e audio sono sincronizzati, lo schermo ha smesso di sfarfallare e finalmente vedo apparire il mio fidanzato. Non ho molta confidenza con l'iPhone, me l'ha comprato Pierre per facilitare la nostra relazione a distanza. Lui è molto più tecnologico di me. Sarà per il suo lato scientifico.

Non ho ancora lasciato Parigi e già abbiamo problemi di comunicazione... È un segno? Forse per un'altra coppia, non per noi. Pierre è la mia anima gemella, la mia roccia. Io e lui ci diciamo tutto, ci conosciamo alla perfezione, abbiamo gli stessi gusti letterari, del resto è l'unico a capire le mie battute su Proust... Diciamo le mie battute in generale. Fidanzarsi a diciassette anni può sembrare un po' prematuro, ma se si incontra la persona giusta perché aspettare? Pierre e io abbiamo deciso che ci sposeremo al compimento del mio diciottesimo compleanno, fra trecentosessanta giorni.

Abbiamo già previsto tutto: io avrò finito il liceo a Biarritz, mio padre starà meglio, Pierre s'iscriverà al secondo anno di Medicina, io al primo di Lettere, e vivremo nella mansardina che i suoi genitori hanno sistemato per lui al sesto piano del palazzo in cui abitano. A dire il vero sono due mansardine in una. Madame de Tourvel, la madre di Pierre, ci tiene a garantire al figlio una vita da pascià... Pierre è anche l'unico a non trovare troppo antiquato il mio modo di parlare. Anche per questo lo amo.

Proseguiamo la nostra chiamata su FaceTime. La qualità del video è buona, ma l'audio è terribile, la voce di Pierre è sovrastata dal trambusto parigino: il traffico, gli strombazzamenti, gli "imbecille" sbraitati dai pazzi al volante stanchi degli ingorghi, per non parlare dei colpi di acceleratore piantati a sprezzo dai motociclisti. Il traffico di Parigi non mi mancherà. La Tour Eiffel, sì. Nella sfortuna, siamo comunque fortunati: siamo fermi in place du Trocadéro, da cui si gode una delle viste più belle di tutta la città. L'eterna Tour Eiffel che sovrasta maestosa lo Champ-de-Mars. Sorrido al pensiero che quella stessa torre oggi tanto idolatrata fosse considerata un obbrobrio all'epoca della sua costruzione. Sarà dovuto intervenire qualche personaggio "influente", qualche star di quel periodo, per imporre una nuova corrente di pensiero: la moda Eiffel.

«Ehi piccola, dài un'occhiata al link che ti sto mandando. Ti richiamo, ok?»

Non faccio in tempo a rispondere che il mio Pierrot ha già chiuso la chiamata. Ricevo il link *www.lapetitesophieinlove.ep.papillon* e, ferma negli ingorghi parigini, inizio a guardare il video. Dopo pochi secondi riconosco la presentatrice della trasmissione: è Vanessa Merteuil, l'eroina della trilogia *La Petite Sophie*. Non sapevo che avesse un programma su YouTube! Abbiamo su per giù la stessa età ma lei emana un non so che di maturo, quasi materno. È tanto bella quanto dolce, la sorella maggiore che ogni adolescente sogna, quella con cui si può parlare di tutto... Che peccato che abbia smesso di recitare! Mi chiedevo che fine avesse fatto negli ultimi cinque anni, ed ecco qui la risposta: a quanto pare si è specializzata in consigli amorosi. Passata la sorpresa, mi concentro un po' perplessa sul contenuto della rubrica: chissà perché Pierre mi ha mandato quel link proprio ora...

"E per fare del *phonesex* soddisfacente, ragazze, dovete rilassarvi e predisporvi al piacere... Personalmente vi consiglio a colpo sicuro la 'farfalla' di Yoba. Ha la vibrazione silenziosa, perciò non correte il rischio di farvi beccare dai genitori. E poi è davvero deliziosa!"

Porca miseria! Porto a zero il volume del cellulare per non farmi scoprire da papà che aggrotta le sopracciglia come per vedere meglio quel che succede sul mio schermo. Ma poi perché Pierrot mi ha mandato questa roba!? Non è per niente il nostro genere! La Petite Sophie si blocca proprio nel momento in cui brandisce la miracolosa "farfalla" perché Pierre mi sta richiamando su FaceTime. Ho quasi l'impressione che abbia cronometrato la durata del video. Accetto la chiamata e sorrido imbarazzata.

«Allora che te ne pare?»

«Di che cosa?»

So che non dovrei giocare con le emozioni del mio innamorato, ma non posso fare a meno di prenderlo un po' in giro. Del resto sarebbe bastato che non tirasse fuori l'argomento ora, pur sapendo benissimo che sono intrappolata sul sedile anteriore di un furgone tra mio padre e il mio cane, alle sette e mezzo del mattino.

«Di... del... *phonesex*, insomma!»

Ok... Quindi pensa davvero di sviscerare l'argomento adesso? In realtà non ho nessuna opinione.

«Ma sì, è per restare connessi! Perché Parigi-Biarritz per un anno intero è lunga! E poi hai visto anche tu, lei ha detto "Quando ci si ama molto", figuriamoci allora noi che ci amiamo moltissimo e siamo anche fidanzati da un bel po'! Che ne pensi?»

Giro lo schermo del telefono verso mio padre per far capire a Pierre che non è esattamente il momento giusto per parlarne. Pierre afferra al volo il lato ridicolo della situazione e arrossisce come un peperone. Mio padre esce dal torpore e si rende conto nello stesso istante che sto parlando con il mio fidanzato, così inclina la testa verso il cellulare mollando per qualche secondo la presa del tubo di patatine per guardare lo schermo.

«Ciao, Pierre.»

«Ehm... ciao, suocero. Ti richiamo, piccola.»

«Aspetta, Pierrot» gli dico come per tastare anch'io il terreno. «Saremo capaci?»

«Di fare *phonesex*? Alla grande!»

Faccio una smorfia di sorpresa. Quella reazione non è da lui. Per fortuna Pierrot mi stava solo prendendo in giro. Eccolo infatti che sorride teneramente e mi rassicura come al solito: «Scherzo, piccola! Certo che saremo capaci! Perché "l'amore non conosce..."?».

Rido. Lo sapevo che l'avrebbe buttata sulla letteratura per consolarmi.

«"L'amore non conosce... distanze." Honoré de Balzac. Troppo facile!»

Il cane sente il suo nome e ricambia con una slinguata sulla mia guancia. Balzac, dal nome dell'autore di cui sono chiaramente fan, è il mio pupazzone gigante a quattro zampe, un grosso peluche di trentacinque chili con il pelo nero come l'ebano e un testone che prenderei a morsi.

«E mi raccomando, abbiamo detto almeno una story al giorno, eh!»

Alzo gli occhi al cielo e lui ride.

Non capisco perché insista tanto per farmi usare questa App, non vedo proprio l'utilità di spiattellare la mia vita sui social a gente di cui non so un bel niente! Basterebbe inviarsi delle foto o dei video, no?

«Perché vuoi delle stories e non dei semplici video?» protesto.

«Perché è più fico!»

A riprova di ciò, Pierre armeggia con il suo telefono e di colpo gli compaiono sulla testa due orecchie da cane, un nasone e una linguetta rosa. Prenderei a morsi anche lui... Balzac deve fare attenzione.

«E questo sarebbe fico?» dico divertita.

«Be'... Sì!»

Se Pierre pensa che postare ogni giorno delle stories su Instagram sia più divertente, allora vedrò di accontentarlo.

«Devo ammettere che è forte! Ok, farò questo sforzo!»

«Per le stories o per il *phonesex*?»

«Per tutte e due le cose» dico con aria convinta strizzando l'occhio.

Concludiamo la chiamata entrambi felici e rassicurati. Ancora una volta la nostra complicità trionfa su tutto. Albert Einstein diceva: «Esiste una forza motrice più potente del vapore, dell'elettricità e dell'energia nucleare. Questa forza è la volontà». Io e Pierre ci siamo scelti e la nostra volontà di affrontare quest'anno di amore a distanza ci permetterà di superare ogni ostacolo!

Balzac abbaia e mi distoglie dai pensieri. Sente anche lui che il cambiamento si avvicina a grandi passi. Lo accarezzo per rassicurarlo e gli ripeto che andrà tutto bene, che il trasferimento da Parigi a Biarritz è inevitabile, che per qualche tempo andremo ad abitare dallo zio Patrick e dalla cugina Charlotte e che il Sudovest è fico e lui adorerà correre sulla Grande Plage. Poi gli sussurro all'orecchio che non bisogna in nessun modo far sentire in colpa papà.

Sposto lo sguardo su mio padre: sta picchiettando nervosamente una mano sul volante, porta ancora la fede al dito. Affonda meccanicamente la mano nel tubo di patatine, ha la faccia stravolta. Una barba di diversi mesi gli erode le guance scavate, i capelli sono tutti arruffati e davvero *troppo* lunghi. Mi fa male vederlo così. I suoi bei completi giacca e pantaloni hanno lasciato il posto a una vecchia maglietta eccessivamente larga per il suo fisico esile e a un paio di calzoni della tuta consunti, degni di una domenica passata davanti alla TV.

Vado via con il cuore pesante per la distanza che mi separerà da Pierre, ma so anche che questo cambiamento di vita è necessario per papà. Mio padre è Christophe Rivas, il regista. Spero che ritrovando le sue radici ritrovi anche l'ispirazione e riprenda la carriera dal punto in cui l'ha lasciata quando la sua musa è volata via. Siamo sempre fermi a place du Trocadéro e mio padre sembra allo stremo delle forze! Non capisce perché il motociclista che ci ha sorpassati gli abbia dato dell'imbecille, dopo che per poco non ci ammaccava il paraurti.

«Ma va' a cagare!» gli urla papà alzando le braccia al cielo.

Forza andiamocene, ciao ciao Parigi, destinazione Biarritz! Alzo il volume della radio e batto il piede riconoscendo *Cimino*, l'ultimo singolo di Oscar! Essere fan di Proust, Madame de Lafayette e Victor Hugo non mi impedisce di esserlo anche di un concorrente di *The Voice*! Se fosse nato oggi, magari Montaigne farebbe il rapper. Chiudo gli occhi, canticchio le parole di *Cimino* che mi risuonano dentro e mi accorgo a che punto quella canzone rispecchia stranamente la mia vita, in un misto di paure e speranze.

Così lascio Parigi, la mia città natale, per Biarritz, la città del cuore di Victor Hugo. Tra poche ore l'oceano diventerà la mia Tour Eiffel, potrò guardarlo ogni volta che ne avrò voglia. Eppure l'idea di quell'oceano scintillante mi inquieta: spesso l'inferno ha le sembianze di un paradiso.

Viaggiamo per molte ore, nove, per essere precisi. Mio padre non fa conversazione, si perde nei suoi pensieri e nelle sue Pringles. Faccio qualche tentativo di attaccare discorso. Per esempio provo a chiedergli perché lo zio lo abbia sempre chiamato "Ciccio" visto che mio padre assomiglia più a Bradley Cooper (il bellone del gruppo) che a Zach Galifianakis (il piccoletto barbuto) di *Una notte da leoni*. Oppure se aveva mai fatto surf quando viveva a Biarritz, la città che ha lasciato per andare a vivere a Parigi con mamma.

I miei genitori si sono conosciuti al liceo, è stato un vero colpo di fulmine, e mia madre ha seguito mio padre quando lui è stato preso alla Scuola nazionale superiore di arte drammatica dopo che lei l'ha spinto a tentare l'esame di ammissione. A proposito, se la ricorda ancora la parte del provino che mamma lo aveva aiutato a preparare?

Tante domande alle quali lui reagisce con risposte vaghe. È chiaro che non ha voglia di fare conversazione. Allora mi chiudo nella mia bolla, rovisto nella scatola di cartone che ho appoggiato sulle ginocchia e tiro fuori la cornice con la mia foto preferita di me e mamma insieme. Prendo il telefono e fotografo la cornice reggendola con la mano sinistra. Decido che questa foto sarà il mio primo post su Instagram, con sotto la didascalia: "Lascio l'appartamento che mi ha visto nascere e nel quale siamo stati così felici con la mamma". Ricevo subito un like da mia cugina Charlotte, seguito da una pioggia di emoji a forma di cuore e da un SMS: "Cuginetta, costruiremo un sacco di ricordi insieme, non ho intenzione di mollarti".

Mi fa un po' paura. Charlotte è sempre stata l'anima della festa e non ha mai afferrato il concetto di intimità. Da piccola non chiudeva mai la porta del bagno, si infilava a testa in giù nel mio letto singolo usando i miei piedi come cuscino, apriva sempre la mia posta, indossava i miei vestiti... Ma come biasimarla? Sua madre, mia zia Léa, non aveva limiti e non metteva nessuna barriera a niente; tutte le sue fantasie venivano prima del più piccolo dei doveri: donna prima di madre, artista-pittrice prima di tutto. Non credeva nella fedeltà, un concetto inventato dagli uomini per soggiogare le donne, diceva. Si considerava uno spirito libero. Il suo senso dell'impegno si applicava solo ai suoi desideri. Lo zio Patrick pensava che, una volta diventata madre, Léa sarebbe rinsavita. Ma al contrario il suo desiderio di libertà si è amplificato, le sue assenze si sono allungate, le fughe sono diventate sempre più frequenti: ritiri yoga, ritiri artistici, tantrici e molto altro.

Quando Charlotte ha compiuto dodici anni, mia zia l'ha presa tra le braccia e l'ha stretta con tutte le forze per salutarla e dirle che l'amava moltissimo. Andava a fare un ritiro sciamanico di una decina di giorni. È stata l'ultima volta che Charlotte l'ha vista. Zio Patrick non si è mai riavuto da quell'abbandono e ha iniziato a stringere i cordoni con mia cugina. Ritrovava in sua figlia quella stessa spontaneità, quella stessa sete di scoprire il mondo, di prendere a morsi la vita con foga che caratterizzava la ex moglie. Spedire Charlotte al collegio Sainte-Marie de l'Immaculée Conception era per lui il modo più sicuro di inculcarle il senso della morale e i valori che sono crudelmente mancati a sua madre.

Dopo un pieno di benzina e tre fermate pipì per Balzac, finalmente arriviamo nei Paesi Baschi. Ammiro il paesaggio che sfila sotto i miei occhi e ricaccia nel più profondo di me tutti i sentimenti contrastanti che mi assalgono. Penso a Pierre e prendo il telefono per pubblicare la mia prima story su Instagram. All'inizio sgobbo un po', applico filtri senza che ce ne sia bisogno, comincio a scrivere un testo senza volerlo, ma alla fine ci riesco. "Biarritz, città del cuore di Victor Hugo, come lo capisco."

Il GPS indica che mancano pochi metri all'arrivo a destinazione e quando il furgone entra in una strada residenziale mi sale l'angoscia.

Mio padre parcheggia davanti a una tipica villa basca con giardino. È un grande edificio con la facciata bianca su cui spicca il rosso delle persiane e delle travi a graticcio. Due secondi dopo, mio zio e mia cugina escono di casa per darci il benvenuto.

«Uellà, parigini! È schiantata di brutto la carretta, fra'!»

Scoppio a ridere sentendo lo zio parlare così. Dopo un breve corso di formazione su "comprendere il gergo giovanile.com", "da babbo a bastardo.com" e "slang adolescenziali 2022 istruzioni per l'uso", ormai padroneggia la lingua dei giovani quanto altri padroneggerebbero lo spagnolo o l'inglese come seconda lingua. Perciò crede di aver creato un ponte transgenerazionale e insieme un metodo avanguardista e "cazzuto" di apprendimento scolastico efficace e "da sballo", che gli permette di ricevere fiducia "a manetta" da parte dei giovani che lo circondano.

Mio padre scende dal furgone salutando il fratello con un semplice cenno della mano. Quando anch'io scendo, mezzo intontita dal viaggio, mi ritrovo tra le braccia di Charlotte. Mia cugina posa contenta la sua testa rossa sul mio collo e mi grida nell'orecchio un "cugina!!" che mi spacca il timpano.

«Quanto mi sei mancata» tuona.

La sola cosa che mi viene in mente di risponderle è: «Non sei cambiata per niente».

Osservo mio zio, che ha l'aria sinceramente felice di accoglierci. Bacia mio padre commosso, poi bacia me.

«Sono troppo felice! Ti divertirai un botto a girare a ufo con Chacha» mi dice tutto fiero.

Io fingo di capire e sfodero il miglior sorriso di circostanza che mi riesce. È impaziente di farci visitare la casa che è stata "declassata di brutto" da quando l'ha ristrutturata. Ha fatto anche costruire una rimessa in giardino. Balzac salta giù dal furgone e si mette a correre in lungo e in largo. Io mi precipito a chiudere il cancello prima che si dia alla fuga in terra straniera.

«Balzac! Torna subito qui!»

«Lascialo stare, ha bisogno di sfogarsi» dice mia cugina.

«La piccola ha ragione, lascialo scaricare!»

Ho bisogno di starmene per i fatti miei e fingo di andare di sopra a rinfrescarmi. Raggiungo il primo balcone che trovo e apro la portafinestra per respirare l'aria di mare. La vista è spettacolare. Appoggio le mani sulla ringhiera di legno rossa e resto qualche minuto a osservare il mare bordato di falesie. Mi dico che questa vista val bene la Tour Eiffel.

«Posso?»

Sussulto e mi giro. Mio padre (è a disagio, lo vedo) viene anche lui sul balcone, vicino a me. Non parliamo, restiamo immersi nei nostri pensieri. Il sole declina nel cielo per scendere ad accarezzare le onde. Anche se la notte comincia già a baciare il giorno, i surfisti continuano a volteggiare tra i cavalloni e il fatto di vederli che si lanciano in totale spensieratezza tra le onde mi rende nostalgica. Sembrano leggeri. Liberi. Vivi.

«Lei avrebbe adorato vivere qui.»

Inspiro profondamente e accolgo questo dolore tanto familiare che mi comprime il petto. Faccio il possibile per non piangere. Tenere la testa alta per mio padre, mostrargli che un futuro è possibile anche se lei non c'è più.

Quando si gira, vedo il suo viso coperto di lacrime, non me lo aspettavo. Non ha l'abitudine di sfogarsi, sono due anni che ce ne restiamo murati nel nostro dolore.

«Papà...»

«Mi manca, cazzo!» sbotta con la gola serrata. Affonda la mano nella tasca dei pantaloni per prendere una patatina.

C'è una tale sofferenza nel suo sguardo... A volte mi piacerebbe aiutarlo a elaborare il lutto, mi piacerebbe mostrargli che possiamo risalire la china e provargli che io sono al suo fianco. Perché l'assenza di mia madre mi pesa, ma ho l'impressione di aver perso anche mio padre. Da quando è morta, lui è diventato l'ombra di se stesso.

Mi piacerebbe dirgli tutto questo, un giorno. Ma non oggi. Oggi opto per l'opzione "sdrammatizzare la situazione".

«Lo sai, papà, affogare il dispiacere nel cibo spazzatura serve a poco...»

«Non so di cosa parli» mi risponde sfacciato.

Ora è come se volesse rimpossessarsi del ruolo del genitore che ha tutto sotto controllo, e io lo lascio fare.

«Staremo bene da zio Patrick!» dice come per autoconvincersi.

Un grido stridulo proveniente dal giardino lo interrompe. Ci sporgiamo dal balcone, è Charlotte.

«Cugiiiiiiiina, cucù, sono qui! Ti piace lo yoga?»

Mio padre solleva gli occhi al cielo e io mi domando dove diavolo ci siamo andati a cacciare.

2
CÉLÈNE

«Ecco la tua stanza» mi pressa Charlotte.

Io poso il mio valigione sul parquet e scopro la camera che mi è stata destinata: quadri di nudo ovunque! Ninnoli esotici a non finire, tendaggi e tappezzerie di ogni specie. Sul tappeto troneggia una tigre del Bengala di peluche a grandezza naturale, alla mia destra una poltrona inondata di cappelli e alla mia sinistra un appendiabiti grondante di vestiti stravaganti appartenuti alla madre di Charlotte. Al centro, un futon. A quanto pare alloggerò nella stanza che zia Léa usava come atelier. Mio zio non deve aver più messo piede in quest'ala della casa dopo la partenza della sua ex moglie, ed evidentemente Charlotte ne ha fatto il suo santuario.

«Ti piace?» mi chiede. «Hai la vista più bella di tutta la casa.»

Anche questo balcone affaccia su un mare splendido e agitato. Prendo una profonda boccata di brezza marina e contemplo la mia nuova camera.

C'è uno scrittoio invaso da decine di tubetti di pittura acrilica rinsecchita, pennelli di ogni taglia, lettere e disegni di uomini nudi.

«Sei riuscita a conservare i dipinti di tua madre?» le chiedo, sorpresa che zio Patrick non abbia bruciato tutte quelle tracce di passato.

«Per fortuna papà non viene mai, gli prenderebbe un colpo se lo sapesse!»

Sorrido divertita.

«Vedrai che mettiamo su un gioiellino di camera in quattro e quattr'otto! Conosci Marie Kondo? Pare che il suo metodo faccia miracoli» mi annuncia sovraeccitata.

Mi dico che in fondo Charlotte è divertente e questa convivenza potrebbe non rivelarsi così malvagia.

«E poi le nostre camere sono vicine, se hai bisogno di qualsiasi cosa vienimi a trovare, a qualunque ora del giorno o della notte.»

Ok, forse è un po' appiccicosa, ma in fondo nessuno è perfetto. Mi chiedo perché all'improvviso si sia messa a fissarmi la mano.

«Però! È proprio bello il tuo nuovo anello di fidanzamento!» esulta, tanto che per poco non mi stacca il braccio sinistro. «Accidenti, è un brillante! Urca! Roba che Pierrot ha sgobbato come un mulo per due anni per potertelo regalare» sintetizza prima di aggiungere di slancio: «Un bel po' diverso da quel pezzo di ferraglia che ti aveva regalato al funerale di tua madre!».

A questo punto del discorso il sorriso che avevo è scomparso del tutto. Avevo dimenticato che Charlotte era presente al funerale di mia madre... Mi rimane solo un ricordo appannato di quella giornata. La mente funziona in modo strano. Alcuni dettagli continuano a riaffiorare di continuo: la giacca nera che indossavo, Pierre che mi abbracciava forte e piangeva mentre io non riuscivo né a piangere né a stringere le mie braccia fragili intorno alla sua vita. Quel giorno una parte di me, quella dell'infanzia e della spensieratezza, è morta insieme a mia madre. Ricordo il momento in cui la bara è stata calata lentamente nella buca scavata su misura, ricordo l'odore della terra appena smossa e ricordo quel pensiero che mi ossessionava: "E se una delle corde si spezza, e la bara sbatte per terra e si apre?".

Ricordo lo sguardo di Pierre quando la sera si è messo in ginocchio e mi ha regalato l'anello di ferro bianco. Ma avevo rimosso Charlotte. Poi i giorni e le settimane di lutto successivi sono svaporati nei meandri del mio inconscio. Ricordo solo i miei sogni, sempre legati al mare, nero, agitato, che mi attrae e mi spaventa, e vedo mia madre che mi aspetta in mezzo alle onde.

«Tra l'altro, che pensata chiederti di sposarlo il giorno del funerale di tua madre» prosegue. «Posso dirlo?»

A ogni parola che Charlotte aggiunge, vorrei che non avesse pronunciato la precedente, scuoto convulsamente la testa da sinistra a destra in segno di rifiuto. Ma è troppo tardi, lei mi ha già strappato l'anello dal dito e se lo sta rimirando addosso.

«Comunque sei fortunata, cugina! Zio Christophe ti lascia vivere la tua vita! Della serie fa' come credi! Mio padre invece è sempre lì a ripetermi che non devo vedere ragazzi, non mi devo truccare, non posso avere l'iPhone. Mi ha passato il suo vecchio Nokia 3310 e conosce i miei codici a memoria, per fortuna non ha quelli dell'iPhone 13 Pro...»

Come fa Charlotte a parlare tanto senza mai prendere fiato?

«Hai un iPhone 13 Pro?»

Sono scioccata. Non sono una supertecnologica ma so che quel telefono costa un occhio della testa.

«Mmm sì!»

«Ma con che soldi lo paghi?»

«Mi prostituisco.»

In mancanza di una risposta adatta, opto per la semplicità: «Cosa?».

«Ti lascio sistemare, ceniamo alle otto.»

Di fronte alla mia espressione sconcertata, Charlotte torna sui suoi passi sghignazzando: «Scherzo, cugina. Sono due anni che papà mi dà i soldi per pagare le lezioni di canto basco lirico! Ma fanculo la lirica!».

Brandisce il telefono come un'arma.

Che storia, zio Patrick pensava di insegnarle i veri valori e le tradizioni, invece a sua insaputa le finanziava l'ingresso virtuale in società.

«Comunque lo capisco, papà, gli devo ricordare tanto mamma! Anche lei era un po' matta, basta vedere quello che dipingeva!» ride lanciando un'occhiata alle tele di nudi tantrici rimaste incompiute. «E poi mamma era un po' ninfomane e nonna adorava il cazzo! È rimasta incinta a sedici anni! Non ha mai saputo chi fosse il padre.»

Resto sbigottita, non so come reagire. Charlotte mi abbraccia di nuovo – è decisamente più fisica di me – e mi accompagna nel nostro bagno in comune.

«Sistema le tue cose come ti è più comodo.»

La mia nuova coinquilina mi indica dei ripiani sul lavandino e sul mobiletto già riempiti delle sue cose. Mentre la mia mano fa lo slalom tra smalti, spazzolino, forbicine e cotton fioc, i miei occhi si posano su un pupazzetto per la vasca da bagno, una paperella rosa. La prendo in mano e interrogo Charlotte con lo sguardo. Non è un po' cresciuta per avere una paperella per la vasca da bagno?

«È Duck-duck, il mio vibratore, lo adoro!»

Poso subito Duck-duck e mi lavo le mani. Poi Charlotte riprende: «Ti piacciono gli smoothies?».

Neanche inizio a rispondere, che stavolta mi trascina di sotto in cucina, fino a uno sgabello dell'isola centrale. Ho l'impressione che mia cugina sia più matta di sua madre! Un'instancabile macchinetta macinaparole che continua a saltare di palo in frasca! Mi servirà una buona dose di vitamine per adattarmi ai suoi ritmi, non le sto dietro.

Non mettevo piede in questa casa da quando la madre di Charlotte se ne è andata, e avevo dimenticato quanto fosse bella, spaziosa e calorosa allo stesso tempo. Le grandi vetrate che affacciano sul mare sono ben diverse dalle finestrelle senza balcone del mio secondo piano in rue Nicolo con vista sull'unico albero della strada, che per Parigi sono comunque un privilegio.

La cucina a vista si apre sul salone, che a sua volta apre su un'enorme biblioteca in legno massiccio straripante di libri e materiale scolastico di zio Patrick, che è professore di filosofia e preside del liceo Victor Hugo. O meglio direttore, come si chiama negli istituti privati, e la sua scrivania ne è la prova. La parete di foto in cucina è dove me la ricordavo, se non fosse che zia Léa è stata decapitata in tutte quelle in cui compariva, e non credo che sia stata opera di mia cugina.

Oltre la vetrata scorgo in fondo al giardino mio padre. È seduto su una panchina in compagnia di mio zio. La conversazione, all'apparenza tutt'altro che fluida, è inframmezzata da sorsate di birra, ed entrambi guardano l'orizzonte. Papà deve avergli detto di non riferirmi che ci stavano per sfrattare dal nostro appartamento parigino a causa delle mensilità d'affitto non pagate negli ultimi due anni (non sa che ne sono già al corrente).

Un rumore sordo esce dai miei pensieri.

Charlotte ha disposto quattro schiumosissimi smoothies banana e fragola sull'isola centrale. Mi appresto a prenderne uno quando ricevo un colpetto sulla mano accompagnato da un grido acuto.

«Ferma! Devo prima fare la story!»

Charlotte imbraccia la sua arma segreta di comunicazione di massa per filmare i quattro smoothies.

«Che senso ha filmare gli smoothies?» le dico risentita.

Mi spiega che è il suo modo personale di fare arte. Siamo interrotte dallo stridio della portafinestra che si apre. Charlotte, concentrata sulla sua creazione artistica, non ha visto mio zio e mio padre arrivare alle sue spalle. La aiuto a nascondere in fretta e furia il suo iPhone segreto. Per fortuna lo zio Patrick non ha occhi che per gli smoothies della figlia.

«Che bell'idea gli smoothies! Cioè, voglio dire: "Figata, ce la godiamo di brutto!"» si corregge.

Mentre Charlotte si dedica ai suoi burger, lo zio Patrick accompagna me e papà nel lato della sala. E brindiamo alla nostra nuova vita. Colgo l'occasione per imbastire l'argomento "nuovi obiettivi" con papà e mi permetto di informarlo, facendo finta di nulla, che i Paesi Baschi hanno ottimi teatri, a cominciare da quello del casinò di Biarritz. Zio Patrick ci mette del suo: «Quando gli dirò che mio fratello è il genio che ha confezionato quattro Molière, vedrai come gli assegnano una sceneggiatura alla svelta».

«I Molière sono tre, e io non sono più quello di allora!»

«Ma potrai tornare a esserlo, papà...»

«Ok, Célène, basta così» mi risponde secco.

Cala il disagio e un silenzio pesante invade la sala. Io e lo zio ci scambiamo un'occhiata d'imbarazzo. Alla fine è papà a decidere di rompere il silenzio.

«Non sono uno da smoothies» dice prendendo con sé una bottiglia di vino e il tagliere di salumi che aveva preparato lo zio.

Lascia la stanza con un'uscita scenica alla Feydeau. Zio Patrick parte subito all'inseguimento del prosciutto. Manca solo di sentire uno sbattere di porte per avere l'impressione di essere in una pièce di teatro. Charlotte appare in chiusura d'opera con i suoi quattro burger d'anatra.

«Saremo come sorelle! Che cosa ti metti domani?»

Mi sento così sola. Mi salva la suoneria del cellulare. È Pierre che mi chiama su FaceTime!

«È Pierre.»

Mi lancio sul telefono e salgo a isolarmi in quella che sarà la mia camera. Libero la poltrona vicino al balcone da tutti i cappelli e mi concedo di piangere le mie sorti per il tempo di una conversazione con colui che sa tutto di me e ciononostante non si sogna di giudicarmi.

«Mi sono detto: "Andiamo a salvarla".»

Pierre mi conosce così bene.

«Grazie.»

«Non ti chiedo come va.»

So che il tempo per starmene in pace è contato, così decido di andare al sodo.

«Charlotte ha fatto dei burger d'anatra.»

«Ma non le hai detto che sei vegetariana?»

«Non ho osato.»

La conversazione avrebbe preso tutt'altra piega se solo mia cugina non fosse arrivata di gran carriera a fare pipì nel nostro bagno in comune. Charlotte continua a lasciare aperta la porta, come quando avevamo dodici anni. Poco importa che io sia nel mezzo di una conversazione su FaceTime con il mio fidanzato. Nella foga di sedersi, fa cadere un mucchio di contenitori.

«Che cos'è questo rumore?» chiede Pierre aggrottando le sopracciglia.

Avvicina il volto al telefono come per vedere meglio.

«È Charlotte che fa pipì» gli dico infastidita.

«No, l'affare che vibra?»

Duck-duck non è stato risparmiato dal passaggio di Charlotte e appena ha toccato terra si è messo a vibrare fortissimo. Non possedendo niente del genere, ne capisco ben poco, ma quante velocità possiede quell'affare?

«Ho fatto cadere Duck-duck, te lo presto quando vuoi, cugina!»

L'idea sorprende Pierre, ma non sembra dispiacergli. Io sento il rossore invadermi le guance.

«Anche se tu hai già Pierrot, che anche se si chiama "Pierrot" è pur sempre un ragazzo.»

«Che cosa sta dicendo?» mi interrompe lui.

Pierre perde il suo sorriso gioviale, mentre Charlotte continua a massacrare la mia relazione.

«Dovrebbe ringraziarmi, se non ti avessi costretta a baciarlo sulla bocca con il mio obbligo o verità nel 2016, col cavolo che ti avrebbe rimorchiata, visto che dicevi che era uno sfigato...»

Ho chiuso la telefonata in faccia a Pierre dopo aver simulato un violento attacco di tosse. Ho paura che abbia sentito mia cugina, ma incrocio le dita sperando di essere riuscita a coprire le sue parole. Lo richiamerò domattina per cercare di rimediare al danno. Charlotte andrà ad accompagnare a messa suo padre e io avrò campo libero. Lo zio non è particolarmente credente ma resta convinto che i valori inculcati dalla Chiesa serviranno a Charlotte da paraventi contro la lussuria. Immagino che sia all'oscuro anche dell'esistenza di Duck-duck. A volte i genitori sono così ingenui...

Sono distrutta! Sto per sprofondare tra le braccia di Morfeo dopo una giornata interminabile e finalmente mi godo il silenzio. Inspiro profondamente e mi rilasso lasciandomi cadere sul materasso. Una volta aperto, questo futon è piuttosto confortevole e più grande del letto che avevo a Parigi. Bisogna dire che il nostro appartamento era relativamente piccolo e che da sola questa stanza è grande quanto il nostro vecchio soggiorno.

Sollevo gli occhi al cielo. La magia del silenzio è infranta. È Duck-duck quello che avverto vibrare dall'altra parte del muro?

Con mio grande rammarico, ho sentito Duck-duck cantare per una buona ora e mezza. Poi si è zittito lasciando spazio a un lungo gemito di piacere che a sua volta ha lasciato spazio ai russamenti di Charlotte. Mentre per me la notte è proseguita in bianco.

L'indomani mattina mi sveglia una notifica di Instagram. Prendo il telefono. Pierre ha creato una compilation con le foto da quando avevamo dodici anni in poi, con il tag "359 giorni", seguito da una GIF raffigurante due sposi sulla torta nuziale. È troppo dolce. Faccio per rispondergli, quando mi rendo conto con sorpresa che sono le 10.30. A Parigi mi sveglio sempre molto presto, soprattutto perché Balzac è puntuale come un orologio quando deve fare la sua pipì mattutina. Al proposito, è strano che non mi abbia ancora svegliata. Scendo in sala scandendo il suo nome, ma del cane non c'è neanche l'ombra. In compenso scopro mio padre che dorme a pugni chiusi sul divano dopo un'indigestione di caramelle gommose. Stringe tra le dita il suo

pacchetto di coccodrilli frizzanti, come un bambino si aggrapperebbe al suo orsacchiotto. Ma ancora nessun segno di Balzac.
«Balzac? Balzac??? Balzac!» insisto.
Comincio a preoccuparmi, esco in giardino. Quando scopro che la porta è spalancata, il cuore ha un sobbalzo e la paura mi serra il petto.
«Oh no... La porta.»
Balzac è scappato! Mi infilo in fretta le sneakers e senza neanche guardare come sono vestita mi precipito verso la Côte des Basques. Urlo a pieni polmoni il nome del cane, guardo dappertutto, ma non trovo nessuna traccia di Balzac.
«Balzac!»
Mi salgono le lacrime agli occhi all'idea che non lo rivedrò più. Se gli è successo qualcosa non me lo perdonerò mai.
«Balzac!»
Continuo a correre lungo la Côte des Basques.
Il mare scintilla, orde di surfisti hanno invaso la spiaggia. Ancora nessun segno di Balzac. Proseguo la mia corsa, arrivo all'Acquario, supero il lungomare e ridiscendo alla plage du Port-Vieux. Per quanto abbia una buona resistenza, mi sembra di non correre abbastanza veloce. Ho il fiato spezzato e mi fanno male le gambe. Ogni auto che mi supera potrebbe aver investito il mio cane!
«Balzac...»
Incrocio due surfisti pressappoco della mia età. Con la tavola sottobraccio, camminano scalzi indossando la muta in pieno centro cittadino. Sono immersi nella conversazione quando arrivo da loro con un'espressione che deve fare spavento.
«Scusate, per caso avete visto un grosso cane nero?» chiedo con il fiato corto.
Effettivamente hanno visto un grosso cane nero al porto circa un quarto d'ora prima. Di fronte alla mia espressione interrogativa e alla mia aria da turista, mi indicano con un gesto della mano la direzione.
Mi lancio speranzosa verso il porto senza sapere bene dove sia e per poco non vengo travolta da una bici. Il mio solo pensiero è che io l'ho mancata per un pelo, ma Balzac potrebbe non essere stato altrettanto fortunato. Passo davanti a una lunga galleria in pietra. È buia, piuttosto stretta, ma in fondo intravedo

la luce splendida del sole e il mare scintillante. Lo prendo come un segno e decido di attraversarla.

Dall'altro lato della galleria scorgo in basso il porto e lo raggiungo scendendo i gradini più in fretta possibile. Finalmente arrivo, ma continua a non esserci traccia di Balzac, la testa mi gira, non tocco cibo da ieri a mezzogiorno, ho caldo e mi dico che non rivedrò mai più il mio cane. Non sarebbe neanche in grado di ritrovare la strada per la nostra nuova casa. D'altronde neanch'io so come orientarmi a Biarritz.

Attraverso il porto quasi deserto e risalgo una nuova rampa di gradini che questa volta mi conduce all'église Sainte-Eugénie. Immagino che Charlotte e lo zio Patrick siano ancora dentro. Continuo a correre e arrivo in cima alla Grande Plage. Da quanto tempo era fuggito il mio cane? Scruto il panorama alla sua ricerca e i miei occhi si fermano sul Teatro del Casinò che sormonta il mare.

Per un istante penso a mio padre. Un tempo non avrebbe visto l'ora di fare uno spettacolo in quel teatro da mille posti dalla vista ineguagliabile, illuminato dal mitico faro di Biarritz: settantatré metri di altezza interamente costruiti su una scogliera immensa.

Accidenti, ho perso ogni riferimento! La costa descrive una sorta di U e si ha l'impressione di essere su un'isola. Non ho mai visto una città con una conformazione così particolare. Biarritz è soprannominata la California del Sudovest e a giusto titolo: è percorsa per intero da una serie di pendii, uno più ripido dell'altro, e io non faccio che salire e scendere... non ne posso più!

All'improvviso sento un cane abbaiare, mi precipito lungo la discesa verso la Grande Plage. È la mia ultima speranza.

3
TRISTAN

Alla Grande Plage, come ogni mattina, mi attendono le onde. Seduto sulla tavola, respiro lo iodio e ammiro lo scintillio dei raggi di sole che si riflettono sull'oceano. Accuso ancora il jetlag, ma "la competizione non aspetta", come dice mia madre, barra mia coach, barra mia manager. Dopo aver vinto i campionati di Francia, pensavo di aver ampiamente meritato il mese di vacanza a Los Angeles da mio padre, ma non avevo fatto i conti con la sua agenda troppa affollata per contemplare anche la gestione di un figlio a tempo pieno. Mia madre poi sapeva che a L.A. sarei stato esposto a mille pericoli del tipo: alzarmi verso le dieci o undici come un banale adolescente, mangiare schifezze, uscire la sera, non allenarmi tutte le mattine e neanche tutte le sere. Sacrilegio! Non poteva rischiare tanto. Ha investito a tal punto su di me che sarebbe stupido se ora mi permettesse di sacrificare tutto per qualche settimana di vita normale.

Così i miei hanno deciso che dieci giorni a L.A. quest'anno fossero più che sufficienti. È la prima volta che sono d'accordo su qualcosa dall'epoca del loro divorzio. In dieci giorni mi sono potuto concedere una serata e un brunch con mio padre, niente di più. Lui ha aperto scuole di surf "Badiola" un po' ovunque in Europa, oltre che in Florida e in California. Ha il vantaggio di avere enormi fondi d'investimento e un figlio campione nazionale di surf con il suo stesso cognome che è sponsorizzato dalle più grandi marche e si sta allenando per i campionati mondiali. Mio padre vuole costruire un impero sulle mie spalle e sbaraglia la concorrenza puntando sulla mia carriera. Dopo il divorzio si è trasferito in pianta stabile in California con Heither, la mia matrigna venticinquenne, barra "la challenge dell'anno scorso conquistata con grinta e a tempo di record". Addirittura la prima sera, se non ricordo male.

Guardo formarsi le onde, mi preparo ad affrontarle. Mi alzo in piedi sulla tavola e vado incontro a quella che sta arrivando. La prendo di petto e domo la cresta in scioltezza. Da vero fuoriclasse!

I miei due migliori amici mi raggiungono in acqua. Fine dell'allenamento, ora ci si diverte. Julius e Ben se la cavano niente male ma tecnicamente tra me e loro non c'è partita. Per questo quando siamo tutti e tre preferisco rilassarmi. Ben è il capitano della nostra squadra di rugby al liceo, uno molto popolare, belloccio, virile, super muscoloso e gay. È mio fratello da quando avevamo dodici anni. Anche Julius è un fratello, ma tra noi non c'è lo stesso grado di intimità. Lui è più che altro l'amico che ti fa sbellicare con le sue stupidaggini e che avrà diciassette anni tutta la vita. È proprio un bel tipo, ma così sfigato con le ragazze da collezionare solo due di picche.

Usciamo dall'acqua con le tavole sottobraccio. Guardo il podio pieno di loghi degli sponsor con cui ho diversi contratti. Intorno al casinò, ogni tre metri c'è un manifesto con sopra il mio volto. Il bello della gloria è che ricevo gratis tutte le tavole da surf che voglio, i vestiti, gli accessori, le mute... C'è stato un periodo tanto tempo fa in cui amavo davvero il surf, poi, quando i miei hanno capito che avevo talento, le cose si sono complicate. È diventato un lavoro a tempo pieno, e da passione si è trasformato in obbligo! «L'impero Badiola non si costruirà da solo» diceva il capitano (il soprannome che si è autoassegnato mio padre).

Julius ammira il sedere di tre ragazze che passano in costume da bagno.

«Guarda là, fra'» mi interpella. «Quello non è un costume, è uno spago! Scommetto tutto quello che vuoi che la tipa viene da Parigi. Se mi capita a tiro...»

Ben giustamente lo sfotte dicendo: «Intanto però si è girata a guardare Tristan».

«Chi se ne frega, quella ha un fisico da sballo, giuro che finirà su "Target Max"!» dichiara solennemente prima di partire all'inseguimento della parigina.

Ben muore dal ridere, sa che Julius tornerà a mani vuote. A me sfugge un'informazione: «Che cos'è Target Max, fra'?».

«Ma come? È il nome dell'applicazione che ha creato apposta e che gli serve per tenere aggiornata la sua *Pussy-list*» mi spiega con aria delusa.

«Dici sul serio!?»

«Certo, fra'! Inserisce tutte le tipe che si fa classificandole per età, caratteristiche fisiche e peso. Come niente, dovrebbe essere a quota tremilacinquecento chili, il cretino!»

«Che tipo!»

Ben non mi ascolta più. Il suo sguardo è attirato da un bellocció virile e muscoloso come lui. Il ragazzo lo supera reggendo tavola e muta, poi si gira nella sua direzione e gli fa un cenno della testa come per invitarlo a parlare. Ben gli lancia un sorriso disarmante.

«Vai, fra', non ti preoccupare per me» dico sinceramente al mio amico.

«Sei un vero fratello!» mi risponde lui scodinzolante.

Mi dà un colpetto sulla spalla prima di andare incontro al bello sportivo che assomiglia incredibilmente al dio vichingo Thor nella serie *Ragnarok*. Sorrido osservando da lontano Ben che aggancia il suo sosia biondo. Indossano la stessa identica T-shirt da CrossFit!

Dei latrati mi distolgono dalla scena. Provengono da un grosso cane sulla strada di fronte al casinò. Pare terrorizzato e ora i versi che emette sembrano più che altro dei guaiti. Di solito non mi avvicino ai cani di quella taglia, soprattutto se sono senza guinzaglio, ma quando da lontano vedo arrivare una 4x4 con al volante una donna che guida come una pazza e punta dritta sull'animale, non ci penso due volte. Mi fiondo sul cane. A quanto pare anche lui mi ha notato, perché mi viene incontro.

«Bravo, vieni qui bello, avanti.»

Mi basta che si tolga dalla strada. Gli faccio segno di sbrigarsi ma, anziché proseguire verso la zona pedonale della Grande Plage, l'animale si pianta in mezzo alla carreggiata come ipnotizzato dalla 4x4. Faccio segno alla donna alla guida di rallentare. Anche lei è ipnotizzata, ma dal suo telefono. Credo che stia facendo una story tenendo la musica a tutto volume... All'improvviso si sente un grido di donna.

«Balzac!»

Il mio sguardo incrocia il suo e mi sento percorso da una scarica elettrica. È bellissima! Vede la macchina arrivare dritta su quello che sembra il suo cane ma è ancora in cima alla Grande Plage. Impossibile che riesca a scendere dalla rampa prima che l'auto investa il suo animale. Con lo sguardo mi supplica di aiutarla. Non la conosco ma qualcosa mi spinge a esaudire le sue preghiere mute. Smetto di pensare e mi fiondo in direzione del cane. Lo raggiungo e lo prendo in braccio al volo. La mia tavola fa da barriera tra noi e l'auto, e io mi lancio in avanti con tutte le forze che ho.

Lo stridio degli pneumatici sull'asfalto mi coglie di sorpresa. L'automobilista non si rende conto che sta per schiacciarci. Succede tutto in fretta e per miracolo – o forse no – l'auto mi sfiora appena.

Sono stordito. Mi servono alcuni secondi per riprendermi e, quando apro gli occhi, vedo la ragazza che mi corre incontro come se ne andasse della sua vita. Abbasso gli occhi sull'animale, che per poco non mi bacia sulla bocca. È chiaro che non si è accorto di niente.

«Balzac» grida di nuovo lei.

«Va tutto bene, adesso lo metto giù.»

Pesa un botto e le gambe non mi reggono. La padrona di Balzac si china alla mia altezza e stringe a sé l'animale. Gli ricopre la testa di baci sonori mentre io resto a osservarla. È davvero bella. Diversa dalle ragazze che sono abituato a incrociare a Biarritz. Una turista? Sicuramente una parigina.

Lei alza gli occhi e scopro il suo sguardo. Mi si smuove qualcosa dentro. La osservo senza dire una parola, turbato senza sapere perché. Non è solo per la sua bellezza, è come se riuscissi a guardarle dentro anche se non ci conosciamo. Manifesta le sue vere emozioni senza filtri, non prova il minimo imbarazzo a mostrarsi vulnerabile in mia presenza. Anche perché non mi calcola granché, tutta concentrata com'è sull'oggetto del suo amore.

«Mai più...»

La sua bocca è a pochi centimetri dalla mia e, in un momento di irragionevolezza, mi viene voglia di baciarla. Subito mi riprendo. "Calmati, Tristan! È una ragazza come le altre. Non la conosci nemmeno."

«Sta bene, non ti preoccupare» cerco di rassicurarla. Le nostre ginocchia si toccano, le nostre mani si sfiorano, nessuno dei due rispetta le buone regole del primo incontro. Questo contatto fisico risveglia in me una sensazione nuova. Continuo ad accarezzare il cane e nell'agitazione le mani della mia sconosciuta scivolano sulle mie dita. Lei non se ne rende conto, è assorbita dalla conversazione con il suo Balzac, che continua a ricoprire d'amore. Sorrido. Mi fa tenerezza. Nessuna ragazza riesce a intenerirmi, che cosa mi succede? Il cacciatore dentro di me riprende il sopravvento: mi faccio scivolare una mano nei capelli, le rivolgo il sorriso migliore che ho. Mi prende la voglia di sedurla. Lei è naturalmente bella, il genere di ragazza che non ha bisogno di truccarsi il viso per assomigliare a qualcosa.

«La tua tavola!»

Abbasso gli occhi e vedo la mia tavola completamente distrutta. Pazienza, come se non ne avessi un'altra decina che mi aspettano a casa. Il vantaggio di avere così tanti sponsor.

«Non so come scusarmi! Faccio in modo di ripagartela.»

«Non ti preoccupare, a casa ne ho altre.»

«No, ma è una questione di principio. Se non fossi arrivato tu, a quest'ora sarebbe sotto le ruote di quella macchina.»

Ha dei "principi"? Mi diverte con i suoi modi forbiti, sembra uscita da un'altra epoca.

Non so lei, ma il cane pare apprezzarmi e mi salta addosso. Per poco non crollo sotto il suo peso, però mantengo l'equilibrio.

«Uuuh, sei proprio bello tu!»

Mi metto a giocare con il mio nuovo amico e non mi accorgo subito che due "Instagrammer della domenica" mie fan mi hanno notato e con il telefono in mano ci stanno già riprendendo. Ecco qua, non sia mai che puoi startene tranquillo quando ne hai voglia! Adoro l'attenzione che suscito nelle ragazze, ma ammetto che a volte un po' di privacy non mi dispiacerebbe. Noto la loro presenza solo quando arrivano all'altezza della mia giovane ingenua.

«*Can we do a quick story?*»

Un'americana. La sua amica è francese. Se non fossi così attratto dalla mia bella sconosciuta, magari farei qualcosa di più che accontentarmi di una semplice story. Ma il mio desiderio è rivolto altrove, perciò vedo di tagliar corto.

«*Yes, with pleasure.*»

Dopotutto è parte del mio lavoro. Assumo la posa abituale, con il braccio intorno alle loro spalle, mentre una delle due regge il cellulare davanti a noi per scattare un selfie. Una foto, poi due. Cerco di essere professionale e mi mostro per come mi desiderano: affabile ma rispettoso, perché in fondo faccio coppia con La Petite Sophie e sono un "bravo ragazzo". Fa parte del gioco per conservare la mia immagine e quindi la mia reputazione.

Oso lanciare uno sguardo verso la mia nuova conoscenza, quando lei dà un'occhiata alle sue spalle e notando il manifesto a grandezza naturale vicino alla cabina di soccorso finalmente capisce chi sono.

«Ma siamo di fronte a Tristan Badiola, campione nazionale di surf» esclama la francese.

«*So you're not spending the summer in L.A. with your daddy this year?*»

Mi irrigidisco. Riformulo la realtà in perfetto inglese, dando l'impressione di avere il controllo sulla mia vita.

«*No, my dad is still working and I need to prepare for some upcoming competition*» spiego nel modo più professionale possibile.

So che in tantissimi metteranno like e condivideranno questa story, perciò mi conviene seguire la linea di condotta abituale. Un passo falso e potrei perdere tutto. La fama si può ottenere con poco, ma può anche sfuggire di mano in un niente.

«Possiamo darti un bacino?»

«*Yeah, a little kiss?*»

E poi che altro? Vogliono che gli salti addosso nella cabina di soccorso qua dietro? Alzo gli occhi al cielo ma cerco di non far trasparire nulla. Quando riprovo a guardare la sola ragazza che al momento mi interessa, la trovo del tutto indifferente alla situazione, anzi, persino seccata. Ma ha intenzione di andarsene o sbaglio?

«Tristan?» ridomanda la francese.

«Eh... sì sì, certo.»

Non se lo lasciano dire due volte e una dopo l'altra mi baciano sulla guancia. Immortalano il momento con il loro telefono ridacchiando. Sento la mano di una delle due insinuarsi nella tasca anteriore della mia tuta per infilare un biglietto. Sicuramente mi ha lasciato il suo numero.

Merda, neanche il tempo di flirtare che la mia giovane ingenua è già sul punto di squagliarsela e tenta a fatica di camminare trascinando il suo cane per il collare.

«Grazie, ragazze!»

«Ti tagghiamo, così sai come ci chiamiamo.»

«Sì... sì... ok!»

Mi divincolo dalla loro presa e mi precipito verso la mia nuova conquista. Non esiste che mi scappi.

«Ehi, aspetta!»

La rincorro, mi passo una mano tra i capelli e le rivolgo un sorriso assassino.

«Vuoi che ti accompagni?»

Faccio segno sulla destra e le indico la mia macchina parcheggiata a pochi metri. È un'auto di grossa cilindrata nera che di solito suscita invidia. L'ho vinta l'anno scorso dopo aver battuto in modo schiacciante Vanessa nella challenge che lei stessa aveva lanciato. Ma stranamente la parigina – ora sono certo che lo sia – non sembra per niente impressionata, al contrario. A malapena mi guarda.

«No, ti ringrazio.»

«Rischia di essere complicato, senza guinzaglio!» insisto.

«Grazie, ma ce la faccio. Ti chiedo solo di indicarmi rue Jeanne d'Arc...»

Sembra inflessibile, e in qualche modo questo mi incita. Vederla così determinata e sicura di sé è come ricevere un guanto di sfida.

«Non hai il GPS sul tuo telefono?»

«Al momento non ho neanche il telefono.»

Eccomi definitivamente scioccato e intrigato. Lei invece è chiaramente in difficoltà perché Balzac, che ha un peso doppio del suo, ha deciso di andare ad annusare il sedere di una cagnolina che cammina sull'altro lato del marciapiede.

«Comunque io sono Tristan. E tu?» le dico divertito dalla situazione.

«Sei un tipo insistente!»

«Non hai ancora visto niente» le rispondo con un sorriso malizioso. Di solito le fa sciogliere tutte. Tutte tranne lei.

«Non preoccuparti. È già abbastanza. Balzac, avanti, vieni... Balzaaaac!» grida al cane, che chiaramente non è dello stesso avviso e guizza verso la mia macchina mentre lei lo rincorre brontolando e trascinando i piedi. La mia solita fortuna. Cerco di sedurre la ragazza ma faccio colpo sul cane. Sei il numero uno, Tristan!

«Balzac, dannazione, mi vuoi ascoltare o no?! Di solito si comporta bene.»

«Non ne dubito» rispondo. Apro la portiera dal lato del passeggero e sollevo un sopracciglio nella sua direzione.

«Ecco, non vorrei dire, ma a quanto pare il tuo cane ha scelto per te. Rue Jeanne d'Arc, andiamo!»

4
CÉLÈNE

In macchina regna un silenzio imbarazzante. Nessuno parla.

Ma che ci faccio qui? Azzardo uno sguardo furtivo verso di lui e fisso il suo profilo. Mascella spigolosa, naso perfettamente dritto e labbra carnose che richiamano baci. È chiaramente molto famoso, ho contato una buona decina di manifesti da quando siamo partiti. Se non fosse stato per lui, la mia domenica avrebbe preso una piega tragica. Spero di non averlo offeso non riconoscendolo. Ma ammetto la mia totale ignoranza in fatto di surf! In compenso sono sicura che Pierre sappia chi sia.

Pierre... Mi sento in colpa per il solo fatto di essere in macchina con un altro ragazzo che non conosco ma di cui ho ben chiaro il profilo: il tipo che rimorchia chi gli resiste e colleziona ragazze come trofei. Niente di che. Non vedo l'ora di chiamare Pierre e raccontargli le mie sventure.

Tristan si volta nello stesso istante e mi sorprende a fissarlo. Il suo sorriso si stira facendosi al tempo stesso beffardo e provocante; sembra divertito.

«Posso farti visitare Biarritz, se vuoi.»

Eccolo qui! Ora mi spiattellerà le migliori frasi da manuale su come rimorchiare una turista. Se solo sapesse quanto ha interpretato male il mio sorriso. Alzo le spalle senza rispondere. Se pensa di potermi esibire accanto agli altri suoi trofei di caccia, è proprio fuori strada.

«Conosci le Halles? È un posto perfetto per ambientarsi.»

Stavolta giro palesemente la testa verso di lui e fisso il mio sguardo nel suo mentre siamo fermi al semaforo. «Non ho alcun bisogno di ambientarmi.»

«Ah no?» si stupisce lui, alzando un sopracciglio. Ma non desiste: «Fa niente, c'è anche il Beloteka, se ti piace la carne».

«Preferisco parlare chiaro, ho un ragazzo e sono molto fedele.»

Lui aggrotta le sopracciglia e mi guarda stranito.

«Caspita. Ma quanti anni hai davvero? Perché parli proprio come mia nonna. Del resto anche lei usciva senza telefono, te la posso presentare se vuoi!»

Sbuffo e alzo gli occhi al cielo. È ufficiale, questo tipo mi irrita! Non è che siccome sono beneducata e ho dei valori allora sono una vecchia bigotta. «Posso tradurlo nella tua lingua se vuoi. "Sclero troppo a star lontana dal mio crush e c'è un loffio con un'auto da sborone che tenta di agganciarmi, ma s'attacca."»

«Lodevole tentativo, ma non c'è nessuno che parla così!»

Il semaforo diventa verde e Tristan riparte.

«Tranne forse il direttore del mio liceo» continua.

«Patrick Rivas?»

Di nuovo affonda le sue due biglie blu acciaio nelle mie.

«Esatto, come lo sai?»

«È mio zio» confesso timidamente.

«Forte. Ah, ma allora sei la cugina di Charlotte?» Non smette di fissarmi, e la cosa inizia a diventare imbarazzante. «Ok, non c'entrate niente.»

Ci credo, mia madre era capoverdiana. La madre di Charlotte è rossa con la pelle diafana, perciò mia cugina è bianca quanto io sono nera e poi lei ha i capelli rossi e lisci mentre i miei sono castani e ricci. In definitiva non abbiamo nulla in comune tranne il colore degli occhi: un misto di azzurro e verde che abbiamo preso dai nostri rispettivi padri.

«Non mi riferisco solo all'aspetto» precisa.

Ma se neanche mi conosce. Che ne sa?

«Sei venuta a trovarla?»

E poi cos'altro? Vuole anche il mio numero di tessera sanitaria, la carta d'identità e l'IBAN? Vedendo che ha ricominciato a fissarmi e che il suo sguardo mi mette a disagio, gli rispondo sbrigativa: «No, sono venuta a fare l'ultimo anno al Victor Hugo».

«Ah, dài, allora ci vedremo. E il tuo ragazzo invece dov'è?»

«Pierre? Pierre è rimasto a Parigi. Sta preparando l'esame di ammissione a Medicina.»

«Pi... erre.»

Ripete il nome del mio fidanzato ridacchiando. Che problema ha?

«Sai cosa si dice degli amori a distanza?»

Lo fulmino con lo sguardo. Cosa diamine vuole insinuare? Non conosce Pierre. Lui è gentile, intelligente e fedele. La nostra storia resisterà nonostante la lontananza.

«E tu sai cosa dicono degli sbiancamenti dentali? Che a furia di farli rovinano lo smalto, fa' attenzione.»

Vado fiera della mia rimonta. Forse da star è abituato a farsi adulare dalle ragazze, ma con me casca male, e prima lo capisce meglio è.

«Non ti preoccupare, ragazza, non romperò il tuo idillio. Ma che dici, possiamo essere amici su Instagram o il tuo fidanzato se la prende?»

Sbuffo di nuovo. Ma chi si crede di essere?

«Lo sai che cos'è Instagram, vero?»

«A dire il vero ultimamente ho avuto di meglio da fare che sbandierare la mia vita su Facebook, TikTok, Instagram e compagnia bella.»

«Tipo?»

Avevo quasi chiuso il discorso e non so perché l'ho proseguito. Di solito non sono una che si apre facilmente.

«Tipo gestire la depressione di mio padre e la morte di mia madre.»

Segue un lungo silenzio. Lui si passa la mano tra i capelli imbarazzato.

Ok, se non altro così sei sistemato, campione del mondo dei seccatori!

Fa una pausa prima di riprendere il discorso con un tono di voce più grave.

«Mi dispiace molto.»

Accidenti, sembra sinceramente affranto, e devo dire che, pur essendo seccante, fa del suo meglio per tentare un dialogo.

«Figurati, non potevi sapere, Tristan Badiola» dico scandendo il suo nome completo.

Arriviamo davanti a casa di mio zio. Provo ad alleggerire

l'atmosfera che stava bruscamente virando nel melodrammatico. È fuori questione che cominci a mostrare pietà nei miei confronti. Ne ho già ricevuta a sufficienza a Parigi. Non voglio essere di nuovo considerata "la ragazza a cui è morta la madre".

«A dire il vero Pierre mi ha aperto un profilo Instagram la settimana scorsa, è @Célène-64-75. Puoi seguirmi se vuoi» gli dico mentre sto per uscire dal Range Rover di cui va tanto fiero.

«Ok.»

«Non mi hai detto quanto ti devo per la tavola.»

Tristan scende dalla macchina, fa il giro per aprirmi lo sportello e mi afferra la mano con nonchalance per condurmi verso il bagagliaio. Appena mi sfiora, avverto un formicolio lungo tutto il braccio. Mi divincolo velocemente quando lui apre il bagagliaio per mostrarmi altre quattro tavole da surf.

«Ok?»

«Ok» ripeto convinta.

Lui afferra la più grande di tutte e me la mette fra le mani. «Tieni!»

«Che cosa fai?» Guardo perplessa la tavola chiedendomi dove voglia arrivare.

«Regalo! *Welcome to Biarritz.*»

Gliela restituisco scuotendo la testa. «Eh... *Thank you*, ma no, tienila tu.»

«Ragazza, ora vivi a Biarritz! Come la mettiamo?»

«La mettiamo che il surf non fa per me.»

«Ah ok. Credi che il surf sia uno sport per forzuti senza cervello e che ti divertiresti di più con un libro e una tazza di Earl Grey, è così?»

Alzo gli occhi. In effetti è proprio così.

«Sì! Sono così trasparente?»

«Sfida accettata! Facciamo domani alle due alla Grande Plage?»

E poi cos'altro? Voglio fare uno sforzo e mostrarmi cortese e educata, visto che ha salvato la vita al mio cane, ma da qui a passare tutto un pomeriggio in spiaggia con un tipo che neanche conosco ce ne passa. Così mi allontano ed entro nel giardino di casa chiudendo la conversazione: «Non ci penso nemmeno!».

«Non dimentichi qualcosa?» mi dice con aria spiritosa.

Mi guardo intorno senza capire, poi di colpo mi accorgo di aver dimenticato il cane.

«Oh cavoli, Balzac.»

Mi precipito sulla portiera posteriore contro cui Tristan è addossato con tutto il suo peso. Lui mi sfiora leggermente prima di spostarsi per permettermi di aprire e liberare Balzac, che scompare dentro casa. Quando chiudo la portiera, mi ritrovo a due centimetri dalla faccia di Tristan, che mi guarda con una smorfia giocosa.

«E per tua informazione» mormora «non ho mai fatto lo sbiancamento ai denti.»

Mi rivolge un sorriso degno di una pubblicità per dentifrici. Adesso è anche attore, oltre che surfista?

«Va bene, a domani!»

Non molla l'osso. Peccato che anch'io non sia da meno.

«Ho detto di no.»

«Hai di meglio da fare?»

In realtà no, ma non voglio ammetterlo.

In quel preciso istante mi trapana il timpano uno dei "Ciao, cugina" megastriduli di Charlotte. È ginocchioni contro il muro della casa, intenta a filmare quello che sembra un panino al formaggio adagiato su una foglia d'albero. Giuro che non la capisco.

«È per il mio profilo Instagram! Fico eh?»

Oh mio Dio, allora mille volte meglio il surf!

5
CÉLÈNE

«Che cosa hai in programma per oggi?» mi chiede Pierre da dietro un filtro che gli fa apparire delle stelline sulla testa.

«Vado a fare una lezione di surf con l'anima caritatevole che ha salvato Balzac. Tra l'altro saremo in classe insieme.»

«Ma è fantastico, lo sapevo che avresti stretto subito amicizia. Mi manchi, piccola.»

«Anche tu, Pierrot.»

«Piccola, volevo parlarti di una cosa... riguardo al *phonesex*... Stasera magari potremmo provare a esplorare il lato... ehm... intimo... ehm... della nostra coppia?»

Già le 14.10, sono in megaritardo.

«Devo lasciarti! Ci sentiamo dopo?»

«Certamente, cara futura Madame de Tourvel! Facciamo un FaceTime *tête à tête* alle 19?»

«Non vedo l'ora. Ti amo, Pierrot.»

Riaggancio felice. Pierre è davvero un angelo e io sono fortunata ad averlo nella mia vita. Mi affretto a infilare un paio di shorts di jeans e un top a righe comodo sul bikini giallo prima di uscire e raggiungere Tristan alla Grande Plage.

Quando arrivo, lui sta già surfando e si distingue nettamente dalla massa. Fende l'onda per poi ricadere leggiadro dopo averla domata. Ora fissa l'orizzonte e "aspetta quella giusta" seduto a cavalcioni. Alla fine l'onda arriva, lui si sdraia sulla tavola e si dà lo slancio remando con le braccia. Si solleva con incredibile agilità e diventa un tutt'uno con l'enorme cavallone che lo avvolge. Mi chiedo quante lezioni deve aver preso per arrivare a questo punto. Quando riappare vicino alla riva, si slaccia la cinghia dalla caviglia, prende la tavola sottobraccio e mi corre incontro. Anche se siamo in pieno agosto, indossa la muta e io mi chiedo perché. Fa talmente caldo.

«Ciao, parigina. Pronta per la prima lezione?»

Perché, pensa davvero di darmene più d'una?

Con un cenno della testa mi indica una muta poggiata per terra vicino a un telo e alla tavola che il giorno prima voleva tanto regalarmi. Noto che è molto più grande della sua, eppure lui è due teste più alto di me.

«Più la tavola è grande, più è facile» mi spiega davanti alla mia espressione interdetta.

«Ok! Allora non avresti la taglia superiore magari?» dico ironica.

«Quella è già la misura massima» mi dice ridendo e raccogliendo la mini muta. «Ho pensato che per una prima lezione fosse meglio darti una muta, oggi l'acqua è iperghiacciata.»

Colpita che abbia pensato a me, afferro l'indumento che non mi sembra per niente della mia taglia.

«Penso che tu abbia sottostimato le mie forme, non ci entrerò mai.»

«Le tue forme? Non ti preoccupare, ti ho osservata bene.»

Colgo il sottinteso e di colpo mi sento confusa. Le guance arrossiscono e non so più dove nascondermi. Lui inarca un sopracciglio divertito.

«Allora, dobbiamo andare?»

Mi faccio scivolare gli shorts lungo le gambe e mi tolgo la canottiera. Mi sorprende una brezza leggera e una lieve pelle d'oca mi rizza i peli delle braccia. Mi abbasso e tento di infilare i piedi all'interno della muta. Mentre mi contorco in tutti i modi per far entrare i fianchi, mi lamento perché non si solleva di una virgola.

«Vuoi una mano?» mi chiede Tristan.

«Ma è minuscola... È piccolissima.»

«È la tua taglia. È difficile da infilare, ma ne vale la pena.»

«Per ora preferisco decisamente il libro e l'Earl Grey!» protesto.

«Non ti preoccupare, il divertimento viene dopo.»

Accetto l'aiuto di Tristan e finalmente riesco a indossare lo strumento di tortura.

«Sdraiati sulla tavola.»
«Che? Cosa?»
«Vuoi che ti mostri anche come ti devi sdraiare?» dice abbozzando un sorriso malizioso.
«LOL. Volevo dire, non andiamo in acqua? Valeva la pena altrimenti che mi ricoprissi di ridicolo infilandomi questa muta davanti a tutta la Côte des Basques?!»
«Devi imparare le basi sulla sabbia prima di avventurarti in acqua.»
Ubbidisco sentendo il suo sguardo addosso. Mi dà istruzioni che eseguo senza problemi. Mi sollevo applicando i suoi consigli e al decimo tentativo ci riesco. Segue un pugno contro pugno. Sono piuttosto fiera di me e anche il mio insegnante sembra soddisfatto. La difficoltà sale di un livello: non cado per un pelo. Le sue mani si posano subito sulla mia vita per stabilizzarmi e i nostri corpi si avvicinano un po' troppo. Alzo gli occhi verso i suoi, il suo sorriso scompare e di colpo lui assume un'aria serissima. Il suo viso si avvicina al mio e, prima che faccia qualcosa che rimpiangeremmo entrambi, dico: «Andiamo in acqua ora?».
Lui si allontana subito, si passa una mano tra i capelli. «Ok, direi che sei pronta.»
La temperatura dell'oceano mi coglie di sorpresa ma non mi lascio scoraggiare. Seguo Tristan al largo e mi metto seduta sulla tavola.
«Il surf è una sorta di comunione con l'acqua. La cosa più importante per riuscire a praticarlo è trovare l'onda giusta. Quella che ti trasporterà.»
Lo sento sincero. Le nostre schermaglie verbali lasciano il posto alla complicità.
«Guarda, ne arriva una! Ricordi quello che ti ho detto?»
Annuisco con il cuore che mi martella nel petto e mi lancio sull'onda che però mi ribalta miseramente. L'acqua mi entra in bocca e mi riempie i polmoni. Sento la mano di Tristan afferrare la mia e tirarmi in superficie. Riprendo a respirare, ma non sono molto convinta di voler proseguire.
«Tutto bene?» mi chiede lui, mentre due rughe preoccupate gli solcano la fronte.
«Forse in fondo non ero così tanto pronta.»

«Ma sì, ragazza! Ci sei, non ti preoccupare, ricomincia, vedrai che ci riesci.»

Non so se è per allontanarmi da lui o semplicemente per mettermi alla prova, ma gli do ascolto e ricomincio. Cado di nuovo dalla tavola, ma questa volta resto con la testa fuori dall'acqua. Al terzo tentativo riesco a rimanere in piedi ed elettrizzata dalle sensazioni sento un autentico piacere a surfare sull'onda.

Il tempo vola e dopo una sessione piuttosto intensa finiamo seduti di fronte alla Roccia della Vergine per riprendere fiato e coscienza di noi stessi. Nessuno dei due parla, ma non avvertiamo alcun imbarazzo. Il silenzio non è pesante come quello che regnava nella macchina durante il nostro primo incontro. Allora eravamo due estranei, adesso ho l'impressione che tra noi stia nascendo un'amicizia inattesa. Guardo il sole che cala sull'oceano e il tempo si ferma. Passa un istante e sono finalmente serena. Un sentimento che non provavo da tempo.

«Allora?»

Giro la testa verso Tristan. Lui osserva l'orizzonte e sembra perduto quanto me nei suoi pensieri, con la stessa aria serena. Se il surf ha questa facoltà nascosta, è un ottimo motivo per farne una passione. L'approvo al cento per cento.

«Devo ammettere che il surf è proprio fico.»

Soddisfatto della mia risposta, si raddrizza con un sorriso fiero sulle labbra.

«Aspetta, e la vista?»

«Niente male.»

«La Roccia della Vergine è un po' l'emblema di Biarritz. Eiffel ha costruito il ponte di ferro e Napoleone III ha fatto bucare lo scoglio. "Penetrare l'impenetrabile." Non poteva lasciarla in pace, povera Maria?»

Ammira l'imponente statua della Vergine e per la prima volta lascia trapelare una certa profondità.

«Per caso sei femminista?»

«Ci provo» risponde con un'alzata di spalle. Per un attimo mi sembra di intravedere un nuovo lato di lui. Perché ho l'impressione che non si apra così con tutti? Senza rendermene conto inizio a rigirarmi l'anello. Al che lui mi prende la mano.

«Carino! Ma fa un po' anello di fidanzamento.» C'è una punta di sdegno nella sua osservazione, non l'apprezzo per niente. Come può mostrarsi così maturo e un attimo dopo comportarsi come uno stupido?

«Lo scopo è proprio quello» rispondo fiera. «Io e Pierre ci sposiamo tra un anno.»

«Ma dài? Dici sul serio?»

Quando Pierre mi ha chiesto di sposarlo avevo sedici anni e la cosa ha fatto parecchio discutere i miei amici parigini. Alcuni la trovavano un'idea geniale, altri completamente ridicola. Gli amici di Pierre pensavano che mi chiedesse la mano solo perché sapeva che volevo aspettare di arrivare al matrimonio. Invece Pierre non è per niente così, o perlomeno non lo è stato negli ultimi due anni. Resta il fatto che la notizia del matrimonio suscita sempre qualche reazione, ma mai ne avevo vista una simile a quella di Tristan, che scoppia in una risata sincera, senza sberleffo né cinismo, ma pura e semplice, come quella di un amico che ride di gusto a una barzelletta che gli hai appena raccontato.

«Non vedo cosa ci sia da ridere!» dico risentita.

Lui non coglie fino a che punto mi irrita la sua reazione.

«Solo due parole: ma perché?»

«Per scelta! Perché credo nel matrimonio, perché collezionare ragazzi non è la mia priorità.»

Lui esplode in una risata ancora più forte, che non fa che esasperare la mia irritazione.

«Puoi smetterla di ridere per favore?!»

«Oh ascolta, ragazza, se ti piace la tua vita ottocentesca non c'è nessun problema.»

Alzo gli occhi al cielo. Cosa c'entra?

«A diciassette anni non controlli molte cose, ma almeno puoi scegliere cosa fare del tuo corpo. E io ho deciso che il mio corpo apparterrà a un solo uomo! Tu non credi nell'amore assoluto?»

Lui alza le spalle e riporta l'attenzione sull'oceano. Il suo sorriso si spegne e di colpo ridiventa serio.

«Io ho diciott'anni, ragazza. Non mi sono ancora posto il problema. Magari a quaranta suonati, se sono ancora vivo, ci penserò.»

«Al contrario di Pierre, che invece...»

Oh, cavoli!

«Pierre... Merda! Che ore sono?»
«Le sette e mezzo, perché?»
«Avevo appuntamento su FaceTime con lui!»
Mi alzo in fretta. Pierre avrà cercato di chiamarmi almeno una decina di volte! Sono una pessima fidanzata.
Si alza anche Tristan, divertito dalla mia vita.
«Ascolta, se ti portassi appresso il telefono come fanno tutti, invece di vivere come negli anni Novanta... Anche questo è stupido.»
Che stronzo! Mi giro verso Tristan e lo fulmino con lo sguardo. Ha scelto proprio il momento sbagliato.

6

VANESSA

Adoro Saint-Tropez! Distesa su un lettino, a bordo della barca a vela che mi sono comprata da sola e che dall'epoca della mia emancipazione precoce funge da casa a tempo pieno per i miei genitori, metto a punto la mia abbronzatura per essere al top al rientro a scuola. Devo assolutamente essere la più strafica di tutte. Mentre guardo Isabelle, più verde del vestito che indossa, barcollare sul ponte, pronta a vomitare il suo Ruinart fuori bordo, mi autocongratulo per il mio colpo di genio. Dopo aver vinto la causa contro i miei ex genitori, Guillermo e Isabelle de Merteuil, ed essere diventata l'unica erede e proprietaria dell'impero dei Merteuil, li ho lasciati con in mano il solo usufrutto di un unico bene: la mia barca a vela ormeggiata a Saint-Tropez. Perché soffrono entrambi il mal di mare! Così percepiscono una rendita mensile all'unica condizione di vivere su questa barca e io passo sempre da Saint-Trop' all'improvviso per essere sicura che non tentino di fregarmi a loro volta e godersela alle mie spalle! Bastava che non prosciugassero tutto l'incasso del mio duro lavoro. Sono stati troppo ingordi, così imparano a sfruttare una bambina di sei anni.

Quella stronza della mia agente non risponde al telefono! Ma quando si rimpinzava con *La Petite Sophie 1, 2, 3* era invece attentissima ad alzare subito la cornetta. Avevo appena cinque anni quando i miei genitori mi hanno trascinata a quel casting, sono stata scelta tra più di centocinquanta bambine, e il primo film ha fatto più di dieci milioni di incasso. Ho anche raggiunto un record storico di follower su Instagram: dodici milioni e mezzo. Cui hanno fatto seguito otto milioni di incasso al cinema per *La Petite Sophie 2* e tre milioni per *La Petite Sophie 3*. Non sono briciole, merda, tre milioni! Poi sono passata dal grande al piccolo schermo con *Les Aventures de la Petite Sophie* (la serie). Non pensavo che un giorno sarei migrata dal piccolo schermo allo schermo dell'iPhone, ma era il modo più efficace per aumentare il numero di follower e per provare a tutti quegli stronzi di distributori che sono ancora redditizia. Il mondo dello spettacolo è un pozzo senza fondo di ipocrisia: a sei anni sei una star (idolatrata da tutti i fan dell'industria dello show business), a diciotto sei da buttar via (idolatrata dai fan ma scartata dallo show business). Un ritorno sulle scene in grande stile mi farà balzare in cima ai cartelloni! In questo mestiere funziona così. Ma invece di aiutarmi a preparare il *come-back* promuovendo *La Petite Sophie 4*, agente e produttori non fanno che rinfacciarmi che negli ultimi cinque anni i miei follower si sono dimezzati e la mia serie è invecchiata. Teste di cazzo! Se li sognano loro i miei sei milioni di follower su Instagram! Ho un seguito stellare, *La Petite Sophie* è un marchio che da solo ogni mese mi frutta più di tutti i loro stipendi messi insieme! Intanto però devo assolutamente vedere di accaparrarmi un ruolo da protagonista in un film su Netflix perché la televisione è vecchia e il web è *cheap*. Anche le aziende cominciano a rivolgersi ad altri canali, perciò è arrivato proprio il momento di dare una sferzata alla mia carriera. Non sopporterei mai e poi mai di tornare nell'ombra. Non sopporterei mai di dire che i migliori anni della mia vita sono stati quelli dai sei ai dodici.

Getto un'occhiata a mia madre, che a pranzo si è di nuovo sbronzata. Proprio non capisce che fa male mischiare alcol e antidepressivi? Anche se ho solo diciott'anni, persino io so che rischi di fare un brutto trip. Soprattutto se soffri pure il mal di mare. E fortuna che non ha preso la coca da Guillermo. A quest'ora sarebbe già annegata nel porto. Con le sue stronzate finirà per attirare i paparazzi e farmi cattiva pubblicità. Ci manca solo questo!

Con la testa inclinata verso la prua si libera di tutto ciò che ha in corpo. Che schifo! Matéo, la mia guardia del corpo, la regge perché non cada in acqua. È al mio servizio da quando ho sei anni, si tratta di un ex giocatore di rugby che Isabelle aveva assunto principalmente per proteggere il suo investimento (la mia persona), un molosso di centodieci chili tatuato dalla testa ai piedi che pende dalle mie labbra, visto che lo pago profumatamente. Sospetto che Isabelle se la intenda con lui fin dalla mia tenera infanzia. Scherzo, la mia infanzia non è mai stata tenera. In compenso è stata straordinaria. Quindi Isabelle se lo scopa sicuramente, ma perché sa che quello che mi fa da padre continua a trombarsi l'hostess di bordo. Mi sembra giusto. Occhio per occhio, dente per dente, ecco il mio motto!

Il telefono si mette a vibrare. Spero in segreto che sia la mia agente che finalmente mi contatta per darmi buone notizie di lavoro.

Invece no, è un messaggio di Naya e Ariel, soprannominate "le Sisters" dai loro novecentocinquantamila follower. Lo hanno inviato sul nostro gruppo *"on follow"*. Suscita il mio interesse. Io ospito "Sisters-Situation", il loro talk show, sul mio canale YouTube e loro in cambio followano ogni minima azione o gesto di Tristan quando io non ci sono. E più in generale fanno tutto quello che dico loro di fare. Le povere illuse sognano di essere al mio posto e io concedo loro quel tanto di luce che basta per alimentare il loro sogno di celebrità, ma appena supereranno il milione di follower sarò felice di pubblicare uno dei miei famosi dossier assassini su Instagram e disintegrarle!

Mossa dalla curiosità, sblocco il cellulare e leggo *"SOS biatch"*, seguito da una decina di foto di Tristan seduto davanti alla Roccia della Vergine, a pochissimi centimetri da una ragazza davvero bella che non conosco. Ha una strana espressione. È interesse per caso? Attrazione? No, ancora peggio... È sorpresa! Mi accendo una canna.

«Ma cos'è 'sta roba?» grido.

Mi sollevo sul lettino, sposto gli imponenti occhiali da sole sulla testa aggrottando le sopracciglia. Osservo con più attenzione l'ultima foto che mi hanno appena mandato. C'è lui che aiuta la giovane mulatta dagli occhi verdi a salire le scale in pietra che conducono al Port-Vieux.

A differenza di tutte le altre, non sembra che gli si sciolga davanti come neve al sole. Sicuramente è il genere di ragazza che gioca a fare la distante e la preziosa, ma in realtà è solo un'altra fan che sogna che Tristan se la scopi in tutte le maniere. Mi prende la gelosia e la rabbia mi monta a una velocità folgorante. Tra me e Tristan c'è un patto: lui fa quello che vuole, io faccio quello che voglio, ma di nascosto! Non in pieno in giorno, tantomeno in pieno centro di Biarritz sotto gli occhi e il naso di tutti! A cosa diavolo sta giocando?! A fare lo stronzo non mette nei guai solo la sua personcina. Ne va dei miei follower e del futuro della mia carriera. Mi tocca annientare la nuova arrivata, come tutte le altre prima di lei!

Io e Tristan esibiamo una relazione idilliaca, pura, esclusiva e indistruttibile da quasi tre anni. Ma il segreto della longevità della nostra coppia è molto semplice: minacciamo di distruggere la reputazione delle nostre vittime quando queste, dopo essersi fatte scopare e gettare via, tentano di aprire le loro bocche. Ho sempre pronto un dossier da diffondere in rete per screditarle prima che la cosa vada troppo in là. Così le ragazze sono etichettate come sfasciacoppie o stalker e i ragazzi come pazzi o pervertiti #*MeToo*.

Ricevo una chiamata FaceTime sul nostro gruppo.

«Sei nella merda, ragazza» comincia Naya.

Mi conosce proprio male, se lo pensa davvero.

«Sono certa che non è niente!» dice Ariel.

Naya e Ariel si guardano e sfoggiano un sorriso beffardo sulle labbra quando dicono: «Non è mai niente!».

Vedo rosso. Esplodo. Se Tristan intacca la mia reputazione, io lo distruggo! Chiudo loro il telefono in faccia, aspiro un tiro e secco il bicchiere di Ruinart.

«Guillermo!»

Mio padre, mezzo addormentato sul lettino, si solleva bruscamente. Si guarda intorno e impiega qualche secondo per capire dove si trova. Cazzo, come ho fatto a venir fuori decente con due genitori così idioti?!

«Sì, principessa?»

«Guillermo! Prendimi il primo volo per Biarritz!»

«Sai... Lo sai che puoi chiamarmi papà?»

Alzo gli occhi al cielo. E poi cos'altro?!

«Subito, Guillermo!»

Schiocco le dita e Matéo riconosce il segnale: «Bagagli!».

Lascia i capelli di Isabelle, ancora alle prese con il vomito, ed esegue gli ordini.

7
TRISTAN

Quando arriviamo davanti a casa di Célène è già buio pesto, e mi pento di aver guidato così veloce. Ammetto di aver tentato di rallentare al semaforo giallo così da dovermi fermare al rosso e farle perdere la chiamata FaceTime con il suo ragazzo, ma le sue urla me lo hanno impedito. Dovevamo sbrigarci o il suo Pierrot si sarebbe preoccupato.

Ma chi se ne frega di Pierrot! Durante il tragitto avevo in mente solo un pensiero: come reagirà quando vedrà il regalo che le ho preparato? Sono proprio agitato, è assurdo. Avanti, Tristan, riprenditi! Ti giuro, sto sudando!

«Grazie per avermi accompagnata.»

Posa i palmi delle mani sul sedile del passeggero e si protende verso di me. I miei occhi si perdono nella scollatura profonda della sua canottiera. Ma cosa fa? Mi bacia! Sorpreso, la guardo come se le fosse spuntato un terzo occhio sulla fronte.

«Cos'è, a Biarritz non vi baciate sulla guancia fra amici?»

«Sì sì» le rispondo imbarazzato.

Posa le labbra sulle mie guance e si allontana.

«Allora a presto, campione, e grazie per la lezione.»

Si chiude la portiera alle spalle e gira intorno alla macchina per entrare in casa di suo zio. Merda! Ho dimenticato di darle il regalo. Apro il vano del cruscotto per prendere il pacchetto che avevo preparato per lei e abbasso il finestrino dal mio lato.

«Célène, aspetta!»

Lei ha già salito i gradini della veranda. Si ferma un istante come se esitasse a voltarsi, poi mi lancia uno sguardo interrogativo e torna verso di me.

Sporgo il braccio oltre il finestrino e le passo il pacchetto.

«Che cos'è?»

«Ho pensato che magari come regalo di benvenuto fosse più adatto.»

«Vuoi dire che non sono portata per il surf?» dice scherzando.

Incuriosita, scarta il pacchetto davanti ai miei occhi. A giudicare da come brilla il suo sguardo quando scopre *All'ombra delle fanciulle in fiore* di Proust devo averci preso. Guarda meglio il libro, analizza il dorso, la rilegatura, poi esclama: «Ma è una prima edizione! No, dài... non posso accettare».

«Ho pensato che sarebbe stato meglio con te che a prendere polvere sulla mia libreria.»

«Ah perché, tu hai dei libri a casa?»

«Mademoiselle Rivas, vuole forse insinuare che sono un ignorante?»

Scoppia a ridere e io con lei.

«E questo cos'è?»

Célène apre il libro e scopre una piccola busta sigillata.

«Non saprei. Che strano, cos'è? Apri!»

Lei esegue ed estrae un biglietto su cui ho scritto a mano un pensiero che legge ad alta voce sorridendo: «*Cara Madame de Rivas, il 31 farò una festicciola tra pochi intimi a casa mia: ci saranno alcuni compagni del liceo che se vorrà fare un salto sarò felice di presentarle. Con amicizia, Tristan de Badiola, il suo "amico di Biarritz"*».

«È una cosetta improvvisata, giusto per presentarti il gruppo e farti fare amicizia prima dell'inizio della scuola. Non farti venire strane idee, non sei il mio genere.»

È totalmente il mio genere.

«Avrei potuto inviarti un SMS ma non ero certo che sapessi come funzionano» le dico pensando di prenderla in giro, ma mentre le mie labbra formano queste parole i miei occhi si perdono nelle sue iridi verdi.

Mi fa un sorriso, sembra sinceramente colpita. I nostri sguardi si incrociano, sono turbato, i miei occhi non la mollano più e neanche lei abbassa i suoi. Immagino che anche i suoi pensieri vadano alla deriva, diventino più sensoriali, erotici, mentre ci penetriamo a vicenda con lo sguardo. Lei è addossata al retrovisore, la sua spalla tocca il bordo del mio finestrino, proprio dove è appoggiato il mio braccio. Mi basterebbe spostare leggermente la mano per sfiorarla con la punta delle dita, ma non mi azzardo, non oso fare niente che possa rovinare questo momento magico ed elettrizzante. Ho voglia di posare le mie labbra sulle sue, all'improvviso mi sale il desiderio, mi avvicino, lei non distoglie lo sguardo, non si allontana. Nessuno mi ha mai fatto quest'effetto prima, neanche Vanessa. Avrei proprio voglia di distendere questa ragazza sopra le mie lenzuola. Lei si accosta leggermente a me come in un sogno, o piuttosto come in una fantasia. Sento il suo profumo, mi eccito. Dischiude le labbra, sta per dirmi che ha voglia di me, lo sento.

«Posso portare mia cugina il 31?»

Merda! Una doccia fredda.

«Certo.»

Mi ha ucciso. Le porgo un sorriso pieno di delusione mentre si allontana come se niente fosse.

Quando scompare completamente, riaccendo il motore chiedendomi se ho sognato tutto. Si sarà sentita anche lei attraversare dal desiderio, queste sono cose che si provano in due! Fidanzata o no, per un momento lei era mia.

Arrivo a casa, le luci sono spente. Di sicuro mia madre è ancora fuori.

Salgo subito a fare una doccia e a prolungare mentalmente e fisicamente il momento di estasi e di eccitazione che abbiamo vissuto. L'acqua calda scorre sul mio viso, sul mio corpo. Mi tornano in mente il suo profumo, il suo sguardo, il suo profilo. Il suo modo disinvolto di sfilarsi il costume a due pezzi coperta dall'asciugamano dopo la nostra sessione di surf. Ho pregato tutti gli dei perché quell'asciugamano non reggesse. Lei sembrava ignara dell'effetto che il suo corpo, le sue forme sensuali possono provocare in un uomo. Chiudo gli occhi e la rivedo togliersi il sopra del costume con una mano, mentre con l'altra regge l'asciugamano sottile. L'asciugamano cede leggermente nel momento esatto in cui il suo top le ricopre i seni, ed è ancora più eccitante. Ora la rivedo piegarsi in avanti per infilare gli shorts e, mentre li fa salire delicatamente lungo le cosce, il piacere sale dentro di me. Esplodo.

Dopo aver appagato le mie pulsioni, decido di soddisfare

il mio appetito nel senso proprio del termine. Apro il frigo. È pieno di bottiglie di Ruinart, solo *blanc du blanc* naturalmente, mia madre non beve altro. C'è poi qualche condimento a decorazione dei ripiani e nulla più. Per il resto rosticceria e Uber Eats per lei e milkshake proteici nel ripiano in basso per me. Mia madre non mi lascia mangiare altro. Quattro frullati al giorno, integratori alimentari, proteine e un solo pasto solido: a scuola. Infatti solo l'unico studente che apprezza davvero la mensa.

Mi siedo su uno degli sgabelli intorno all'isola centrale e bevo il mio milkshake. Questa polverina fa veramente schifo, non mi ci abituerò mai! Il mio telefono si mette a vibrare. È un messaggio di Vanessa ma lo ignoro, di sicuro sa già del mio incontro con Célène e non ho nessuna voglia di discutere con lei. Vanessa è il genere di ragazza a cui non si dice di no. È la regina del liceo, ex star del grande schermo e stella incontrastata di Instagram; insieme riusciamo a esaudire i nostri sogni, a toccare le stelle, ma stasera ho bisogno di una pausa.

Controllo il mio profilo Instagram e uso questa applicazione come un quotidiano. Tutto quello che succede a Biarritz ci finisce sopra. Informazioni, pubblicità, promozioni di prodotti, tutto. Guardo le nuove stories dei miei amici, tra cui Oscar che è tornato a Biarritz. Conto sulla sua presenza alla mia festa per impressionare Célène. La ex star di *The Voice* ha una collezione di trofei di caccia nutrita quasi quanto la mia, con la differenza che non ha bisogno di agire di nascosto. Si autodefinisce uno scapolo impenitente, predestinato suo malgrado a infrangere cuori. Se la tira talmente. L'unica cosa che ha il dono di fargli perdere il controllo è quando i fan gli si rivolgono chiamandolo "Oscar di *The Voice*". È così imperturbabile. Ma allo stesso tempo non sputa nel piatto in cui mangia, ha novecentomila follower, non è cosa da poco. Aggiungo una reazione alla sua story: un brano del suo prossimo singolo con Clara Marz.

Subito dopo mi imbatto nella story di Vanessa. Si filma mentre scende da un jet e sale su una Porsche. La sua guardia del corpo le apre la portiera. Il tipo la segue dappertutto da quando lei ha sei anni, immagino che sotto quella montagna di muscoli tatuati batta un cuore sensibile, altrimenti perché restare con una che lo tratta peggio di un cane e lo umilia alla minima occasione? In ricordo della bambina innocente che è stata per lo spazio di un attimo, immagino.

Mi irrigidisco riconoscendo la pista privata di Biarritz. La regina è di ritorno, non tarderà a sapere che ho organizzato una festa a sua insaputa e me la farà sicuramente pagare in una maniera o in un'altra.

Cerco il profilo di Célène. Ah ecco, Célène64-75. Le invio un selfie di noi due fatto durante la lezione di surf e salgo a dormire.

CÉLÈNE

Sono distesa sul mio letto e non riesco a calmarmi. Ma che cosa è successo? Ho sentito una strana connessione con Tristan quando i nostri sguardi si sono incrociati, come se per la prima volta avessi visto chi è veramente. C'era una luce e una sincerità nei suoi occhi che finora non avevo mai notato. Forse perché non mi ero mai data il tempo di osservarli, sono blu come l'oceano.

"Célène!" mi dico. "Riprenditi, stai giocando a un gioco pericoloso!"

Eppure di solito mi occorre ben più di un vecchio libro per cedere alle lusinghe di qualcuno. Ora mi riprendo, è stato solo un attimo di smarrimento. Invio un SMS a Pierre: "Scusa per il FaceTime mancato, dormi? Io non riesco".

«*Hello, you.*»

Da quand'è che mi parla in inglese? Con quel tono poi... Sembra quasi che voglia essere provocante, mi scappa da ridere ma mi trattengo.

«Ehi, domanda: sei in modalità *phonesex* per caso?»

«Certamente, piccola, o dovrei forse dire: futura Madame Pierre de Tourvel! Ci proviamo?»

Non so proprio come rispondere. Non siamo mai davvero stati quel genere di coppia, i nostri momenti di tenerezza sono super ma restano casti. Dall'alto dei miei diciassette anni non mi sento ancora pronta a concedermi interamente a un uomo, anche se si tratta di Pierre. Quanto a lui, è sempre stato più cerebrale che animale, ha sempre voluto aspettare. Forse la distanza e il fatto di sapere che non c'è un vero congiungimento fisico tra noi stimola il suo desiderio. È un modo senza conseguenze di esplorare l'intimità a due senza commettere spergiuro e rispettando i nostri valori. Perché no? Ed è certamente naturale. Decido di buttarmi.

«Ok.»

Pierre è su di giri. Comincia a parlare ma, nello stesso istante, la porta della camera di Charlotte si apre. Vedo mia cugina entrare in punta di piedi senza dire una parola e posare Duckduck sul mio cuscino. Alza un pollice nella mia direzione e torna a coricarsi.

Come ho potuto dimenticare che la parete divisoria tra le nostre due camere è praticamente di cartone? Chiedo a Pierre di aspettare che mi metta gli auricolari. Mentre lui inizia a fantasticare su come gli piacerebbe toccarmi, io non riesco a lasciarmi andare.

«Ti tocchi?» mi chiede con gli occhi semichiusi.

«Sì sì» mento.

«Oh sì, mi senti, sfiorati il seno.»

Per accontentarlo e senza la minima convinzione sposto la mano dal mio ventre sotto il top. Mentre Pierre si eccita sempre di più e chiude gli occhi, io fingo piacere ma nello stesso momento ricevo una notifica Instagram sul mio telefono. Tristan mi ha inviato una foto di noi due in direct. Non posso fare a meno di zoomare sul suo viso, scendo sul suo collo virile, sulle sue spalle larghe e muscolose. Ricordo l'intensità del suo sguardo nella macchina, le nostre braccia che si sono sfiorate. Mi sfioro il seno sempre più intensamente, faccio scendere la mano sul ventre, poi la faccio sparire sotto le mutandine, quando all'improvviso sento: «Piccola, sto per venire».

Subito mi fermo, faccio swipe sulla foto e ritrovo il mio fidanzato in piena estasi.

«E tu, piccola, sei venuta?»

Sconvolta, eccitata, frustrata e molto colpevole, alzo anch'io il pollice e sfodero un sorriso finto.

«Ti amo, piccola, buonanotte.»

«Anch'io ti amo, Pierrot» gli rispondo sinceramente.

Termino la chiamata. Questa cosa non si ripeterà mai più. Sono mortificata. E prometto solennemente di non essere mai più vittima delle mie pulsioni. Oltretutto mi rendo conto che è la prima volta che ho una vera pulsione. Perché non è una pulsione per Pierre? Tristan è un buon amico, niente di più. Pierre è l'uomo della mia vita, c'è sempre stato per me, anche nei momenti peggiori, è l'uomo con cui voglio costruire una famiglia. È il mio amore assoluto.

8
CÉLÈNE

Mia cugina si è lanciata alla carica. Non mi molla un secondo da quando le ho detto che non pensavo di andare alla festa di Tristan.

«Cugina, sono la tua +1, non posso andarci senza di te! E se tu non vai, mio padre non farà andare neanche me! E poi perché hai cambiato idea? Mi sono persa qualcosa? Per favore, anche per me è il primo anno all'Hugo! Anch'io voglio farmi degli amici, anch'io...»

«Ok, Charlotte! Ci andiamo!»

La sua smorfia si trasforma in un ampio sorriso.

«Grazie, cugina, sei la migliore! Vado a cambiarmi.»

Con la sua interminabile arringa mi ha presa per sfinimento. Anche perché non avevo voglia di entrare nei dettagli dei motivi che mi hanno spinta a cambiare idea.

Bene, sono le 14.00, Pierrot arriva con il treno delle 18.00, quindi comunque non starò tanto e poi sarà un modo per me e Charlotte di integrarci nella nuova scuola, non solo come figlia e nipote del direttore.

Arriviamo davanti a un'immensa casa di design. La musica è forte, un rap molto cool. Avanzo verso l'ingresso e sto per suonare quando la porta si apre. Appare una ragazza con i capelli rosa e un bikini dorato. Beve champagne dalla bottiglia e tiene per mano un ragazzo che fuma una canna in costume da bagno e torso nudo sotto un giubbotto verde sul cui retro è stampata una testa di leone con la scritta VICTOR HUGO; deduco che faccia parte della squadra di rugby del liceo. La ragazza si gira verso di me, si solleva gli occhiali scuri come per guardarmi meglio e ispeziona la bottiglia di vino che ho portato per l'occasione. Mia madre mi ha insegnato che è maleducato presentarsi a mani vuote quando si è invitati da qualche parte.

«*Thanks* per il vino, ma abbiamo quello che ci serve!» mi dice il rugbista con disprezzo.

Mi sforzo di sorridere, lo stesso fa lui. Riconosco di essere un po' fuori luogo, lancio un'occhiata a mia cugina che sembra persa quanto me, se non fosse che lei non si lascia demoralizzare. Entra nella sala e mi fa segno di seguirla. Ci sono bottiglie di Ruinart ovunque, dieci cartoni di birra al metro quadro, coppie che limonano contro la parete e sul divano, gruppi che si fanno le foto, altri ragazzi che si confrontano sulle diverse tecniche di rollatura delle canne.

La casa, di gusto boho chic, è al tempo stesso spaziosa e accogliente, in uno stile essenziale a base di materiali robusti e naturali. Lo spazio è definito da una grande cucina a vista che si estende in lunghezza ed è dotata di un'isola centrale in granito circondata da tre sgabelli alti in legno chiaro. Proseguo e scopro un enorme tavolo in legno d'acero che troneggia nella zona pranzo, attorniato da una decina di sedie dello stesso materiale, mentre il pavimento è in microcemento. Due immensi divani di tessuto bianco attirano il mio sguardo nella zona soggiorno. Un tavolo basso li separa ed entrambi sono contornati da pouf. Infine una scultura in ferro battuto alta fino al soffitto divide la sala dall'ingresso della casa. Una scala in legno conduce al piano superiore da dove si godrà senza dubbio una vista mozzafiato. Alle pareti alcune tele di due metri per due, molto pop, rappresentano il mondo in cui si muove Tristan: un mondo di surfer, al tempo stesso eccitante, colorato e pericoloso. Ammiro uno dei quadri e riconosco alcuni elementi del film *Point Break – Punto di rottura*, quello con Keanu Reeves. Sorrido.

Charlotte è sovraeccitata e mi conduce verso la terrazza. Veniamo bruscamente urtate e superate da un ragazzo nudo che corre a tutta velocità per poi gettarsi in piscina gridando: «Per te, Zoé!».

La Zoé in questione si ritrova completamente fradicia.

«Julius!» si lamenta alzandosi da bordo piscina per cercare un asciugamano.

È seguita alle calcagna da altre tre ragazze che lanciano sguardi assassini a Julius.

Charlotte mi mette al corrente: «È Zoé Grospiron, la campionessa d'Europa di longboard, testimonial di Roxy!».

Guardo Zoé, impressionata da quello scricciolo di ragazza bionda e carina, dall'aspetto dolcissimo, ma che a quanto pare domina l'oceano e sa piegare le onde alla sua volontà.

La vista dalla terrazza che sormonta il golfo di Biarritz è insuperabile. Gli invitati ballano al suono della musica; ci sono una trentina di persone, anche più. Una festicciola tra pochi intimi, diceva?

Tutti gli amici di Tristan sono più o meno in costume intorno alla piscina, mentre alcuni sono in acqua, con un bicchiere rosso in mano. L'alcol scorre a fiumi. Sento un ruggito e mi giro verso un ragazzone con indosso un costume da leone e lo stesso giubbotto verde dei giocatori di rugby; deduco che sia la mascotte della squadra. Deve morire di caldo in piena estate sotto quella testa di leone.

Avanzo di un passo e scopro che dall'altro lato della piscina a sfioro si trova un giardino alberato. In mezzo al giardino c'è un palco e sul palco Tristan. Nel mio petto il cuore sussulta. Lui è lì che rappa con un microfono tra le mani. Il suono che sentivo era nientemeno che un live di Tristan. Devo ammettere che è molto bravo. Accanto a lui, dietro la console, con le cuffie alle orecchie, un ragazzo asiatico al tempo stesso elegante e stiloso mixa la musica. Indossa una maglia di rete nera, una cintura spessa con una grossa fibbia e un paio di pantaloni larghi di raso nero. È alto e magro, ha le unghie dipinte, una chiave di basso tatuata sulla gola e gli orecchini ai lobi. La sua originalità e la sua autenticità sono una boccata d'ossigeno.

Osservo Tristan con attenzione. Sul palco è come un pesce nell'acqua. Si direbbe che fa questo da tutta la vita. Si muove al ritmo della musica, tra le grida e gli applausi delle ragazze e dei ragazzi ai suoi piedi. Fanno tutti a gara per scattarsi un selfie con lui.

Il ragazzo che prima correva nudo alla fine si è avvolto un

asciugamano intorno ai fianchi e passa davanti a noi con il telefono in mano. Mi accorgo che sta filmando Tristan e, quando guardo il numero di persone che lo seguono in diretta, per poco gli occhi non mi escono dalle orbite. Diecimila like?! Davvero?! Io a malapena ne ho ricevuti una decina quando ho postato la prima foto sul mio profilo. Prendo il telefono dalla tasca e scopro che in effetti non sono neanche nove.

«È perché non hai messo gli hashtag» mi dice mia cugina all'orecchio. «È quel simbolo a forma di diesis che aiuta a riunire i post con lo stesso tema. Una specie di parola chiave, se preferisci. Ecco, guarda!»

Mi cugina fa una foto a Tristan e al suo amico sul palco. La posta immediatamente sulla sua bacheca indicando *#atmosferadaurlo #festa #primadelritornoascuola #TristanBadiola.*

«Vuoi dire che Tristan ha un hashtag con il suo nome?»

«Be' sì! Che credi, Tristan è *LA* star di Biarritz. Facciamo parte dell'élite, cugina! Insomma, tu soprattutto, io sono solo la tua +1.»

Poso di nuovo il mio sguardo su Tristan. Nello stesso istante il suo viso si gira verso di me e i nostri occhi si incrociano. Arrossisco, abbasso i miei, imbarazzata, e sorprendo le sue labbra distendersi deliziosamente. In men che non si dica lancia il microfono al DJ gridando «Fatevi sentire», e salta dal palco con un'agilità senza pari. La folla che attraversa per raggiungermi è in delirio, ma la cosa non sembra toccarlo. Viene verso di me in modalità superzen e mi rivolge un sorriso complice.

«Allora sei venuta.»

«Devo dire che ho pensato di andarmene, il padrone di casa mi aveva promesso una festicciola tra pochi intimi.»

«Be' sì, è un piccolo *pool party*, una cosa tranquilla.»

Finalmente nota mia cugina che si agita da un paio di minuti buoni davanti a lui.

«Ciao Charlotte, le birre e lo champagne sono là in fondo.»

Indica un enorme secchio in metallo pieno di bottiglie vicino alle sdraio.

«E ci sono anche dei costumi nuovi, se non avete i vostri, servitevi pure.»

Scopro una ventina di costumi di marca appesi a delle grucce vicino alla jacuzzi. Ma dove sono finita? Non mi aspettavo di trovare gente così a Biarritz.

Il famoso Julius si avvicina a noi accompagnato da un altro ragazzo che ho già visto da qualche parte. Il suo volto non mi è nuovo ma non ricordo assolutamente dove l'ho già incontrato. Tiene una ragazza per la vita. Charlotte mi stringe il polso con tutta la forza.

«Oscar. È Oscar. Ed è con Clara Marz. Cantante, influencer, madrina di *The Voice*!!! Sto per morire!»

Charlotte è in trance, con stampato un sorriso da Joker che le arriva alle orecchie.

Oscar e Julius ci raggiungono.

«Guarda chi ha lasciato lo studio di registrazione per essere con noi!» dice Tristan a Oscar.

Battono i pugni e si abbracciano come due amici che non si vedono da decenni.

«Tutto bene, fra'?» riprende Tristan. «Come va l'album? Bene?»

«Abbiamo appena registrato il featuring con Clara. È già un classico.»

Julius si avvicina a Clara Marz e le mette il braccio intorno al collo.

«Clara, davvero? E quindi pensi che quest'anno il ragazzo ce la farà a prendere la maturità o...»

«Il terzo è quello buono, fra'» risponde lei scherzosa, togliendosi il braccio di Julius dalla spalla. «Questo ragazzo è tanto bello quanto pesante... e bello lo è un bel po'.»

Oscar si mette a ridere della sua +1, poi finalmente posa lo sguardo su me e Charlotte. È istantaneamente attirato da mia cugina, che è davvero uno schianto. Alta e rossa com'è, ha delle movenze da Brigitte Bardot quando la smette di gesticolare e di parlare. Le ho prestato uno dei miei vestiti in stile marinaro, rosso e bianco, e quando lo zio Patrick è uscito l'ho truccata. È bastato un tocco di mascara a sottolineare i begli occhi verdi e lo sguardo da cerbiatta, e il mio rossetto rosso contrasta meravigliosamente con la sua pelle diafana. Si direbbe che Oscar la trovi di suo gusto.

«Ciao! Io sono Oscar.»

«Oscar... di *The Voice*?»

Oscar fa una smorfia. L'incantesimo è rotto.

«E sì... Buona, fra', ci si becca più tardi» dice rivolto a Tristan.

«Inviti le groupie adesso, Tristan?» lo prende in giro Clara. «Attento alla tua quota di popolarità, cala in fretta.»

Oscar prende Clara per un braccio e insieme vanno a sistemarsi su uno dei pouf, lasciandoci sole con Tristan e il suo amico Julius.

«Due giorni all'inizio della scuola. Non ti ho detto, fra', quest'anno è tanta roba: Rivas fa entrare sua figlia all'ultimo anno. Ha passato dieci anni dalle suore e dieci sono tanti. E a quanto pare è una grande stronza.»

Charlotte perde il sorriso. Tristan abbassa la testa come per nascondere la propria reazione.

«Sei anni. Ho passato sei anni dalle suore, non dieci. E non sono una grande stronza. Vado a vedere i costumi, cugina.»

Fisso con sguardo assassino Julius, che ride come una iena.

Tristan si gira verso il suo amico non riuscendo più a trattenere le risate.

«Sei veramente stupido, è incredibile. Davvero, sei...»

«È tua cugina!?»

Ha l'aria sorpresa. Ora aspetto le sue più umili scuse.

«Ehi, è vero che sua madre è scappata con un guru del sesso per andare a vivere in una comunità nudista negli States o una roba del genere?» continua Julius, per nulla turbato.

Un "sì" di Charlotte si leva da lontano, accompagnato da un gesto dell'ombrello diretto a Julius. Quest'ultimo, minimamente scosso, scoppia in una nuova risata, entusiasta di aver avuto conferma di questo gossip.

«E tu vai in giro con questo tipo? Davvero?» chiedo girandomi verso Tristan.

«Ah no, non...»

Non fa in tempo a finire la frase che si fa incastrare da un altro ragazzo con il giubbotto verde.

«Fra', a nome di tutta la squadra di rugby, grazie per questa festa di inizio anno da sballo.»

«Mi fa piacere, Ben, siamo una famiglia.»

«Per Tristan, fatevi sentire!»

Tutta la squadra di rugby si mette a gridare "graur" e a imitare il verso del leone. No, ma, sul serio, sono finita in un mondo parallelo. Quando noto che Charlotte si è già infilata uno dei costumi da bagno offerti da Tristan, un modello rosso che le calza a meraviglia e si sposa perfettamente con il rossetto, e che si sta facendo arrostire una salsiccia sul barbecue, ormai dimentica dell'incidente con Julius, decido di mettermi un po' tranquilla su una sdraio e lasciare che si goda la festa. Prendo il libro che mi ha regalato Tristan, chiedendomi come ho fatto a sentirmi così fragile quella sera.

«*Oh my God*. Dovrò resistere più di un anno.»

Sussulto scoprendo dietro la mia sdraio il DJ che ho visto prima addossato alla ringhiera.

«Se sei qui è perché sono tuoi amici, no?»

«*Honey*, mi hai guardato bene? Io sono invitato perché sono il miglior DJ dei Paesi Baschi.»

Un ragazzo robusto, biondo, uscito da un film di vichinghi, lancia un cenno d'intesa al DJ. Osservo il tatuaggio che circonda per intero il suo ampio bicipite mettendolo ancora più in risalto.

«E anche perché coltivo della buona erba» mi precisa raggiungendo il suo... cliente?

Si scambiano rapidamente due canne per una banconota. Il DJ si infila i venti euro in tasca, poi torna verso di me con un sorriso sbilenco e precisa: «Tu porti Proust a una festa? Adoro. Da dove sbuchi?».

Io rispondo "Parigi" alzando le spalle.

«Adoro Parigi! *Fuck* il mare, *fuck* il surf. Io comunque sono Tao!»

Mi tende una mano che accetto di stringere. Non conosco questo ragazzo, ma ha l'aria simpatica.

«Célène.»

«Célène... come "Selene", la dea della luna.»

Sono scioccata. Nessuno prima di lui ha mai fatto questa associazione.

«Esatto! Mia madre era fan della mitologia e il mio nome in verità è Selene, ma tutti mi chiamano Célène.»

Il ragazzone robusto che ha comprato due canne da Tao è seduto di fronte a noi vicino alla piscina. Ben lo raggiunge, gli si siede accanto e lo circonda sensualmente con un braccio. Tao sembra infastidito da quel che vede.

Non faccio in tempo a porgli la domanda che mi brucia sulle labbra che una ragazza appare sul balcone. Magnifica, magnetica, ma soprattutto carismatica. Attira immediatamente tutti gli sguardi.

«Guarda con discrezione alla tua destra!»

Lui esegue ma non la fissa. Al contrario alza gli occhi al cielo sbuffando con aria snob.

«È...?»

Io la riconosco immediatamente. È Vanessa Merteuil, la star de *La Petite Sophie*. Ero fan dei suoi film quand'ero piccola e ammetto che sono impressionata di trovarmi alla stessa festa con lei.

«Ah, La Petite Sophie? Scialla. Va all'Hugo.»

«No? Era il mio idolo.»

Ora mi sento in imbarazzo. La prendevo davvero come esempio all'epoca dei suoi film. Volevo essere come lei. È come se mio padre incontrasse Macaulay Culkin di *Mamma ho perso l'aereo*. Non posso credere che frequenterò il suo stesso liceo.

«Al Victor Hugo tutte le ragazze vogliono essere Vanessa e tutti i ragazzi vogliono essere "dentro" Vanessa. Ma lei e Tristan sono la coppia di star ipersolida, impossibile sfasciarla.»

Come per accompagnare le parole che Tao mi sussurra all'orecchio, Vanessa fa segno a Tristan, che la raggiunge.

«Aspetta, stanno insieme?»

«Non lo sapevi?»

«No.»

Strano che Tristan non me l'abbia detto, visto che io non faccio altro che parlare di Pierre.

«Sono l'aristocrazia basca. Si conoscono da quando hanno sei anni, *honey*. Sono i due "spunta blu" inseparabili. Da soli hanno dieci milioni di follower.»

«Scusa, cosa vuol dire spunta blu?»

«Be', che hanno la spunta blu! Sono profili verificati. Ma vivevi in una grotta prima di venire a Biarritz o cosa?»

«Mi sono occupata molto di mio padre e il mio tempo libero lo dedico al mio fidanzato, ai miei libri e accessoriamente a studiare. Quindi gli hashtag, le stories e le spunte non sono esattamente il mio genere di cose.»

«Oh, ok. *Let's talk*. In che epoca e in che luogo pensi che ci troviamo?»

«Be'... al giorno d'oggi e a casa di Tristan, perché?»

«Non proprio.»

«Sì invece.»

«No, siamo nel 1782 a Versailles.»

Di fronte alla mia faccia perplessa, Tao prosegue: «In cima alla piramide ci sono il re e la regina, gli spunta blu, Badiola, la star dello sport, e la Regina Malvagia Merteuil, bambina prodigio».

Con un dito mi indica Tristan e Vanessa, abbracciati l'uno all'altra sul balcone. E in effetti in questo preciso istante mi sembra di vedere un re e una regina salutare i loro sudditi. Colgo stranamente un filo di ipocrisia nel loro sguardo e nei loro gesti.

«Subito sotto ci sono i duchi e le duchesse.»

Punta il dito verso il vincitore di *The Voice* e la famosa Clara Marz.

«Grosso modo sono gli artisti conosciuti, i cantanti, gli attori televisivi, i personaggi dei reality e gli influencer che influenzano per decreto reale. A livello di follower, a questo stadio si gravita nell'ordine del milione; naturalmente i duchi e le duchesse sognano tutti, senza eccezione, di ghigliottinare la coppia reale per essere promossi alla condizione di King and Queen. Qui hai altri due esemplari perfetti: la contessa Ariel e la baronessa Naya. Apprendiste influencer! Non hanno ancora raggiunto il milione ma passano il tempo a fare stories "Sisters-Situation" su Instagram. La Regina Malvagia le riposta sul suo canale YouTube!»

«Perché Malvagia? È carino da parte della Petite Soph... insomma, voglio dire, da parte di Vanessa.»

Tao mi spiega: «In cambio le Sisters rispettano le tre regole: non brillare mai più di Vanessa, dire sempre di sì a Vanessa e accettare tutti i castighi di Vanessa con il sorriso».

«Ma è orribile!»

«È la vita, *honey*.»

«A seguire ci sono i cavalieri, che hanno il compito di far rispettare la legge» dice Tao puntando il dito verso la squadra di rugby. «Parliamo degli sportivi, dei bei ragazzi, dei ricchi sfondati e dei figli di papà. Questi vanno dai diecimila ai centomila follower.»

Mi bevo affascinata le parole di Tao.

«Subito dopo trovi i buffoni del re e della regina.»

«Ah confermo! Julius è proprio un buffone.»

«Sempre sotto i diecimila! Il loro lavoro consiste nel far aumentare il numero dei follower delle loro maestà. Fanno delle grosse stupidaggini e ogni volta taggano King and Queen. Ma segretamente anche loro sognano di passare da buffoni a re. Poi ci sono i valletti. Non sono ragazzi particolarmente belli o popolari, ma sono superdotati, tipo Steve Jobs a diciassette anni. Raggiungono difficilmente i mille follower, direi che ne hanno tra duecento e novecento. Fanno da ponte con la base della piramide.»

«E da chi è formata la base?» chiedo molto curiosa.

«Ora ci arriviamo. Alla base della piramide ci sono i contadini» dice guardando mia cugina. «La massa. Quelli che hanno meno di cinquanta follower. Sono spesso denigrati dall'aristocrazia anche se rappresentano la maggioranza e chiaramente senza di loro non ci sarebbero né re né regina.»

«E quel tipo con il giubbotto verde? Anche lui è un cavaliere?»

«Ben è piuttosto *fake* IRL e *real on line*.»

«IRL?»

«Sì, *in real life*.»

Ok, apprendo in questo momento che i giovani della mia generazione operano per lo più in modalità doppia, IRL *versus* virtuale, e che questo mi era sfuggito.

Di fronte al mio sguardo basito, Tao precisa: «Troppo complesso per la tua lezione di oggi. Ma in poche parole Ben, al di là di essere un cavaliere, è il ragazzo che ti rimorchia online e ti ghosta nella realtà perché non assomigli a Thor il Vichingo».

Ben prende in disparte il ragazzo che assomiglia effettivamente al dio nordico, l'addossa contro il muro, gli toglie la canna che ha in mano, la accende e gli soffia addosso il fumo. Si baciano languidamente, le loro gambe si intrecciano, Ben rafforza la stretta. Io distolgo lo sguardo e riporto la mia attenzione su Tao. Oh, il mio presentimento era giusto. Tao impazzisce per Ben.

«E tu che posto occupi in questo sistema?»

«Io sono il mercante, al vostro servizio.»

«Che cos'è il mercante?»

«Quello che non è possibile uccidere e che è presente a tutti i livelli, perché è troppo utile.»

Ben ora prende per mano il sosia di Thor e lo porta in una stanza. Osservo Tao contrariato. Allora mi avvicino a lui e gli mormoro all'orecchio: «Ehi, tu sei dieci volte meglio di Thor. Dieci volte».

«*Girl, I like you*» mi dice ridendo.

«*Like you too!*»

Alla fine Tristan non aveva poi così torto a invitarmi a questa festa. Mi sono fatta il mio primo vero amico.

Noto poi Tristan e Vanessa entrare in casa mano nella mano. C'è poco spazio per l'immaginazione. Se tutto questo sistema neofeudale ha l'andamento di un incontro di scacchi che consiste nell'allearsi strategicamente per destituire la monarchia, io sono quasi sicura che King Badiola e Queen Merteuil, dietro quelle tende, non vanno certo a giocare una partita. Tra sensualità, celebrità e sex appeal, ecco una coppia molto diversa dalla mia.

9
TRISTAN

Disteso sul letto, guardo Vanessa accostare le persiane della mia stanza. Il suo kimono è completamente aperto. Affondo nel letto e squadro il suo body da pantera che le fascia perfettamente i fianchi. È uno schianto.

«Mi raggiungi?» le chiedo tendendo una mano verso di lei.

Lei si volta e lascia cadere il kimono. Io faccio scorrere il mio sguardo su di lei come una carezza. Cazzo quanto è sexy così! Lei prende la sua borsa, la poggia vicino al letto e scivola sotto le coperte; fatico a crederci. Nel dubbio tento la fortuna e tolgo la T-shirt. Ma invece di saltarmi addosso, lei mi porge due mug che ha prelevato dalla borsa alla velocità della luce. Me ne lancia una che afferro ridendo mentre lei regge fra le mani la seconda. Dà un'occhiata alle scritte prima di esclamare con una smorfia: «Merda, gli avevo detto di farle più grandi per le nostre foto profilo!».

Analizzo anch'io le due mug. Sulla mia è raffigurata la metà di un cuore con dentro la foto profilo di Vanessa, mentre sulla sua è raffigurata l'altra metà del cuore con dentro la mia foto. Si legge chiaramente la scritta LA PETITE SOPHIE IN LOVE suddivisa tra le due mug. Vanessa ha appena creato la sua "linea love".

«Ci sono davvero degli idioti che comprano questa roba?»

«Se la postiamo su Instagram, sì, tesoro.»

«Non la posso guardare.»

So che fa parte dell'accordo. Io l'aiuto a piazzare i prodotti e, così facendo, accumulo follower e denaro. Peccato che ho l'impressione di essere io stesso uno spot permanente e a volte vorrei che la gente mi seguisse per altro, non solo per tutto ciò che ruota intorno a Vanessa e ai suoi prodotti.

Lei mi si avvicina e posa i due palmi sul letto. Così ho una vista mozzafiato sul suo seno. Mi allungo leggermente verso destra per completare questa visione con il riflesso del suo culo nello specchio in fondo alla stanza. Quando lei affonda la testa all'altezza esatta del mio pene – gesto innocente o totalmente calcolato, difficile da dire –, io mi eccito. Soddisfatta, lei cambia posizione. Scivola accanto a me e giochiamo alla coppia di innamorati che si è appena alzata e beve in due belle tazze il caffè caldo del mattino. Spinge le sue cosce contro le mie. Io inspiro profondamente per tentare di controllarmi. Mi abbasso leggermente per avvicinarmi a lei e far finta di baciarla. Fingo di bere mentre lei fa un sorriso a trentadue denti mettendosi in posa.

«Tristan, fai uno sforzo, sembri arrabbiato.»

«Allora tu smettila di recitare e baciami davvero.»

Lei mi guarda e ride divertita prima di rimettersi in posa.

«Ciao micini, ci vediamo più tardi per la presentazione delle nostre nuove mug davvero carinissime. Io e Tristan le adoriamo, e voi?! Non vediamo l'ora di sapere cosa ne pensate, tanti baci!»

Incredibile quanto può essere falsa e ipocrita. Vanessa non è proprio una da "micini" o "carinissime" nella vita vera. Vicina ai suoi fan, accessibile, fa di tutto per essere adulata. Si è messa in testa di girare *La Petite Sophie 4*, nel quale l'eroina, dall'alto dei suoi diciassette anni, scopre cos'è il vero amore. Vuole dare quest'immagine di ragazza pura, di sorella ideale, perché ci si immedesimi nel suo personaggio. Ma in realtà questa ragazza è un vampiro. Un vampiro che muoio dalla voglia di scoparmi...

Finisce di registrare la sua story e la posta su Instagram. È tutto orchestrato, ma devo dire con maestria. Prima che chiuda l'applicazione sfoggio il mio più bel sorriso ipocrita. Appena mette via il telefono, a comando il mio sorriso svanisce.

«Vedi che non era così complicato!»

Subito si allontana prendendo le due mug e buttandole nel cestino. Dopo si sistema in un angolo della stanza vicino alla finestra e si mette a controllare il telefono.

«Ma poi com'è andata a Saint-Tropez? Non dovevi tornare domani?» le dico scrutando la sua reazione. Vanessa non fa mai niente per caso.

Scoppia in una risata che non capisco.

«Che c'è?»

Guardo il mio cellulare e deduco che Vanessa sta reagendo a una story postata da Julius: c'è Charlotte che mangia una salsiccia con il tag "Ecco il risultato di sei anni dalle suore. *#poolparty #TristanBadiola*". In effetti no, non la mangia, la succhia. Non si rende neanche conto a che punto quel gesto può essere mal interpretato e, visto il modo in cui i ragazzi della squadra di rugby si divertono a guardarla, non sono il solo ad averci pensato.

«Fa' attenzione, un post con la Rivas sono diecimila follower in meno! Perché hai invitato quella deficiente?»

«È una +1» le dico scrollando le spalle.

Vanessa si alza. Inclina la testa di lato, si osserva attentamente allo specchio, poi esclama: «È lo strumento della mia vendetta».

«Davvero hai detto questa cosa guardandoti allo specchio?» rido. «Qui qualcuna non ha digerito la sconfitta alla challenge dell'anno scorso.»

Lei mi lancia uno sguardo attraverso lo specchio. Le sue sopracciglia si aggrottano e assume un'aria da monella viziata.

«Adoravo quella macchina!»

Avevo lanciato a Vanessa una super challenge: doveva farsi Rivas entro la fine dell'anno. Ma ha perso. Così è stata costretta a cedermi la sua Range Rover, ne vado così fiero.

«Allora non bisognava metterla in palio. Ti avevo detto che era intoccabile, il direttore.»

Lei si gira lentamente, molto lentamente, con un sorriso tirato tra i denti. Viene nella mia direzione con un'andatura calcolata. È talmente sexy nel suo incedere che mi si arrampica letteralmente addosso come una pantera, al punto che l'eccitazione che provavo qualche minuto prima si risveglia all'istante. Si avvicina così tanto che sono costretto a indietreggiare contro la testiera del letto mentre lei si siede a cavalcioni su di me.

«Ti ricordi la mia challenge 2019?» mi chiede con voce soave.

«Avanti, spiegami...» ansimo.

«Ho fatto un pompino a un monaco.»

Rabbrividisco a quelle parole. Quasi per accentuarle, Vanessa si strofina leggermente contro di me.

«Rivas era sul punto di farsi scoppiare la patta alla kermesse di giugno.»

Le accarezzo le spalle nude, faccio scivolare le mani sulle sue braccia mentre lei continua ad ancheggiare su di me. Non parla, fa le fusa. Tutto nella sua maniera di agire è fatto per controllarmi. Calcola ogni gesto, ogni parola.

«Gli si è ammosciato perché l'ha chiamato la sua "Chacha"! Quindi è solo colpa sua se tu ti sei aggiudicato la mia Range.»

Vanessa chiude gli occhi, si gode le mie carezze mentre il suo respiro si fa più profondo. L'eccitazione è tale che sono sul punto di cedere. Ma so anche che Vanessa non andrà fino in fondo. Devo porre fine a tutto questo e rimetterla a posto in senso proprio e figurato.

Le mie mani risalgono all'altezza delle sue spalle e la sollevano per spostarla di lato sul letto. Si ritrova in ginocchio senza capire perché ho terminato il gioco. Infastidito, mi sollevo e mi siedo di fronte a lei.

«Tu parli troppo, ragazza. Parli troppo, come i cattivi nei film che alla fine si fanno sempre beccare perché hanno bisogno di spiegare qualcosa che si è già capito.»

Offesa, si allontana subito da me.

«Io ho vinto la scommessa, tu hai perso la macchina e la tipa non c'entra niente. Lo sai molto bene.»

È irritata, lo sento. Apre le persiane ed esce sul balcone con finta nonchalance. Mentre si sporge per osservare meglio i miei invitati intorno alla piscina, io mi avvicino ai piedi del letto e mi distendo a pancia in giù per osservare meglio le sue curve eccitanti. Il suo body è davvero sgambatissimo.

«Ti piacerebbe scopare Charlotte e farne la puttana del liceo?» mi dice freddamente.

Allora capisco che sta fissando la cugina di Célène. Resto disteso nella stessa posizione, ma l'erezione è svanita.

«Ehm... No. Non tanto.»

Francamente non capisco il senso di una challenge simile. È appena uscita da sei anni di scuola dalle suore, sicuramente è ancora vergine, ha l'ingenuità di una bambina di dieci anni. Potrei deflorare il papavero in meno di ventiquattr'ore.

«Non è divertente. Non vuoi più giocare con me?»

Sbuffo. Cosa c'entra?

«Che ti succede? Sei innamorato?»

«Sì, di te, mia piccola Sophie» le dico piantando il mio sguardo nel suo e fingendo sincerità.

«Oh, smettila.»

Non mi guarda più, resta con i gomiti sulla ringhiera del balcone e fissa un punto davanti a sé. Ah, quel body!

«Perché non scopiamo?»

«Perché non è previsto dal contratto. Non si scopa, non ci si bacia e non ci si tocca se non in pubblico. Io ho il tuo dossier assassino, tu hai il mio, quindi non possiamo neanche fregarci a vicenda! Siamo legati, baby.»

«Lo so, lo so, lo so.»

Di colpo si gira verso di me. I miei occhi tornano su di lei, avrà capito che le guardavo il culo. Il suo sguardo è perturbante.

«Ok, solo una volta?»

Cosa? Dice davvero?

Mi alzo e la raggiungo sul balcone. Forse finalmente non sono più ammiccamenti, forse Vanessa è davvero pronta a venire a letto con me. Forse vorrà farlo solo una volta, ma a me solo una volta va benissimo!

«Aspetta un attimo, tu... Tu vuoi che ti scopi solo una volta?»

«Non me... Charlotte!»

«Non esiste, ragazza» ribatto. «Non ci metterei niente a legarla a me.»

Getto un'occhiata verso Charlotte, intenta ora a lottare con un salvagente a forma di unicorno in piscina.

«È... quasi un insulto, capisci, e poi al momento ho altro da fare.»

Infilo la T-shirt, tanto per oggi non c'è speranza di concludere niente con Vanessa. Lei, appostata strategicamente sul balcone, scruta i miei invitati. Il suo sguardo si ferma su Célène, che sta ridendo con Tao vicino ai lettini. Merda, se solo Vanessa fosse rimasta a Saint-Tropez un altro giorno.

«Lei chi è?» domanda.

Mi dà l'impressione di conoscere già la risposta, ma faccio finta di niente: «Una parigina. Si è appena iscritta al Victor Hugo».

«E tu la inviti a casa tua? Cosa vuoi fare? Scopartela nel garage?» replica lei sprezzante.

«Per tua informazione, la ragazza è strafedele. È fidanzata, crede nell'amore assoluto e ha valori solidi che non tradirà mai. Quindi no, non pensavo di scoparmela nel garage.»

Non ho voglia di andare oltre nelle spiegazioni. Io e Vanessa adesso siamo di profilo uno dietro l'altra e guardiamo in direzione di Célène. Vanessa indietreggia di un passo e si attacca a me. Questa ragazza non ha solo il dono di far emergere il mio lato oscuro, se ne compiace anche. So che la eccita e non posso fare a meno di esternarle i miei disegni più neri. È l'unica che non mi giudica, a differenza di Célène, con la quale non posso mai permettermi di sbagliare. Vanessa è corrotta, ma credo che nel mio profondo io lo sia altrettanto. Lei accetta la mia vera natura e io accetto la sua.

Così proseguo: «Non pensavo di scoparmela in garage... Ma la prendo come una sfida personale. Vedrò di farle dimenticare tutte quelle stupide idee sull'amore assoluto, il matrimonio, la fedeltà. E se sono bravo, le farò un lavaggio del cervello tale che sarà lei a supplicarmi di portarla a letto».

«Sto al gioco! 1: ci vai a letto; 2: la molli. Se perdi, io guadagno il tuo capanno sulla spiaggia a Guéthary. Affare fatto?»

Rido. E poi cos'altro? Non vedo cosa potrebbe mettere in palio che sia all'altezza della mia proprietà. È fuori questione!

«No, lo farò per conto mio. Mi hai già ceduto la macchina, non vedo con cos'altro potresti sfidarmi.»

«Ti offro una clausola aggiuntiva al contratto.»

Alzo un sopracciglio, questa volta interessato. Merda, se facessi decidere al mio pisello, direi sì all'istante. Ma non so se ne vale la pena. Ho ereditato quella casa da mio nonno, è l'unica cosa veramente mia e si trova in una località inarrivabile per il surf. D'altro canto ho una voglia matta di scoprire che cosa intende Vanessa per clausola aggiuntiva al contratto. Se intende solo dei preliminari, allora niente!

«Sii più precisa, per favore.»

«Dalle due alle tre ore di preliminari, pompino compreso. Più un pacchetto scopata rinnovabile, davanti e di dietro. Così è abbastanza preciso?» dice con voce professionale.

Deglutisco. Subito mi si insinuano nella mente delle immagini. Merda, non posso lasciarmi scappare un'occasione simile, non si ripresenterà mai più.

«Sì, abbastanza.»

«Allora affare fatto?»

Non faccio in tempo a rispondere che si apre la porta e compare Charlotte. Non ci ha visti sul balcone e credo che stia parlando da sola. Pensavo che lo facessero solo i vecchi.

«Pipì, pipì... Devo fare pipì! Spero che ci sia la carta.»

Ha un attimo di esitazione quando si accorge che non è in bagno ma in camera mia e che ha interrotto me e Vanessa.

«La Petite Sophie! Sei il mio idolo! Vorrei tanto essere come te. Ti posso abbracciare?»

«No» risponde fredda Vanessa. Ma da par suo Charlotte non ha niente da ridire: si precipita su Vanessa, le mette le mani intorno alla vita e posa la testa contro il suo petto. Troppo contatto umano per Vanessa, che resta immobile come una statua.

«Sono talmente contenta. Spero che diventeremo grandi amiche ora che saremo in classe insieme. Mmm... Che buon profumo!»

Non posso fare a meno di ridere davanti a tante stupidaggini. Lascio Vanessa alla sua groupie e le faccio un cenno della serie: "Poi continuiamo...".

10
TRISTAN

Ridiscendo e cerco Célène in mezzo agli invitati, che a questo punto sono abbastanza sbronzi. Arrivo sulla terrazza e sorrido scorgendo Oscar in mutande a faccia in giù sul lettino con una bottiglia vuota di champagne in mano. Le Sisters sono sul lettino accanto che registrano un episodio di "Sisters-Situation" dal titolo *Come fare a mantenere la dignità quando hai bevuto troppo* filmando Oscar come controesempio. Tao è al mixer, circondato da una folla sempre più ampia.

Mentre con gli occhi cerco Célène, non posso fare a meno di pensare che se mia madre tornasse prima del previsto sarei fottuto. Crede che mi stia allenando con Zoé, che è così in gamba da coprirmi. Rimettere tutto a posto sarà un casino, i ragazzi della squadra di rugby faranno meglio a darmi una mano.

Mi defilo passando tra le ragazze che mi si strusciano addosso senza pudore, i seni compressi in bikini uno più minuscolo dell'altro, ma non colgo traccia di Célène. Tao mi avvista e abbandona la console per venirmi incontro. Insieme a sua madre ha lasciato la Cina a tredici anni e non ci ha più rimesso piede. Ha uno stile stravagante, non nasconde né il disamore per il surf né la sua passione per il voguing e l'opera.

È piuttosto distante dal nostro mondo ma qualcosa mi dice che gli va bene così. Eccolo che arriva.

«Fra', hai visto Célène?»

Allora Tao mi passa una busta, busta che riconosco subito. È quella che avevo inserito nel Proust che avevo regalato a Célène.

«Tieni, se n'è andata.»

Sbuffo a spalle basse. Merda! Sapevo che sarei dovuto rimanere con lei. Mi chiedo se Tao le abbia detto qualcosa su di me.

«Ti ha detto qualcosa?»

«No.»

«Le hai detto qualcosa che le ha fatto venire voglia di andarsene?» gli domando seccamente.

«Che cosa le avrei dovuto dire, Tristan?»

«Che ne so. Ma ti conosco, Tao, e sono convinto che hai in serbo pettegolezzi per ognuno di noi.»

«Non sono masochista. So bene che se vuoi sopravvivere da queste parti è meglio tenere la bocca chiusa.»

«Esatto, ragazzo. Non scordarlo mai.»

Vorrei che Célène venisse a sapere il meno possibile sul mio conto per bocca d'altri. Tao posa una mano sulle labbra soffocando un "ups".

«"Ups" che? Che cosa le hai detto, merda?!»

«Tranqui, Tristan, non le ho detto niente che non si sappia già. Era molto intrigata dalla tua relazione con Vanessa e le ho semplicemente detto che stavate insieme. Dopo ha ricevuto un messaggio sul cellulare, ha scarabocchiato qualcosa sul biglietto e mi ha chiesto di dartelo.»

Se non altro non si è volatilizzata senza dire una parola. È già qualcosa.

Apro la busta, giro il biglietto che le avevo scritto e leggo il messaggio che ha indirizzato a me:

Caro Monsieur de Badiola,
il treno del mio fidanzato è appena arrivato in stazione.
Non vedo l'ora di vederlo! Le affido Charlotte.
E ancora grazie per l'invito. Ciao!

Fanculo! Accartoccio il biglietto nel pugno. Sono assalito da uno strano sentimento, quasi certamente gelosia. No, non è vero. In realtà sono solo seccato che abbia lasciato la festa per andare dal suo ragazzo sfigato. Io la invito a uno dei *pool parties* più esclusivi di Biarritz e lei che fa? Se la squaglia per andare a prendere il suo tipo in stazione, che oltretutto è un povero nerd. Ho stalkerato per bene il suo profilo Instagram da futuro dottore.

«L'offerta scade fra trenta secondi.»

Alzo gli occhi e vedo la mia cara Vanessa. Sorride soddisfatta come se ancora una volta conoscesse già la mia risposta. So che stare al suo gioco non è la scelta più saggia, ma dopotutto che cos'ho da perdere?

"La tua casa sull'oceano per esempio" mi suggerisce la coscienza.

Metto subito a tacere quella vocina che tenta nuovamente di indirizzarmi sulla retta via. Me ne sbatto della retta via...

Mi avvicino e fisso il mio sguardo in quello di Vanessa, tendo una mano nella sua direzione e le dico: «Accetto».

Per suggellare il nostro patto, Vanessa fa scivolare la sua mano sottile nella mia. Io le afferro un braccio per attirarla a me. Lei posa la mano libera sul mio torace mentre con un dito io le sollevo il mento all'altezza del mio viso. Ho una voglia incredibile di incollare la mia bocca alla sua. Il suo respiro investe le mie labbra e il mio sguardo non si stacca dal suo. Vado per prendere un assaggio di ciò che mi spetterà dopo aver vinto la scommessa, ma Vanessa fa leva sul mio torace per staccarsi da me lasciandomi a bocca asciutta: «Ottimo. Hai due mesi di tempo».

11
CÉLÈNE

«Pronte, raga?»

Mi giro e scopro lo zio Patrick nelle graziose vesti di "direttore d'istituto", tutto emozionato per il primo giorno di scuola. Charlotte invece è combattuta tra la gioia di fare l'ultimo anno in un liceo misto frequentato dalla crème dei Paesi Baschi e la frustrazione di essere sorvegliata tutto il giorno dal padre e non poter rivolgere la parola a nessun ragazzo.

Papà sta ancora dormendo. Vorrei dirgli di approfittare di questa prima giornata per farsi la barba e uscire a prendere un po' d'aria, ma mi trattengo. Non servirebbe a molto.

Io e Chacha seguiamo lo zio Patrick in giardino e montiamo sulla sua due cavalli rossa supervintage. Immagino che mia cugina avrebbe preferito un modello più recente, ma a me piace molto.

«Sarà spaziale!» esclama mio zio al volante.

Mia cugina ha il muso lungo e le braccia incrociate sul petto.

«Così è troppo. Daremo subito nell'occhio con questo catorcio. Perché non possiamo andare in autobus o in bici?»

«Charlotte!» la riprendo. «Gli fa piacere e sono sicura che nessuno si accorgerà del nostro arrivo.»

Per me, che a Parigi mi spostavo sempre con i mezzi, la due cavalli di zio Patrick è un lusso!

«Sì, come no, vedrai che vergogna.»

Percorriamo la strada costiera di Biarritz. Zio Patrick ci spiega il regolamento del liceo, ci mette in guardia da alcuni adolescenti che sono "teppa da evitare di brutto", ci avvisa anche

che non ci riserverà alcun trattamento di favore. Al contrario dovremo dare l'esempio, perciò si rivolgerà a noi chiamandoci per cognome e dandoci del lei. Sorrido. Lo zio Patrick è pieno di contraddizioni.

Superiamo una rotonda che conduce a un boschetto ai cui margini una cortina di pini lascia trasparire un immenso edificio in pietra da taglio. Accanto c'è quel che sembra un campo da rugby e tutt'intorno è pieno di vegetazione. L'auto supera un cancello in ferro battuto ed entra nel recinto della scuola. Mi sembra di essere Dorothy nel *Mago di Oz* che, sottratta al suo Kansas natale, approda in un nuovo mondo, lastricato di meraviglie ma anche di mille insidie. Se Dorothy atterrando a Oz capisce chiaramente di non essere più nel Kansas, io osservo a occhi spalancati il recinto del liceo più esclusivo dei Paesi Baschi, vicino in tutto e per tutto a Hogwarts, e mi dico a mia volta: "Chiaramente, Célène, non sei più a Parigi".

Appena imbocchiamo il viale centrale del liceo sento alcuni dei miei futuri compagni scoppiare a ridere vedendo la nostra due cavalli. Ok, sono già schedata.

«Te l'avevo detto» replica Charlotte contrariata.

I ragazzi arrivano in scooter, bici elettrica o skateboard. Mi aspettavo di trovare una scuola in cui al limite fosse ancora in uso l'uniforme, invece l'aristocrazia basca ha barattato i cappelli a cilindro e i ventagli con infradito e occhiali scuri. Sorrido osservando i miei compagni surfisti parcheggiare la loro tavola all'ingresso della scuola, nell'apposito spazio destinato all'uso. Io e Charlotte scopriamo i diversi clan che gravitano all'ingresso del liceo. Duchi e duchesse, valletti e contadini... Un intero microcosmo accomunato ovviamente dall'avere un cellulare in mano, per immortalare il primo giorno di scuola con una story su Instagram. Ho paura che la nostra due cavalli rosso squillante sia incappata nel fuoco incrociato degli iPhone e sia finita in ognuna delle loro stories.

«Sisters-Situation!» dicono in coro due ragazze; devono essere le famose Naya e Ariel. Mi chiedo se provino le stories prima di registrarle o se sono così in sintonia che i loro cervelli funzionano all'unisono.

Quando la due cavalli le supera, Naya ci punta il telefono addosso e io vorrei scomparire. Charlotte saluta spavalda i fan delle Sisters. Io desidero mantenere un profilo basso. Negli ultimi due anni ho avuto fin troppi drammi.

L'auto prosegue in direzione del parcheggio, superiamo Oscar. Lui ferma lo scooter e si sistema i capelli mentre qualcuno tenta di filmarlo.

«Ehi, Oscar di *"Ze" Voice*.»

Oscar grugnisce al fan e mette la mano sull'obiettivo della videocamera.

Charlotte cerca di attirare la sua attenzione facendogli segno con la mano. Oscar non la calcola, a differenza di zio Patrick che corruga la fronte e la mette severamente in guardia da quel piccolo "pessimo punk di ventun anni" che sta ripetendo l'ultimo anno per la terza volta.

Mentre lo zio parcheggia, vedo Tao che prova a infilare la sua bici elettrica in una rastrelliera già piena. Mentre lui si sbatte, un liceale fa una story: «Ricomincia la scuola e rimane il problema del parcheggio per le biciclette. #*VictorHugo*».

Entriamo nel cortile e scopro un chiostro con colonne maestose. Ci sono un prato, degli alberi, grandi tavoli con le panche e i ragazzi che ho incontrato al party in piscina che giocano a rugby. Mi sembra di essere atterrata negli States in versione basca.

Julius, che stava facendo una story sul rugby, ci vede arrivare e sposta il telefono su di noi, scandendo «Ueh, le due raccomandate». Tao accorre in nostro aiuto e mette subito la mano sull'obiettivo in segno di «protesta contro la stronzaggine».

«Ok, ecco l'altro. Niente male la borsa, la fanno anche per uomo?»

«No, ma ha ragione» ride Ben sotto lo sguardo contrariato di Tao. «Io sono gay, ma tu sei una queen. Addio, stronzetti!»

Vedo rosso. Tao mi dice di non preoccuparmi per lui, che ha tutto sotto controllo.

«Ma non vedo l'ora di finire l'anno e andarmene a Parigi! Capitale dell'arte, della moda e della consegna di cibo a domicilio! Ne ho fin sopra i capelli di pizza e tapas» aggiunge con fatalità prima di scomparire nell'edificio principale della scuola.

Ben e Julius, fieri della loro idiozia, si danno il cinque e vanno a sedersi al tavolo riservato alla nobiltà *online* vicino a Tristan. Quando noto il sorriso di Tristan e il modo in cui ridacchia dando anche lui il cinque al suo compagno, non ci vedo più. Come può approvare questo? Perché lascia che la sua "corte" prenda apertamente in giro Tao? Se Tristan è il King, non dovrebbe essere responsabile? Gli basterebbe alzare un mignolo per ordinare ai suoi buffoni di finirla.

Gli vado incontro senza distogliere lo sguardo. Lui sorride con i suoi denti bianchissimi, ma io non sono in vena di risate. Lo squadro e gli dico seccamente: «Non riesco a capire se sei uno perbene che sta con degli stronzi o se sei uno stronzo che finge di essere perbene».

«Aspetta, saremmo noi gli stronzi?» replica Ben.

«Voi, sì!»

«Avanti, vieni, andiamo via, non le piacciamo» conclude Julius con una mano sul collo di Tristan.

Tristan si alza svelto dalla panca senza capire bene cosa succede.

«Aspetta, cos'è questa storia?» esclama freddamente prima di andarsene.

Mi giro verso Charlotte, che è sorpresa di vedermi insultare così la nobiltà. Suona la campanella e nello stesso momento la porta si apre su una Vanessa Merteuil vestita con una tunica bianca ultrasexy, tacchi Prada e borsa Chanel (l'eroina di *Ragazze a Beverly Hills* le fa un baffo). Cammina quasi al rallentatore, seguita dal suo entourage – tra cui ovviamente le Sisters –, e Charlotte per poco non le chiede una foto con dedica. Mi sento così sola, penso al mio Pierrot che mi manca. Decido di postare una story su Instagram per il mio fidanzato. Mi faccio un selfie e scrivo: "Volete la pace, create l'amore. *#VictorHugo #primogiornodiscuola* Mi manchi mio Pierrot".

Percorro il corridoio ed entro in aula appena in tempo per la seconda campanella, che annuncia l'inizio delle lezioni. Mio zio è in piedi davanti alla lavagna e mi invita a prendere posto. Scopro che i miei compagni non sono altro che tutto il resto della banda presente alla festa di Tristan. L'unico posto libero è quello vicino a mia cugina, in prima fila. Amen.

«La faccenda è questa» interviene mio zio appena mi siedo. «Cominceremo da un'opera tosta che quest'anno rientra nel programma di filosofia per la maturità. Allora, chi può parlarmi de *La Princesse de Montpensier* da un punto di vista etico deontologico?»

Nessuno risponde.

«Julius?» chiede mio zio aggrottando le sopracciglia.

Julius solleva la testa dall'iPhone. Era troppo occupato a rispondere a un sex-quiz online per poi mandare il link a tutta la classe. La metà degli alunni sghignazza nel riceverlo, mentre l'altra metà ha gli occhi incollati sui rispettivi telefoni. Zio Patrick aspetta sempre la risposta di Julius alla sua domanda. Julius con lo sguardo cerca aiuto attorno a sé ma non lo riceve.

«Ehm... no» finisce per rispondere.

Mio zio, contrariato, alza gli occhi al cielo quando si accorge che la metà degli alunni sta digitando al cellulare e nessuno si degna di rispondere alla sua domanda. Torna in cattedra e tira fuori una pattumiera.

«No? Nessuno? Bah, vi dirò che me ne sbatto. Ah già, dimenticavo. Gli smartphone finiranno qua dentro.»

Una parte della classe si affretta a riporre il telefono in tasca, mentre l'altra brontola.

«No, scherzo, LOL. Finiranno qua dentro» ride, questa volta tirando fuori un cestino di vimini. «Sì sì sì, sarà così tutto l'anno. Spiace ma neanche tanto.»

Passa tra i banchi e recupera i cellulari a uno a uno.

«E ora come facciamo?» chiede Ben a Tristan, domanda di enorme importanza perché fa riferimento al famoso sex-quiz.

«Alla vecchia maniera!» replica Tristan.

Tristan strappa un foglio dal suo quaderno e scrive sopra qualcosa che dal mio posto non riesco a decifrare. Lo passa a Ben, che a sua volta traccia degli scarabocchi prima di passarlo a Julius. Capisco che il foglio farà il giro di tutta la classe. Arriva nelle mani di Charlotte e finalmente riesco a vedere di cosa si tratta. Charlotte ha appena cominciato a rispondere al sex-quiz quando le si avvicina il padre.

«Mademoiselle Rivas? Che cos'è quel foglio?»

Lei alza gli occhi verso di lui, con le guance infuocate. Cavolo! Devo aiutarla. Afferro rapida il foglio e prendo la parola.

«È mio, sono degli appunti... su *La Princesse de Montpensier*.»

«Appunti su *La Princesse de Montpensier*?» mi chiede mio zio poco convinto.

«Sì, esatto.»

«Grande! Allora avanti, li legga ad alta voce, in modo che tutta la classe possa sentire. Avanti, si alzi.»

«Sì...» dico, facendo finta di leggere.

Scorro domande come: Qual è la tua posizione preferita?, Qual è la tua fantasia?, Con quanti ragazzi/e sei andato/a a letto? Anche le mie guance arrossiscono. Se non risponderò in modo convincente, ne andrà di mezzo tutta la classe! Ho caldo, la gola sempre più secca e non mi sento più le gambe! Con gli occhi incollati sul quiz, fatico a mettere insieme i pensieri. Ma non ho più tempo per pensare, mi butto, vada come vada: «In pratica, ho scritto che *La Princesse de Montpensier* racconta del destino tragico di una giovane donna divisa tra il suo dovere e la sua passione amorosa, per dimostrare i rischi che rappresentano le passioni in un mondo retto dalle regole del decoro e per condannare ogni donna che sceglie di sacrificare la propria virtù».

«È esattamente questo. Brava, mademoiselle Rivas.»

Menomale che ho letto il libro l'anno scorso! Mentre mi risiedo, sento dei sussurri sfiorarmi la schiena: «È forte la nuova tipa», «Troppo avanti».

«Ah, e leggete il libro, invece di limitarvi a vedere il film di Tavernier. Non usate le vostre scorciatoie da tastiera!» conclude mio zio tornando verso la cattedra.

Io tiro un sospiro di sollievo. E quando giro la testa verso Tristan mi accorgo che ha gli occhi incollati su di me. Avrò mica impressionato Monsieur de Badiola, il re del liceo?

12
VANESSA

Non mi piace il modo in cui Tristan guarda quella ragazza. Mentre la sento inventarsi i suoi appunti su *La Princesse de Montpensier*, sono presa da una strana sensazione. Non è proprio gelosia perché, siamo oneste, nessuna ragazza è alla mia altezza. Scruto ancora lo sguardo d'ammirazione di Tristan e capisco cos'è. Per la prima volta avverto un vero pericolo. Quella parigina è una minaccia. Sta pervertendo Tristan tirandogli fuori il suo lato tenero. Finalmente la lezione finisce ed esco dall'aula decisa a rimettere le cose in ordine: Tristan mi appartiene e la parigina a breve avrà il suo dossier assassino personalizzato, casomai un giorno le venisse in mente di sfidarmi.

Per dotarsi di un simile asso nella manica, bisogna scavare in quello che l'avversario ha da perdere. Oggi, come trecento anni fa, la risposta è semplice: la sua reputazione. Serve ancora avere una reputazione da perdere. Se Célène è davvero, come si dice, una ragazza sana, retta, con una moralità incrollabile e valori solidi come matrimonio, purezza, fedeltà e tutte quelle stupidaggini che si raccontano alle bambine di cinque anni, allora sarà disposta a fare qualsiasi cosa pur di non perdere la faccia a tempo debito.

Devo agire in fretta, e Naya e Ariel contribuiranno loro malgrado alla mia vittoria.

Cammino a passo svelto nel chiostro del liceo affiancata dalle Sisters, fino ad arrivare all'altezza della parigina. Nel momento in cui si carica lo zaino sulla spalla con la mano sinistra riesco a vedere perfettamente la pietra che porta all'anulare.

Le Sisters non sanno ancora che è fidanzata. Appena lo scopriranno, anche il resto di Biarritz lo saprà, e La Petite Sophie non avrà nessuna colpa!

Spesso si attribuisce a Machiavelli il vecchio adagio "Tieni i tuoi amici vicini e i tuoi nemici ancora più vicini", in realtà è una risposta di Don Corleone nel film *Il Padrino 2*. Il mio capitolo preferito della trilogia. Anche lui si è trovato proiettato alla testa di un impero, in un mondo spietato fatto di false apparenze, e anche lui aveva un entourage che sbaragliava i nemici per suo conto, il che gli permetteva di non sporcarsi le mani e non intaccare la propria reputazione. *#merciCoppola*

Célène nota che il mio sguardo si attarda sulla sua mano.

«È troppo bello il tuo anello. Dove l'hai comprato?» le chiedo, fingendo la massima sincerità.

«È un regalo» risponde lei tagliando corto.

Menomale che sua cugina ha la lingua lunga e si affretta ad aggiungere: «Di fidanzamento!!!».

Ecco fatto, missione compiuta. Merda, le Sisters non hanno captato, visto che Charlotte per loro non esiste. Perciò ripeto più forte l'informazione che ha appena dato: «Un anello di fidanzamento?! Wow!».

«Sei fidanzata?» riprendono Naya e Ariel, come sempre perfettamente all'unisono.

Alla velocità della luce Naya afferra il cellulare e le Sisters lanciano una story. Perfetto, va tutto come previsto...

«Sisters-Situation: quando si dice che il *big love* esiste! Ne abbiamo la prova. Ecco Célène, che ha diciassette anni ed è già fidanzata!»

«Allo stesso tempo, se io fossi fidanzata a diciassette anni vorrebbe dire 1: che sono incinta...» prosegue Naya.

«...2: che mi sono fatta il mondo intero a dodici anni...» rincara Ariel.

Fatico a nascondere la mia gioia. Non speravo in tanto.

«...o 3: il caso di mia cugina: un unico uomo in tutta la vita per scelta!» conclude ingenuamente Charlotte, facendo l'occhiolino.

Quella lì mi sta sulle palle! La guardo posizionarsi davanti alla videocamera. Ma chi crede di essere questa groupie? Sghignazzo vedendo le Sisters scacciarla come una zanzara per riprendere posto davanti al telefono.

«Flash news: la nipote del direttore del Victor Hugo è fidanzata e lui è il suo primo amore. *#2021NOFAKE!*»

«Viva il *big love*» mi entusiasmo falsamente prima di sparire.

Mi affido alla tecnologia per terminare il lavoro!

Ci sarà voluto meno di un'ora a Naya e Ariel per provocare un maremoto. Il video delle Sisters-Situation ormai circola in tutta la scuola e anche oltre. Dal chiostro alla mensa passando per i corridoi, le aule, la palestra e il campo da rugby. È una sagra di paese, adoro! In genere al *bip* della notifica segue una risata di scherno quando la persona guarda la story. Sento ovunque frammenti di dialoghi legati alla nuova arrivata e al suo matrimonio imminente, che gioia!

Mi siedo al tavolo della mensa in mezzo al chiostro riservato alla nobiltà e aspetto impaziente che arrivi la notizia. Eccomi accontentata. Mentre avanza con il vassoio in mano, i rumori di masticazione lasciano il posto ai mormorii e alle risate, dopodiché arriva un'ondata di applausi. Battono mani e piedi... Célène non sa più dove mettersi. Un nerd la incrocia con il suo vassoio e con un sorriso gentile le dice: «Felicitazioni per il matrimonio!».

Célène ruota su se stessa e cerca con lo sguardo Charlotte, che ha appena scavato suo malgrado la tomba della cugina. Io esulto di gioia.

13
CÉLÈNE

Non sento più le risa, non sento più gli applausi, tutto diventa sordo, come se avessi l'acufene. Ruoto su me stessa al rallentatore, tutta la scuola mi guarda. Non capisco come una semplice conversazione con un iPhone abbia potuto avere una tale risonanza. Dov'è Charlotte? Quella parla decisamente troppo! Prendo seriamente la mia storia con Pierre, anzi ne vado fiera, ed è proprio perché per me il matrimonio è sacro che non voglio farne né una farsa né un argomento di discussione.

Eppure è accaduto quel che temevo. A partire da quel momento e per il resto della giornata sono stata crivellata di domande imbarazzanti e osservazioni una più inopportuna dell'altra: Di quanti mesi sei incinta?, Che origini hai?, Se è un matrimonio combinato, ci sono soluzioni!?, Fico!, Che schifo, Sono tua fan, Sei ebrea ortodossa?, Tanto di rispetto, ragazza!, Ehi, ti andrebbe di divertirti un po' prima della notte di nozze?, Hai già l'abito?, Hai Pinterest?, Hai un cantante per il ricevimento? Perché io ho un gruppo. Ma il colmo è stata la sconosciuta che mi ha inseguita fino al bagno per chiedermi se poteva farmi da damigella.

Finalmente suona la campanella di fine giornata.

«Ehi, *famous girl*! Sei sopravvissuta al primo giorno?» Tao mi mette un braccio intorno alle spalle e io tiro un sospiro, sollevata di ritrovare una presenza familiare ma soprattutto amichevole.

«No...»

«Su, dài, non ti lamentare. C'è di peggio.»

A due passi dall'uscita mi fa notare un cartello di raccolta fondi con la foto di un adolescente.

«Guarda, un incidente di surf.»
Mi porto una mano sulle labbra, scioccata.
«È morto?»
«Morto? Ma no» risponde scoppiando a ridere. «Ha beccato un'onda sbagliata e dovrà farsi operare negli States da uno specialista. Così il liceo ha lanciato un GoFundMe.»
«Quanto avete raccolto?»
«Trentasette euro.»
Non riesco a nascondere lo stupore ma soprattutto l'indignazione. Lo trovo assurdo. Apro lo zaino, prendo una banconota da dieci e gliela porgo. So che non è granché, ma è un inizio. «Ora saranno quarantasette.»
Tao rifiuta la banconota con un gesto della mano e mi mostra il suo cellulare. «Ti giro il link, è una raccolta online.»
Dove avevo la testa? Ovvio che non potesse essere una raccolta di banconote a mano. Apro il link che mi manda via SMS e faccio un versamento con PayPal.
«Qui in tanti sono pieni di soldi,» prosegue «ma non alzano un dito.»
Lancio uno sguardo verso Tristan che sta venendo proprio verso di noi.
«Aspetta, quanto hai messo?» mi chiede Tao fissando il suo telefono in modo strano.
«Dieci euro, perché?»
«Sicura di non aver sbagliato? Perché la raccolta è appena schizzata a millequarantasette euro!»
«Mmm no... Per farlo avrei dovuto avere mille euro sul conto e non è proprio così.» Sbircio il suo display, vedo il mio versamento e subito dopo un altro a nome di Tristan. Di mille euro. Ma davvero ha appena versato mille euro?!
«Povero Lucas» sospira Tristan avvicinandosi un po' troppo a me.
«Oh cazzo, mille euro! Grazie, fra'!» esclama Tao.
«Figurati, fra'.»
Sono convinta che ci abbia sentiti parlare e che lo abbia fatto per mettersi in mostra. Non può essere una semplice coincidenza.
«È curioso come spesso le buone azioni servano a riabilitarsi o a pulirsi la coscienza» dico.
«O semplicemente a donare agli altri!»

«E l'ottantacinque per cento di chi dona prova più piacere di chi riceve. Soprattutto quando le donazioni non sono anonime, non è così?»

Tristan, con un sorriso sbilenco, non si dà per vinto, gonfia il petto e riprende: «E il restante cinque per cento vuole aiutare sinceramente al di là del politicamente corretto, non è così?».

Cosa fa, imita il mio "non è così"? Ma quanti anni ha?

Quando l'indomani mattina arrivo nell'aula magna del Victor Hugo, trovo tutti gli alunni dell'ultimo anno già seduti, a eccezione di Tristan, che in piedi dietro a un leggio sul palco è nel mezzo di un discorso.

Julius, che lo filma, non vede arrivare la mano di zio Patrick sull'obiettivo.

«Yo, monsieur Julius, niente telefono, *please*!»

Agita il famoso cestino sotto il naso del ragazzo, che è costretto a deporvi l'iPhone.

Io mi siedo in fondo all'aula e ascolto il discorso di Tristan: «...Lucas Rodriguez non è il primo a essere colpito da un'onda sbagliata. Ma il primo tra noi a essere tenuto in coma indotto da diciotto giorni perché i suoi genitori non possono permettersi di pagare l'operazione che potrebbe salvarlo».

Resto a bocca aperta. Non pensavo che si sarebbe dato davvero da fare per aiutare quel ragazzo. Ascolto il suo discorso con attenzione crescente.

«Al suo posto ci sarebbe potuto essere Ben, ci sarei potuto essere io. Ma è successo a Lucas, che ha quindici anni. Faccio parte di coloro che desiderano aiutare al di là del politicamente corretto e sono sicuro che sia lo stesso per voi.»

Sbam! Sono sicura che quest'ultima frase sia diretta a me. Devo riconoscere che ha una grande dialettica.

«Ecco perché la mia prima azione come rappresentante sarà quella di raccogliere i fondi necessari per l'operazione di Lucas Rodriguez!»

Alza le braccia in aria, fiero di sé, mentre tutti quanti lo fissano perplessi.

«E di aumentare il quantitativo di patatine fritte in mensa!» aggiunge.

A quelle parole tutti si mettono ad applaudire.

«Non fate bordello, raga! Comunque, monsieur Badiola, lei è un grande.»

Charlotte è troppo contenta, adora le patatine fritte, Tao scoppia a ridere sentendo lo zio Patrick dire "è un grande". E io? Be', anch'io sono contenta per quel ragazzo in coma e la sua famiglia. Ma come farà Tristan a raccogliere tutti i fondi necessari per l'operazione?

«E grazie a Célène che si è proposta di aiutarmi a raccogliere i fondi.»

Guardo Tristan, corrugo la fronte senza capire dove voglia arrivare. In che modo potrei aiutarlo? Se vuole propormi di lavare le auto in bikini, si sbaglia di grosso. Neanche morta.

Ho tutti gli sguardi addosso. Sta chiaramente cercando di mettermi davanti al fatto compiuto, non ci posso credere!

«Ci sta dentro» riprende mio zio. «Bella lì.»

Tristan mi sorride sincero e io finisco per ricambiare. Dopotutto è per una buona causa!

Mentre la folla si disperde, mi chiede di andare da lui l'indomani sera per fare un po' di brainstorming. Io lo rimetto in riga proponendogli un brainstorming in spiaggia alle 17.00 in compagnia di Tao e di mia cugina. Quattro cervelli sono meglio di due, *non è così?*

14
CÉLÈNE

Una volta sistemati sulla Grande Plage, Charlotte tira fuori un enorme dolce e lo posa in mezzo alla tovaglia. L'ha preparato apposta per il brainstorming.

«Che cosa ci vedete quando lo guardate?»

Io mi giro verso Tao e cerco conforto nei suoi occhi. Quest'ultimo esclama: «Una vagina!».

«Tecnicamente sarebbe piuttosto una vulva, no?» preciso.

«Cioè? Voi non ci vedete un fiore?» riprende Charlotte.

«Mmm no!» rispondiamo in coro (che sincronia!). Penso che Naya e Ariel non avrebbero fatto di meglio.

Charlotte ruota il dolce di ottanta gradi.

«Ok, dunque, in poche parole ho fatto un dolce a forma di passera.»

Tao e io annuiamo.

«Bah... vado a fare il bagno!» conclude lei.

Io e il mio amico scoppiamo a ridere mentre guardiamo quella matta di mia cugina togliersi i vestiti e correre in acqua. Per non attirare l'attenzione, copro il dolce a forma di vagina con un po' di tovaglioli, quando Tao riceve una notifica sul telefono. Io sono più veloce di lui e lo afferro prima.

«Chi è Maestro?» chiedo vedendo il nome comparire sul display.

«Sai cos'è un avatar?»

«Sì, ho visto il film.»

«Ok, allora ti presento Maestro, il mio avatar. Abita a L.A.

e chatta con un ragazzo da tre mesi. E online se la intendono alla grande.»

Mentre guardo i messaggi del ragazzo in questione, vedo il nome di Ben materializzarsi sul display.

«Ben?!»

Tao sembra piuttosto fiero di sé, visto il sorriso. Mi concede il piacere di scoprire i loro scambi e non posso negare che c'è una vera connessione tra loro. Tao mi spiega che non ha mai usato un falso profilo, la foto di un altro.

«Mi stupisce che Ben non ti abbia chiesto di inviargli una foto.»

Tao mi spiega che è proprio questo il bello della loro relazione. Ben gli ha confidato che giudica la gente un po' troppo in fretta dal fisico e il fatto di non aver mai visto la minima foto di Maestro è per lui un modo di creare un legame più profondo.

«Oh, troppo dolce! Gli piace la lirica. Oh, ha un cuscino con la faccia di Kurt Cobain!»

«Adoro! Abbiamo esattamente gli stessi gusti musicali.»

«Bisogna fare il passo successivo, Maestro...» lo incoraggio.

«Quale sarebbe il passo successivo?»

«Incontro in IRL! Si dice così?»

«Si dice senza "in", e no, non se ne parla.»

Ho ancora dei progressi da fare rispetto alla sintassi della cyberlingua.

«Non dico di rivelargli su due piedi che sei Maestro. Solo di avvicinarti a lui nella vita vera come Tao, ma con la stessa spontaneità che avrebbe Maestro.»

«Che intendi con "avvicinarmi come Tao", cara? Davanti a lui non riesco a mettere insieme due parole, e ti ricordo che il tipo mi prende in giro di fronte ai suoi amici. Gli ho mandato un mio pezzo dal profilo di Maestro e già mi è venuto mezzo infarto...»

Maestro riceve un messaggio che leggo insieme a lui.

Ben: Il tuo pezzo è fantastico, che dici se vengo a trovarti a L.A. per il ponte dei Morti?

Alzo gli occhi verso Tao che è in iperventilazione. È totalmente nel panico. Allora prendo in mano il telefono e rispondo a Ben facendomi passare per Tao, o meglio Maestro.

Maestro: Non ho mai avuto una relazione epistolare prima di te, facciamo durare questo piacere.

«*Girl!* Come ti voglio bene! Aspetta, ho un'idea per continuare.»

Riprende il telefono e comincia a digitare alcune parole.

Maestro: Ma un giorno mi siederò al piano e ti suonerò questo pezzo guardandoti negli occhi...

«Non so come continuare...»

Alla fine digito al suo posto.

Maestro: ...e tu saprai cos'è l'amore.

Ben risponde immediatamente con degli emoji a forma di cuore prima di sconnettersi. Tao è al settimo cielo, mi abbraccia e mi schiocca un bacio sulla guancia. Sono felice di averlo potuto aiutare. Quando ci stacchiamo, sono sorpresa di vedere Tristan.

«Sei in ritardo.»

«Avevo gli allenamenti, ma sono operativo! Dobbiamo solo fare una story Quicksilver alla svelta e...»

«"Dobbiamo" chi?»

Charlotte, che è appena uscita dall'acqua, risponde senza saperlo alla mia domanda perché scorge Vanessa in lontananza e grida il suo nome: «Vanessa! Siamo qui, uh uh!!!».

Mentre noialtri siamo in pieno brainstorming, Vanessa e Tristan registrano una story mettendo in bella mostra le marche che devono promuovere. Intorno a noi la gente li riconosce e li fotografa a sua volta. Difficile concentrarsi sul modo per mettere insieme trentamila euro. Non posso fare a meno di gettare un'occhiata verso di loro e, quando li guardo, mi dico che sembrano molto innamorati. Che stanno bene insieme, che sono entrambi bellissimi e che il loro mondo non sarà mai il mio. Ora capisco perché Tristan mi proponeva di andare da lui: per essere al riparo dei paparazzi della domenica e poterci concentrare su Lucas. Sono stata arrogante a pensare che cercasse di tendermi una trappola per restare solo con me.

«Potremmo organizzare un galà di beneficenza» riprende Tristan.

«Sì, tramite la mia associazione, la Fondation Meurteuil, al castello» interviene Vanessa.

Ripongono i telefoni e vengono a sedersi con noi.

Charlotte, che ha la bocca piena, domanda: «E se no una vendita di pasticcini?».

«Dobbiamo raccogliere trentamila euro, ce ne vogliono di pasticcini» gli fa notare Tao.

Una coppia sulla trentina con una bambina in braccio si

avvicina con aria imbarazzata. «Ehi, ma è La Petite Sophie! Sophie-Vanessa, la adoriamo. Possiamo chiederle una foto?» domanda la madre, sua grandissima fan. Vanessa, da brava professionista, si alza e accetta di mettersi in posa per gli scatti.

«Come ti chiami, piccola?» chiede alla bambina di circa sei anni.

Anche se Tristan e gli altri continuano a fare brainstorming, non posso fare a meno di assistere alla scena.

«Custine.»

«Oh, è il mio nome preferito» mente. «Amore, faresti una foto a me e ai miei amici?» chiede a Tristan.

«Certo, tesoro.»

Tristan si alza ed esegue, mentre Vanessa si abbassa per mettersi all'altezza della bambina.

«Da grande voglio essere come te!» le dice la bimba dandole un bacio sulla guancia.

«Non te lo auguro. Spero che farai di meglio» le risponde all'orecchio.

Nel giro di un istante, Vanessa sembra un'altra persona.

«Ah sì! A casa la adoriamo! Guardiamo "La Petite Sophie In Love" tutti i giorni!»

«È bello vedervi su internet, ma comunque ci diciamo: quand'è che tornerà a fare l'attrice?!»

I fan si fanno un selfie con Vanessa che sembra del tutto indifferente. Non saprei definire ciò che accade nel suo sguardo. È come se ora fosse svuotato di umanità. Indossa una maschera, recita una parte. Il suo sorriso è falso, i suoi occhi brillano. Non di malizia o eccitazione, ma di dolore.

«Wow, non so cosa farei per vederla interpretare un vero personaggio!»

«Anch'io! Sicuro, a costo di non partire in vacanza. Vero, Kévin?»

Di colpo, di fronte all'estasi di quella coppia, trovo finalmente *LA* soluzione per aiutare Lucas.

15

TRISTAN

Célène, tesa come una corda di violino, inspira profondamente prima di espellere il fiato. Noto che i suoi occhi si chiudono mentre tenta di concentrarsi. Irresistibile. Di fronte a noi il consiglio d'istituto del liceo e la direttrice del teatro aspettano di giudicare il nostro progetto.

«Vi ascoltiamo.»

«Cari membro del consiglio» comincia Célène con voce diligente. «L'idea sarebbe di organizzare uno spettacolo a pagamento con Vanessa Merteuil.»

Vedendo che nessuno dei membri alza la testa dal proprio dossier, decido di aggiungere: «Al Teatro del Casinò durante il ponte dei Morti».

Di fronte alla reazione di sorpresa del consiglio d'istituto e della direttrice del teatro, preciso i motivi della decisione: «Abbiamo scelto questa data perché tra la gente del luogo e i turisti le possibilità di riempire la sala raddoppierebbero. E sarebbe una super attività che riunirebbe tutti gli alunni dell'ultimo anno, indipendentemente dalla loro estrazione o popolarità. Dopotutto il senso di solidarietà e quello di condivisione sono due tratti distintivi del liceo Victor Hugo, no?».

I membri del consiglio sembrano conquistati, ma la direttrice ha un'aria più dubbiosa.

«È un'idea carina, ma un po' dilettantesca. Si tratta di un teatro di mille posti. E gli spettacoli sono prenotati con mesi di anticipo! Che cosa pensavate di portare in scena?» ci domanda.

«*La Princesse de Montpensier*» esclama fieramente Célène. Monsieur Rivas sembra entusiasta della proposta. I suoi occhi brillano e il suo sorriso si allarga. Ma pare proprio che sia il solo, dato che un membro del consiglio si mette a sospirare di noia e la direttrice ci guarda con una smorfia. Allora improvviso, o la va o la spacca.

«Ma attenzione, concepito come un musical!»

Mi giro a guardare Célène, analizzo la sua reazione per paura che mi fulmini di nuovo con lo sguardo, ma siccome di colpo la direttrice sembra interessata lei rincara la dose dicendo: «Esatto, un musical in cui gli alunni dell'ultimo anno combineranno il testo originale a un libretto musicale hip-hop».

Sono impressionato ma soprattutto sorpreso, e devo dire che mi capita molto raramente.

«Hip-hop... Non è per niente facile metterlo in piedi in meno di due mesi. Avete già fatto teatro?»

«Diversi di noi lo fanno alla Ruche. E siamo in tanti a cantare, comporre... Naturalmente scriveremmo noi i dialoghi e il libretto, sotto la supervisione del nostro direttore.»

Rivas è euforico. Adora questa idea.

«E chi farebbe la messa in scena?» domanda la direttrice.

«La farebbe...» bofonchio.

Merda. Non ne ho idea. Cerco le parole, mi giro verso la mia socia sperando che mi venga in aiuto, ed è quello che fa.

«Mio padre! Christophe Rivas, tre volte vincitore del Premio Molière.»

«Aspetti! Christophe Rivas è suo padre?» chiede la direttrice, scioccata da questa rivelazione.

«Ehm, sì.»

«Ma è meraviglioso...»

Le sue guance si arrossano e il suo sorriso si allarga. Se Célène pensava di impressionare la direttrice del teatro coinvolgendo suo padre, ci è riuscita in pieno.

«Voglio dire, è bravo, è brillante. Di fatto è un eccellente regista. Forse riesco a ricavare un buco...»

La direttrice non trova le parole, è in totale imbarazzo. Io approfitto della situazione per subissarla di informazioni e costringerla ad approvare il nostro progetto.

«Con Vanessa Merteuil che interpreterà il ruolo principale e Christophe Rivas come regista, avremo una produzione degna di uno spettacolo di professionisti. E con una sala in grado di accogliere quasi mille spettatori riusciremo a mettere insieme la somma necessaria per l'operazione di Lucas.»

Faccio dei rapidi calcoli mentalmente, mentre Célène si gira verso di me alzando un sopracciglio. Vedo dalla sua espressione che mi studia e analizza ogni mia parola. Voglio assolutamente fare colpo su di lei e spingerla a vedere in me qualcuno di diverso dal buono a nulla che immagina.

«Se facciamo pagare l'ingresso trenta euro, somma per nulla esorbitante visto la retta che i nostri genitori pagano in questo liceo, otterremo i trentamila euro per Lucas e, oltre all'operazione, riusciremo a pagare anche il viaggio aereo per i genitori.»

«Mi ha convinta nominando "Christophe Rivas, tre volte vincitore del Premio Molière"! Ho un buco il 31 ottobre alle 20, non mi sembra niente male... Lo blocco. *La Princesse de Montpensier* in versione musical, sono ansiosa di vederlo!»

La direttrice non sta più nella pelle, e per poco non è lei a convincere i membri del consiglio a lasciare gli alunni lavorare all'adattamento fuori dall'orario di lezione. È sicura che non rallenterà in alcun modo la preparazione per la maturità.

«Ah, e poi passi il mio numero a suo padre, gli dica di chiamarmi» aggiunge. «Parleremo del progetto davanti a un piatto... un caffè... un bicchiere... sono flessibile!»

Mi giro verso Célène, felice che abbiamo vinto la nostra scommessa. Quando vedo un sorriso disegnarsi sulle sue labbra, impazzisco letteralmente.

«Siamo troppo bravi!» le dico carico a palla, quando usciamo dall'aula.

Siamo soli nel cortile del liceo, le colonne del chiostro ci isolano, e sono a un passo dall'abbracciarla, preso dall'euforia del momento, ma mi trattengo. Ho visto come Célène faceva in modo di mantenere le distanze da me e agire così non farebbe che irrigidirla. Allora mi accontento di un pugno contro pugno. Le nostre mani si toccano ma non si allontanano subito. Célène finisce per liberare lentamente la sua. Ma mentre mi osserva in silenzio, con il sorriso sulle labbra, non posso fare a meno di chiederle: «Che c'è?».

«Niente.»

«Invece sì. Dimmi.»

«È solo che tu mi sorprendi, e pochi mi sorprendono.»

Immagino di doverlo prendere come un complimento, detto da lei.

«Di', Madame de Rivas, ti andrebbe di andare al cinema per festeggiare la nostra incredibile...»

Lei non mi lascia finire e stronca sul nascere la mia proposta con aria contrita.

«Ho una cena FaceTime con Pierre.»

Ecco, di nuovo questo parigino del cazzo che si interpone tra me e lei. Fanculo! Cerco di mantenere il controllo, non le mostro quanto mi secca e alzo le spalle facendo finta di niente.

«Ok.»

All'improvviso un grido fa sussultare Célène, che perde il sorriso e l'aria distesa quando vede Franck, uno dei giocatori della squadra di rugby, che sta picchiando Léo, un ragazzo esile con le stampelle.

«Mi prendi per cretino?» urla.

Ammetto che Franck non è una cima.

«Mah, francamente non trovo un altro termine» gli risponde calmo Léo.

«Ridillo e ti spacco la faccia!»

«Cosa? La parola "cretino"?» domanda con una punta di cinismo Léo.

Franck lo spinge violentemente, facendolo cadere per terra. Quando l'energumeno gli prende le stampelle, le scaraventa lontano sghignazzando e si appresta a sferrargli un calcio nelle costole, senza contare fino a tre mi precipito verso di loro con una brutta espressione in volto. Ora gliela faccio vedere io a quel rugbista.

«Franck! Che cazzo fai?»

Lui si gira verso di me con aria di sufficienza. Per nulla intimidito dalla mia corporatura, seppur imponente, e ancora meno dalla mia persona, mi si mette di fronte gonfiando il petto.

«Ci divertiamo. Tu che vuoi?»

Vuole giocare duro, ma non mi impressiona. Senza pensarci gli sferro un pugno in piena mascella e lui si ritrova per terra al grido stupito di Célène.

«E vai a raccogliere le stampelle!» gli ordino. Franck non la prende alla larga ed esegue immediatamente. Io mi giro verso Célène e vedo i suoi occhi brillare di una strana intensità. Di paura? Ammirazione? Non so bene.

Aiuto Léo ad alzarsi.

«Ce la fai?» gli chiedo, mentre mostra imbarazzo di fronte al mio aiuto.

«Sì. Grazie, Tristan.»

Mi passo una mano tra i capelli, assumo un'aria serena.

«Non ti preoccupare, fra'.»

Mi giro verso Franck, che sta delicatamente restituendo le stampelle al loro proprietario.

«E tu, brutto vigliacco, se ti ribecco che gli dài ancora fastidio, non ti rovino solo la faccia, hai capito? Ti rovino anche la reputazione.»

Mi avvicino a Célène e mi sforzo di ritrovare la calma. Mi fa male il pugno, ma non dico niente e cerco di resistere. Perché ho colpito così forte? Per via di questa stronzata domattina farò fatica a surfare e ancor di più stasera a fare le trazioni.

«Mi dispiace, sono dovuto intervenire.»

Célène non dice niente. Forse perché è ancora sotto shock per lo scambio burrascoso, mi guarda in maniera diversa. Resta in silenzio, affonda gli occhi nei miei mentre un sorriso benevolo le distende i tratti.

«Sai cosa? Per il cinema vedo di liberarmi.»

«Sei sicura?» domando sorpreso della sua reazione.

Célène annuisce e si allontana facendomi un cenno con la mano.

Rapito dalla piega che hanno preso gli eventi, mi giro e torno verso Franck. Non ho finito con lui. Mi avvicino con fare da cowboy, i nostri sguardi si incrociano, anche lui si avvicina a me. Un passo, due passi, tre passi, siamo uno di fronte all'altro, a labbra serrate. Poi la nostra smorfia lascia il posto a un ampio sorriso e a un pugno contro pugno.

«Merda, dovevi proprio colpire così forte?» mi chiede massaggiandosi la mascella.

«Dovevo farlo sembrare vero!»

Gli faccio scivolare in mano due banconote da cinquanta, guardandomi le spalle per essere sicuro che Célène se ne sia andata.

«Divertiti.»

Franck chiude la mano intorno alle banconote mentre sento qualcuno tossire vicino a me. Léo è in piedi accanto a noi, con una mano tesa verso di me.

«E la mia parte?»

Non perde un colpo, lo storpio! Prendo un'altra banconota e la passo a Léo.

«Cento piotte per farsi vittimizzare in stampelle, non è granché.»

Gli passo l'ultima banconota da cinquanta.

«Non una parola, chiaro?!»

I due annuiscono e spariscono senza dire niente. Non volevo tanto impressionare Célène, quanto fare in modo che mi desse fiducia, che si convincesse nel profondo di se stessa che sono un bravo ragazzo, come il suo Pierrot. Alcune ragazze sono estasiate dalla celebrità, dal denaro o dal lato *bad boy*. Célène no. Lei è impressionata dall'altruismo, dalla compassione e da tutte quelle stupidaggini. Solo convincendola della mia pietà verso gli altri ho una seria possibilità di portarmela a letto. Oggi ai suoi occhi Tristan Badiola protegge i deboli e aiuta i ragazzi in difficoltà. Cazzo, sono quasi un santo!

Voglio vedere se, con tutto questo, stasera non cede! Saremo finalmente da soli al buio. Il cinema resta l'appuntamento ideale, trasversale a tutte le generazioni. Anche la scelta del film ha la sua importanza, una ragazza come Célène non la porti a vedere l'ultimo della Marvel, senza contare che non ho voglia di farmi beccare e rovinare la piazza da amici o fan. No, stasera andremo a una retrospettiva di Lelouch per vedere *Un uomo, una donna*. Sarà sicuramente un po' palloso, ma sono certo che lei mi cadrà tra le braccia prima della fine.

16

CÉLÈNE

Sulla strada del ritorno ho la mente confusa dopo la presentazione al consiglio d'istituto. Formavamo una squadra affiatata, e lui si è dato tanto da fare per aiutare Lucas. E poi il suo comportamento di fronte a quel bruto di Franck... Tristan è così spiazzante. Ogni volta che penso di averlo capito scopro un nuovo lato di lui. Non posso negare il turbamento che provo di fronte a quel ragazzo. Il semplice modo che ha di guardarmi, la maniera in cui le sue mani mi sfiorano sfacciatamente. Eppure so bene che attrazione e amore sono due cose differenti, a volte persino opposte. Tristan e io abbiamo una certa alchimia, lo riconosco, ma non c'è alcun motivo per cedervi, non siamo bestie. La fedeltà è una scelta e io scelgo Pierre: una vita con lui al mio fianco vale più di una notte con un uomo che non condivide i miei valori, perché quando il piacere svanisce cosa ci resta?

Arrivata a casa di mio zio, vengo subito accolta dalle esclamazioni di Charlotte.

«Brava, cugina! Sei troppo forte!»

Mio padre guarda il suo telefono con le sopracciglia aggrottate.

«Célène, Patrick mi ha inviato un SMS.»

Legge ad alta voce il messaggio mentre io cerco un posto dove nascondermi.

«"Célène ha spaccato. Fenomenale, la tipetta." Che cosa vuol dire?»

«Vuol dire che il consiglio d'istituto e il teatro hanno approvato!» interviene Charlotte. Pizza?» Batte le mani e ridacchia in modo esagerato.

«Hanno approvato?» riprende mio padre, confuso.

Cavolo, avevo pensato di affrontare l'argomento con più calma.

«Papà, gli ho detto che ti occuperai tu della regia» confesso.

«Che regia?»

«Dello spettacolo a pagamento a favore di Lucas» riprende Charlotte. «Célène questo pomeriggio ha proposto al consiglio d'istituto del liceo e alla direttrice del teatro di mettere in scena *La Princesse de Montpensier*.»

«In forma di musical» aggiungo troppo rapidamente.

Mio padre si gira verso Charlotte intenta a stendere la pasta della pizza sull'isola centrale della cucina. I suoi tratti si induriscono.

«Charlotte, potrei parlare da solo con mia figlia?»

Mi volto verso mia cugina sperando che gli dica di no, ma invece lascia la stanza senza degnarmi di uno sguardo.

«Grazie, Charlotte» conclude mio padre prima di voltarsi verso di me. «Perché gli hai detto questo?»

Sono nei guai.

«Li stavo perdendo durante la presentazione.»

Il mio cellulare si mette a vibrare e non posso fare a meno di guardare il nome che compare sul display. È quello di mia cugina.

Cugina: Che fai stasera?

Ora anch'io sperimento questa doppia realtà *online*/IRL, così familiare tra i ragazzi intorno a me, che mi era del tutto sconosciuta fino a un mese fa. Metto tutta me stessa nel convincere mio padre ad accettare la mia offerta, mentre parlo di "ragazzi e cinema" su WhatsApp con mia cugina.

Io: Cinema / Tristan.

Non mi spiego come mai le mie dita continuano a digitare sui tasti del telefono nel mezzo di una conversazione con mio padre. È più forte di me! Che mi succede?

Cugina: Da soli?

«Papà, c'è tutto quello che ti piace: musical, testo classico...»

È più forte di me, invio un ultimo messaggio a Charlotte per spiegarle la situazione.

«Célène, perdendo tua madre non ho perso soltanto la donna della mia vita. Ho perso anche la mia musa e non avrei mai pensato di dirti questo un giorno, ma... La puoi smettere con quel telefono, per favore?!»

Sussulto di fronte al suo tono autoritario e capovolgo il telefono per non vedere più i messaggi di Charlotte. Ha ragione. Prima non mi sarebbe mai venuto in mente di guardare il cellulare mentre lui mi stava parlando di mia madre e del suo amore per lei. Mi sento in colpa.

Mio padre riprende: «Sinceramente non posso più lavorare come regista perché a ogni tappa della mia creazione, a ogni idea brillante, a ogni idea pessima... la sola cosa che sentirei è questo terribile "vuoto" che lei ha lasciato».

Quest'ultima frase mi spezza il cuore.

«Io sono il "vuoto"?»

«No, non volevo dire questo!»

Incurvo le spalle, già pentita di aver fatto il nome di mio padre e aver promesso che avrebbe partecipato al progetto. Avrei dovuto immaginare che sarebbe stata fatica sprecata, ma speravo che proponendogli qualcosa che gli piace e a cui avremmo potuto collaborare insieme sarei riuscita a prendere due piccioni con una fava: trovare i fondi per l'operazione di Lucas e aiutare mio padre a venir fuori da questa depressione nella quale sta sprofondando giorno dopo giorno.

«Era solo per uno spettacolo. Per me. E avresti brillato» spiego con voce tremante.

Mi volto, non oso affrontare il suo sguardo. A dire il vero cerco di trattenere le lacrime che minacciano di scorrermi sulle guance. Sono delusa, davvero, speravo che facesse questo sforzo per me. A quanto pare non sono così importante per lui.

«Ma non fa niente. Troverò un altro regista.»

«Un altro regista?» scatta mio padre.

«Sì.»

«Quale altro regista?» domanda improvvisamente interessato.

Allora mi giro verso di lui e scopro un'espressione di gelosia sul suo viso. Si arriccia la barba e corruga la fronte riflettendo. Vedo che ho un'ultima carta da giocare e approfitto dell'occasione per vedere se riuscirò a fargli cambiare idea.

«Ho dei contatti.»

«Dei contatti...»

«Sì.»

In realtà non ne ho neanche uno, ma tento il tutto per tutto.

«Mah, che contatti?»

«Dei contatti, ti dico.»

«Bene, perfetto allora.»

Esce dalla sala contrariato. Cavolo, ho sbagliato tutto. Tiro fuori il telefono dalla tasca e invio un messaggio veloce a Pierre. È in questi momenti che mi manca di più. Gli chiedo se possiamo continuare la nostra conversazione su FaceTime. Mi risponde che è con il suo gruppo di studio per preparare un esame ma che possiamo sentirci domani. Faccio giusto in tempo a rispondergli con un pollice in su che mio padre torna di corsa in sala.

Noto una luce nuova brillare nelle sue pupille. L'artista che è in lui ha preso il sopravvento.

«Ok, ok. Solo per ipotesi... Se decidessi di mettere in scena lo spettacolo, sarebbe una replica sola?»

Gli rispondo di sì con voce carica di emozione.

«E come si farebbe per le prove?»

Non mi lascia il tempo di parlare.

«L'ideale sarebbe che venissi al liceo nelle ore di buco! Bisognerebbe vedere se il teatro è disponibile per le audizioni, per le prove, per il progetto luci... A proposito, conosco un buon direttore della fotografia a Bayonne.»

Va avanti e indietro e prosegue: «Ora lo chiamo, vediamo se è disponibile».

Non parla a me, fa un soliloquio pieno di passione e determinazione. Era da tempo che non vedevo quella scintilla brillare nelle pupille di mio padre. L'artista entusiasta che avevo sempre conosciuto fino alla morte di mia madre sta rifacendo capolino.

Che gioia, dopotutto me lo merito un film tra amici per festeggiare tutte queste belle vittorie.

17
TRISTAN

Con la musica a tutto volume mi faccio una doccia, rilassato, fiducioso. Mi strofino il torace vigorosamente e lascio che il profumo del sapone mi impregni la pelle. Canto a squarciagola una strofa improvvisata di rap. Se Oscar mi sentisse, di sicuro mi prenderebbe in giro.

Esco, mi avvolgo un asciugamano intorno alla vita e mi metto in posa di fronte allo specchio.

Per aumentare ancora i miei follower, mi faccio un selfie e metto un filtro bianco e nero. Con un'espressione seducente, aggiungo diversi hashtag che mi permetteranno di guadagnare visibilità. Poso il telefono e finisco di prepararmi. Finalmente stasera mostrerò a Célène che il suo Pierrot del cazzo può andare a farsi benedire.

Inizio a pettinarmi e non è per niente facile. Che disastro! Hai voglia a usare tonnellate di gel, di spray modellante, arricciante e vattelapesca, i capelli riprendono sempre la loro piega naturale e mi ricadono sulla faccia.

Quando ho finito, mi metto di fronte all'armadio e rifletto sui vestiti da indossare. Molti ragazzi diranno che solo le femmine passano tanto tempo in bagno o a scegliere i vestiti. Ma quando hai un profilo Instagram con milioni di follower dedichi un'attenzione particolare al tuo aspetto perché alla fine anche questo aiuta a rimanere popolari. Però stasera voglio restare discreto, pubblicherò le foto solo domani. Abbiamo una serata di lancio per l'eau de parfum de *La Petite Sophie In Love*, i fan collegheranno la mia preparazione a questo evento, sarà perfetto. Bisogna ammettere che per guadagnare visibilità contano unicamente i pettegolezzi, le storie di sesso e l'apparenza. I fan sono così a senso unico: mi vedono soltanto come un campione di surf e come il ragazzo "ideale" marchiato *La Petite Sophie*, il resto della mia persona non interessa.

La mia passione per il rap per esempio. Neanche gli sponsor sono contenti: trovano il rap pericoloso perché troppo spesso è associato alla delinquenza, alle faide, al sesso e ai gangster. Si adatta poco all'immagine del ragazzo simpatico e di sani principi che devo rappresentare sui social. Anche mia madre pensa che i miei brani e le mie improvvisazioni rubino troppo tempo agli allenamenti, ma che vadano a farsi fottere. Io, senza valvola di sfogo, esplodo!

Mi ammiro un'ultima volta allo specchio dopo essermi infilato un paio di jeans in denim grezzo e una semplice T-shirt nera. Uno stile basic ma sempre d'effetto. Mi rimetto un po' di gel su questo maledetto ciuffo che comincia già a disfarsi... e a ricadermi sulla fronte. Si direbbe che ho quindici anni. È nocivo per la mia immagine. Poi, finalmente soddisfatto del riflesso che mi restituisce lo specchio, sorrido e scendo i gradini delle scale, ansioso di rivedere Célène. Pensavo di passare a prenderla ma mi ha dato appuntamento direttamente al cinema. Vengo interrotto da mia madre che appare in fondo alle scale, merda.

«Pensavi di andartene così?»

«Vado al cinema, non torno tardi.»

«In mezzo alla settimana? Non è ragionevole.»

Come se gliene fregasse qualcosa!

«Tranquilla, mamma, lo spettacolo inizia alle otto, alle dieci e mezzo al massimo sono a casa.»

«E a che ora pensi di allenarti, se ritorni a quell'ora?»

Siamo alle solite, è l'unica cosa che preoccupa mia madre. Che io vinca gli europei, che conservi il titolo di campione di Francia e prosegua le collaborazioni con gli sponsor. Da quando sono piccolo, i miei insegnanti di surf hanno coltivato il talento che c'era in me e mia madre ha continuato a spingermi oltre i miei limiti. Voleva che mi superassi, che mi mettessi alla prova. La competizione prima di tutto. Devo seguire una dieta ferrea, ma soprattutto allenarmi almeno due ore al giorno, una con la tavola e una con i pesi, per permettere al mio fisico di restare in forma. Non ho mai vissuto l'adolescenza di un ragazzo normale perché, agli occhi di mia madre e del "capitano", ero prima di tutto uno sportivo. Mi sono abituato al trattamento anormale dei miei genitori, ci ho sempre convissuto, benché mi pesi più di quanto voglia ammettere. Almeno fino a stasera. Stasera ho la ferma intenzione di andare al cinema con Célène, che a mia madre piaccia o meno.

«Ascolta, mamma, ti prometto di allenarmi al rientro, ok?»

«No, Tristan, non è ok. Tu ritorni in camera tua e fai gli esercizi adesso!»

Infila il giaccone, si vaporizza il profumo ed esce, come al solito, sicuramente per una serata "esclusiva" tra i "Baschi dell'alta", che sfocerà in un nuovo sponsor, un nuovo fidanzato o l'avventura di una sera.

Le lascio qualche secondo di vantaggio, prendo le chiavi della moto, la giacca, il casco e sbatto anch'io la porta.

Arrivo a cinque minuti dall'inizio del film ma di Célène non c'è traccia. Cazzo, mi ha dato buca. Deve essersi resa conto a freddo che andare al cinema con me non era una grande idea, il suo ragazzo l'avrà dissuasa e ora sarà in piena chiamata romantica con lui su FaceTime.

Prendo il telefono dalla tasca, non mi ha neanche mandato un messaggio. Sto per chiamarla quando la vedo apparire all'angolo della strada. Il tempo si ferma. Ho l'impressione di essere in una commedia romantica, i marciapiedi sono bagnati per l'acquazzone che c'è appena stato e riflettono i neon dei negozi nei dintorni. Célène mi viene incontro con i capelli al vento, quasi al rallentatore, e mi sorride. Un tipo suona una versione folk di *Will Always Love You* con la chitarra. Non riesco a crederci. Sono ipnotizzato da Célène, vedo solo lei. Indossa una bella giacca bianca che contrasta nettamente con la sua pelle meticcia e la stessa minigonna di jeans che aveva oggi. Non porta i tacchi ma le sneakers, adoro. Tutta un'altra storia rispetto a Vanessa, che indossa sempre tacchi da quindici centimetri (per forza, gira sempre in Porsche). È bellissima... ed è accompagnata da Charlotte. È uno scherzo? Charlotte sfodera un sorriso a trentadue denti e si posiziona tra me e lei. La mia commedia romantica si trasforma in un film dell'orrore.

«Hai portato anche Charlotte?» le chiedo senza preamboli.

«Ciao, Tristan!» esclama la cugina terzo incomodo.
Non me ne frega niente che senta anche lei. Stasera avevo intenzione di sedurre Célène e farle dimenticare il suo ragazzo, non è con un cazzo di terzo incomodo che raggiungerò il mio scopo!
«Sì, è un problema?»
«Be', sì.»
Célène mi fissa con aria divertita.
«Ti dico già che il biglietto se lo paga da sola» aggiungo seccato. A queste parole Charlotte mi prende sottobraccio e mi trascina dentro al cinema. Célène è morta dal ridere.
Per coronare il tutto, sua cugina si siede fra noi due. Affondo un po' di più nella poltrona mentre il film inizia. Charlotte lecca un gelato reggendo un secchio gigante di popcorn per me e Célène.
Francamente, sono arrabbiato.
«Credevo che fossimo amici?» dico a Céléne.
La mia domanda è accompagnata da un'orda di "Sshhh" da parte dei vicini infastiditi.
«E allora? Siamo al cinema fra amici, no?»
«Tua cugina non è mia amica. Senza offesa, Charlotte.»
Alza le spalle mentre lecca il gelato come una bambina di cinque anni, che fastidio. «Nessun problema, Tristan» aggiunge con gli occhi fissi sullo schermo.
Vedendo che Célène non vuole continuare la conversazione, decido di metterla alle strette. Ogni volta che affonda la mano nei nostri popcorn, ne approfitto per fare lo stesso e sfiorarle le dita. Il suo imbarazzo lascia presto posto al nervosismo. Visto che mi ha distrutto l'incanto, ho tutto il diritto di vendicarmi un po'.
«Sul serio, quanti anni hai?» mi chiede fulminandomi con lo sguardo.
«Io quanti anni ho?»
Nuova raffica di "Sshhh" in sala. Allora, per non attirare ancora di più l'attenzione su di noi, mi alzo e mi siedo accanto a Célène preoccupandomi di portare con me i popcorn.
«Sei seria? Sei tu la bambina che si porta dietro il terzo incomodo.»
Célène affonda di nuovo la mano nel secchio di popcorn e io decido di continuare il mio giochetto (perso per perso, tanto

vale divertirsi un po'), ma con mio grande stupore questa volta Célène mi provoca immergendola ancora più a fondo. La mia è ancora dentro, sento che la stringe, continua a provocarmi. Io mi giro verso di lei con aria interrogativa mentre le nostre dita rimangono intrecciate.

«Ecco. Sei contento?» mi sfida.

«Molto.»

Sono percorso da uno strano brivido e, quando affondo il mio sguardo nel suo, provo una sensazione ben diversa da quella che ho avvertito prima. È un po' la stessa adrenalina che sento quando mi appresto ad affrontare un'onda. Il cuore si mette a battere più forte, il respiro si fa più pesante e mi ronzano le orecchie. Stessa sensazione, e sono certo che Célène prova le medesime emozioni perché con lo sguardo mi affronta e non si scompone.

Agisco senza pensare oltre.

Con la mano libera le afferro la nuca prima di incollare le mie labbra alle sue. Con mia sorpresa, mi lascia fare, non muove un dito, mentre la mia bocca accarezza la sua. Lo interpreto come un invito ad andare avanti. Avverto un leggero sapore dolce sulle sue labbra deliziose, lei reagisce. Mi allontana bruscamente premendo sul mio petto. Io la fisso soddisfatto del bacio, quando di colpo la sua mano mi colpisce la guancia. Si alza bruscamente e lascia la sala. Io la inseguo chiamandola per nome, mentre la gente dietro di noi ricomincia a protestare. Solo Charlotte, completamente immersa nel film di Lelouch, non ha colto niente di quello che sta succedendo.

18
CÉLÈNE

«Ecco. Sei contento?» lo sfido.

Tristan resta in silenzio e mi guarda dritto negli occhi. L'intensità delle sue iridi turchesi mi toglie il fiato. Ho l'impressione di vibrare mentre il mio cuore martella a ritmo sfrenato nel petto.

«Molto.»

Senza lasciarmi il tempo di capire, con la mano libera mi afferra la nuca e incolla le sue labbra alle mie. Colta di sorpresa, non oppongo nessuna resistenza e lo lascio fare, non so bene perché. Non muovo un dito mentre la sua bocca accarezza la mia. Le sue dita scivolano con tenerezza tra i miei ricci castani. Le sue labbra sono morbide e percepisco un leggero gusto dolce, forse i popcorn che abbiamo appena diviso. Quando la sua lingua tenta di farsi spazio tra le mie labbra, provo una sorta di elettroshock che mi fa prendere coscienza di quello che sta succedendo.

Mi stacco bruscamente da lui, che continua a fissarmi negli occhi. All'improvviso la mia mano gli colpisce la guancia con un gesto a malapena controllato. Che cosa mi succede? Che cosa ho fatto? Mi alzo di soprassalto, mi infilo tra le poltrone e lascio la sala mentre sento Tristan gridare il mio nome tra le proteste degli spettatori. Devo andarmene più in fretta possibile. Il cuore mi pulsa così forte nella gabbia toracica che ho paura che scoppi. I battiti impazziscono sempre di più e il respiro accelera.

Ho tradito Pierre! Maledizione, ho tradito Pierre!

Mi si strozza il respiro di colpo e, appena fuori dal cinema, sono costretta a fermarmi. Il senso di colpa mi assale così in fretta che sono paralizzata. Come ho potuto fare una cosa simile? Soprattutto, come ho potuto lasciarlo fare? Peggio ancora, perché mi è piaciuto?

Sento le porte antincendio della sala che si aprono e intuisco la presenza di Tristan alle mie spalle.

«Célène!»

Mi giro, lo fulmino con lo sguardo. Devo assolutamente allontanarmi da lui. Eppure resto lì. Forse nella speranza di una spiegazione qualunque da parte sua che rimetta le cose in ordine. No! Niente potrebbe cancellare i due minuti che sono appena trascorsi. Perché ha commesso quel gesto irreparabile?

«Era uno scherzo! Calmati!» mi dice avvicinandosi a me senza comprendere la ragione del mio disagio.

Sdrammatizzare la causa della mia angoscia e ridurre tutto a uno scherzo è insultante.

Deglutisco a fatica mentre sento un'onda di collera percorrere il mio corpo. Lui avanza e si posiziona a pochi centimetri da me. Sento un formicolio alla mano destra e mi sfiora il pensiero di mollargli di nuovo uno schiaffo. «Sono uno scherzo per te?»

Si passa la mano tra i capelli con aria imbarazzata.

«Io ho un fidanzato e tu hai la ragazza!»

Una smorfia gli deforma i tratti. Non dice una parola. Si era dimenticato dell'esistenza di Vanessa? Come ha potuto togliersi dalla testa una ragazza come lei? Davvero mi ha chiesto di calmarmi?

«E per il futuro, non dire mai a una donna di calmarsi» riprendo con voce ferma e determinata.

Lui abbassa lo sguardo, ora non cerca più di eludere il problema o sdrammatizzare il suo gesto e mi offre una risposta sincera a sua discolpa: «Non ho riflettuto».

Esatto! All'improvviso sembra imbarazzato. Credo che sia la prima volta che lo vedo così. Ma... che cosa fa? Come se l'episodio dello schiaffo in sala non gli fosse bastato, si avvicina di nuovo e mi guarda intensamente. Il mio respiro accelera. Mica vorrà baciarmi di nuovo? Che mancanza di rispetto! "Scansati Célène, perché non ti scansi?" urla la vocina nella mia testa. Finalmente indietreggio di un passo.

«Mi avevano avvertita, non sarei mai dovuta venire.»

Mi allontano ancora da Tristan, ma la sua mano si impossessa del mio avambraccio. Il semplice fatto che mi tocchi mi turba di nuovo. Penso di essere più arrabbiata con me stessa che con lui in fondo, mi rimprovero di aver apprezzato quel bacio. Perché mi tortura? Non può lasciarmi a Pierre, alle mie credenze, ai miei valori, perché venire a distruggere tutto? Mi sento irrequieta. Mi deve lasciare andare subito!

«Lasciami, Tristan» dico con voce tremante.

Lui non si lascia scoraggiare e mi fissa con sguardo severo.

«Aspetta, avvertita di che cosa? Chi?»

Non ha importanza. Voglio solo andare a casa, tornare indietro, dimenticare tutto.

«Qualcuno che mi vuole bene.»

Lui molla la presa permettendomi di allontanarmi. Io distolgo lo sguardo e fuggo, tentando di mantenere una certa dignità mentre nel profondo di me stessa regna il caos. Il mio cuore e la mia ragione sono entrati in collisione.

Comincia a piovere, i miei passi accelerano, me lo lascio alle spalle.

Scioccato probabilmente dalle mie parole, lui non cerca di raggiungermi, e io corro più veloce che posso verso casa di mio zio, mentre milioni di domande mi confondono la mente. Sono pessima, pessima. Mi sento in colpa a un livello inimmaginabile.

Raggiunta casa, filo dritta nella mia stanza e appena mi chiudo la porta alle spalle compongo il numero di Pierre. Devo assolutamente dirgli quello che è successo. È stato solo un errore, niente di più. Non si dice "Colpa confessata, a metà perdonata"? E poi, a rifletterci bene, non è stata neanche colpa mia. Sono stata sorpresa dall'attacco di Tristan, perché di questo si tratta, di un attacco. Forse mi sono lasciata andare all'inizio, ma solo perché mi ha colta di sorpresa, tutto qui.

"Chi cerchi di convincere?" mi sussurra la coscienza.

La mando subito a quel paese. Poi mi imbatto nella segreteria telefonica di Pierre.

«Pierre, richiamami per favore, a qualunque ora ascolterai questo messaggio. È importante... Ti amo.»

Le ultime tre parole mi si spengono sulle labbra. Me le tocco con la punta delle dita come se potessi sentire ancora la sensazione del bacio di Tristan. Sapevo che questa pseudoamicizia non poteva durare. Fino a oggi avevo sempre pensato che la soluzione per restare fedeli fosse semplicemente di non mettersi mai in una posizione delicata, di prevenire prima che curare, e giudicavo un po' troppo severamente le mie amiche che mi dicevano arrossendo: «Ho preso una cotta per un altro ragazzo», «È successo tutto all'improvviso... Mi ha presa alla sprovvista», «Dovrei dirlo al mio ragazzo?». Non avrei immaginato di poter perdere a tal punto il controllo sulle mie emozioni. Sto diventando una di quelle ragazze che disprezzavo ingiustamente.

Tao! Devo assolutamente confidarmi con Tao. È l'unico di cui mi posso fidare. Compongo in fretta il suo numero sperando che abbia la gentilezza di rispondermi a quest'ora.

19
VANESSA

Sono comodamente raggomitolata sul divano a forma di conchiglia rosa della camera della Petite Sophie – una riproduzione fedele di quello del film, i fan lo adorano – e sto finendo di registrare il mio talk show del giorno: come svelare al tuo amore che provi dei sentimenti per lui. I fan non vedono che, mentre parlo davanti al mio iPhone, qualche centimetro più in basso, la mia guardia del corpo è in ginocchio e mi sta applicando una mano di smalto rosso carminio alle unghie dei piedi. Il mio telefono si mette a squillare. Liquido le mie fan e vedo il nome di Tristan apparire sul display. Rispondo senza farlo aspettare, sorpresa che mi chiami a quest'ora. Non doveva essere al cinema con la parigina? Sono troppo curiosa di sapere se ha vinto la sua scommessa, che trovo sempre più eccitante! L'avrà convinta ad andare direttamente nel suo letto senza passare per il cinema? Da un lato vorrei che se la scopasse quanto prima, perché dopo perderà interesse, lo conosco bene. Gli uomini sono così prevedibili. Magari nel suo intimo pensa che sia speciale, ma una volta che l'avrà posseduta il cacciatore che è in lui si stancherà di lei e passerà alla successiva. È la ragione per cui non soccomberò mai al mio desiderio per un uomo, chiunque esso sia.

Scopo spesso, a volte provo anche un piacere passeggero, un senso di dominio, ma non soccombo e non godo. Non ho nessun interesse a dare questa soddisfazione e questo potere a un uomo. Persino una regina perde la sua superbia dopo essere stata scopata ed essersi data completamente. Fintanto che Tristan non mi possederà, io resterò eccezionale ai suoi occhi.

Ecco perché la posta in gioco che gli ho proposto nella nostra ultima challenge è semplicemente geniale. Se vinco, ottengo la sua casa di Guéthary, ma se perdo ottengo un jolly. Mi concederò a lui senza perdere la faccia. Non sarò mai vittima delle mie voglie o della mia debolezza.

«Pronto?»

«Dove sei? Passo a prenderti.»

La sua aria autoritaria mi intriga. Faccio segno alla mia guardia del corpo di spostarsi e mi raddrizzo incuriosita.

«Sono a casa. Dove andiamo?»

«Qualcuno mette in giro stupide voci su me e Célène, devo sapere di chi si tratta. Sarò da te tra un quarto d'ora, e metti i pantaloni, sono in moto.»

A quanto pare non se l'è scopata. Anzi direi che è lui che si è fatto fottere. Raramente l'ho sentito così abbattuto. Quando sei un personaggio pubblico, a volte i pettegolezzi hanno conseguenze catastrofiche. Se la sua reputazione è il vero motivo della sua irritazione allora va tutto bene. Devo solo accertarmi che non si tratti di altro, che questa parigina non gli abbia fatto perdere la testa, e ricordargli la vera posta in gioco della sfida.

«Amore mio... È l'idea di perdere il tuo capanno sulla spiaggia a spaventarti o l'idea di non potermi scopare?»

«Tutte e due. E "amore mio"... io la sfida la vincerò. E ti scoperò.»

Dopo queste parole chiude. Cavolo, mi sono appena messa lo smalto e ora rischio di rovinare la mia pedicure per le sue stronzate. Mi sbrigo a infilare la mia tuta in pelle nera Dolce & Gabbana e ammiro il mio riflesso nello specchio.

«*Catwoman meets Kill Bill.*» Qualche minuto dopo raggiungo Tristan.

Il casco aperto lascia intravedere i suoi occhi blu acciaio, che stasera brillano più che mai. Giacca di velluto nero, T-shirt nera, lampi negli occhi, neanche un'oncia di benevolenza nello sguardo, mascelle serrate, ha l'aria di un soldato che parte in guerra, pronto ad annientare il nemico. È sexy, cazzo. Lo adoro! È mio.

«Dove andiamo?» gli chiedo.

«Sali! Lo saprai molto presto.»

«Quanti misteri...»

Prendo il casco che mi passa, lo indosso e monto dietro di lui. Tristan si gira agitato.

«Andiamo alla Bella Gori.»

È un beach bar di surfisti molto di tendenza, nei dintorni di Biarritz. Il posto in cui tutta la gioventù basca alla moda si ritrova per rilassarsi durante il giorno e scatenarsi al calar della sera. I turisti lo chiamano La Voile Rouge.

«La Bella Gori? Mi porti a ballare? Forte!»

«Hai il telefono?»

«Certo. Che domande.»

«Avrei bisogno del dossier su Tao.»

«Tao? Che cosa ha fatto?»

«Non ti preoccupare!»

Il vento mi sferza il viso, infilo le mani sotto la sua T-shirt come se niente fosse. Le mie unghie verniciate di rosso gli graffiano la pelle, seguo il contorno dei suoi addominali disegnati e tesi. La sua mano si posa quasi immediatamente sulla mia e la abbassa verso il suo inguine. La zip della mia tuta in pelle è aperta fino alla radice dei seni. Incollo il petto contro la sua schiena risalendo con la mano e mormorandogli «Non è ancora il momento». Se vincerà, avrà la mia mano sull'inguine e anche di più. Il mio respiro si perde contro la sua nuca, so che può sentire i miei seni puntati sulle sue scapole. Il suo respiro si fa più pesante e più intenso. Si volta e malgrado il casco vedo le sue pupille brillare di eccitazione. Perfetto, Tristan è ancora mio.

Quando arriviamo nel parcheggio della Bella Gori, noto Tao che aspetta in un angolo, appoggiato a una colonna della tettoia in paglia.

«Pensi che sia stato Tao a sputtanarti?»

«No, Tao non è così coglione. Ma ci aiuterà a scoprire chi è stato. Ed è allora che mi servirete tu e i tuoi dossier.»

«Nessun problema, amore mio, puoi contare su di me.»

Intorno a noi c'è il deserto. Perfetto, nessuno può spiarci. Tao, allertato dal motore della moto di Tristan, guarda nella nostra direzione ma è accecato dai fari. Invece di rallentare, Tristan accelera come se avesse intenzione di investirlo, poi sterza all'ultimo secondo costringendolo a indietreggiare e mettendogli addosso un po' di strizza.

Una buona tecnica per chiarire subito chi è il capo, adoro! Appena ci togliamo i caschi e ci avviciniamo, Tao estrae una scatolina dalla sua borsa pensando di fare un po' di grana.

«Ciao, ciao. Allora vi posso proporre dell'erba...»

«Rimettila a posto, fra'» lo interrompe Tristan seccamente.

«Se no, ho qualcosa di più forte...»

Rovista nella borsa, ma io subito lo fermo, non ho tutta la serata: «Non c'è bisogno».

«Allora che volete?» chiede Tao spazientito.

«Niente, vogliamo solo aiutarti» gli dico con voce melliflua.

Tristan prende il mio iPhone e gli mostra un video. Sotto i suoi occhi scorre una sorta di compilation di tutti gli scambi "erba per grana" di Tao alla festa in piscina di Tristan. Povero ragazzo, non capisce, ha un'espressione a metà tra l'imbarazzato e lo stupito, adoro! Finalmente questa serata diventa interessante.

«Sì. Se i video arrivassero a Rivas, saresti cacciato subito dal Victor Hugo. Ma non è la situazione peggiore per te perché... quanti anni hai, Tao?»

Lui sbianca. Impallidisce in viso mentre si guarda intorno per assicurarsi che siamo soli. Esilarante.

«Sei maggiorenne?» insisto. «Sei maggiorenne... Sì. Per un maggiorenne che vende droga ai minori c'è tolleranza zero. Ti ci vedi ad andare in prigione, Tao?»

«Cazzo, che storia è questa, fra'...»

«Ehi, fra', scialla. Siamo insieme, siamo tra amici. Penso io a tutto. Ma tu mi dovrai fare un piccolo favore.»

«Che cosa ti serve?»

«Voglio che tutto quello che succede sul telefono di Célène finisca su questo telefono» gli indica Tristan tirando fuori dalla tasca della giacca un cellulare rosso che non gli avevo mai visto. «Devi installarle un'App spia. Tutto chiaro?»

«Fra', io non sono un hacker.»

«Me ne sbatto. Vedi di recuperare il suo PIN, sei suo amico, trova il modo. Poi le installi l'App spia e colleghi il suo telefono a questo, così diventerà lo specchio del suo. Voglio trovare il bastardo che sabota la mia immagine e mandarlo a fanculo.»

Tao è sempre sotto shock, ma sicuramente obbedirà agli ordini, sa bene di non avere scelta. Dopotutto o accetta o finisce in prigione. E poi in fondo quella ragazza la conosce da neanche un mese, perché prendersela tanto? Che cos'hanno tutti con questa Célène?

«Hai due giorni di tempo» precisa Tristan.

Il telefono di Tao inizia a squillare. Tristan lo prende e vede comparire sul display il nome di Célène, lo porge a Tao ed esclama con aria cattiva e minacciosa: «Tocca a te».

20
CÉLÈNE

Alla fine Tao risponde, che sollievo.

«Célène?»

Sento della musica dietro di lui, sicuramente sta mettendo dischi a una festa, o forse sta esercitando la sua attività parallela. In un modo o nell'altro si deve sopravvivere in questo mondo, e se fare il pusher alla corte reale gli procura un certo rispetto, tanto meglio per lui, io non lo giudico.

«Tao, sarai sicuramente occupato, ma sono in crisi, ho assoluto bisogno di parlare con un amico e...»

«Vuoi che venga da te?»

«Sì! Non osavo chiedertelo ma...»

«Arrivo tra venti minuti.»

Ha già messo giù. Tiro un sospiro di sollievo all'idea che mi raggiungerà e mi rendo conto di essere in apnea da più di un'ora. Verifico di nuovi i messaggi per vedere se Pierre mi ha chiamata, ma non ci sono segni.

E se fosse già al corrente? No, è ridicolo. Pierre è a centinaia di chilometri da Biarritz e non c'è nessuna ragione che lo sappia. A meno che uno dei fan di Tristan lo abbia riconosciuto, abbia scattato una foto nell'istante fatidico e l'abbia postata sui social...

Comincio a verificare che sui social non ci sia traccia dell'incidente e allo stesso tempo non posso fare a meno di provare empatia verso Vanessa o Tristan, ma anche verso tutte le star di Instagram e degli altri social intrappolate nella rete della loro celebrità. Immagino che angoscia dover pensare di continuo all'immagine che trasmettono, a ogni minimo fatto o gesto di cui sono protagoniste. Io vivo agli antipodi del loro mondo, le mie priorità sono all'esatto opposto, eppure stasera non mi sento molto diversa da loro. La distruzione della mia coppia è a portata di *clic*.

Nessuna traccia di me e Tristan sui social. È già qualcosa. Pierre saprà dalla mia bocca che cosa è accaduto.

Ricevo un SMS di Tao, è davanti alla porta di casa mia. Lo faccio salire con cautela in camera in modo che possiamo stare tranquilli. Sicuramente Charlotte è ancora al cinema, ignara del dramma che si è consumato a cinquanta centimetri dalla sua poltrona. Io mi siedo sul letto e Tao si siede su un cuscino per terra, avvicinandosi piano.

«Che succede, cara? Sembravi così sconvolta al telefono.»

Osserva la mia stanza e non può fare a meno di notare i progressi in fatto di ordine e arredamento raggiunti in appena poche settimane. In confronto Marie Kondo è niente!

Mi sono presa la briga di mettere da parte i quadri di nudo di mia zia e i vari sex toys che erano sparsi in giro. Ho appeso una piccola ghirlanda luminosa sulla parete sopra al futon che troneggia sempre aperto al centro della stanza sul morbido tappeto bianco.

Su uno dei comodini ho messo una foto di me e mia madre, sull'altro una lampada notturna a forma di fungo che mamma mi aveva regalato quando ero piccola, la adoro. Tao nota l'enorme tigre di peluche che Pierre mi aveva preso alla Foire du Trône l'anno scorso e se la mette dietro la schiena per stare più comodo. Mi si stringe il cuore a pensare al mio fidanzato e alla splendida serata che avevamo passato insieme. Aveva tentato in tutti i modi di vincerla, ma non ci era riuscito. Così aveva deciso di comprarla direttamente da uno dei giostrai per farmi piacere.

«Hai l'aria tesa, dammi i piedi.»

Tao se ne impossessa e senza tanti preamboli inizia a massaggiarmi le piante. Una volta stimolati, i miei piedi cominciano a fremere, poi subito si distendono insieme al resto del corpo. Questo ragazzo ha le dita magiche.

«Riesci a mantenere un segreto?» gli chiedo per formalità, ben sapendo che con lui i miei segreti saranno al sicuro. Se c'è qualcosa di cui sono certa è che Tao è un bravo ragazzo.

«Chiaro, ti ascolto.»

Tiro un respiro profondo e chiudo gli occhi prima di spiattellare tutto. Ammetto di non essere in grado di sostenere il suo sguardo mentre gli spiego quello che è successo al cinema.

«...E mi ha baciata.»

«E?» insiste.

Apro gli occhi sorpresa. Che cos'altro si aspetta? È già tanto così.

«E niente, mi hai sentita, Tao? Tristan mi ha baciata.»

«Sì, grazie, sono gay, mica sordo! Ma, visto in che stato sei, pensavo che dicessi che avevi scopato con lui nel retro della sua macchina.»

«Sei pazzo?!»

Scoppia a ridere, anche se non capisco cosa ci sia di così buffo in quello che ho detto. Le sue risate sono contagiose. Ci divertiamo, l'atmosfera diventa più leggera.

«Se può confortarti, anch'io ho passato una serata di merda.»

Prende il telefono e mi mostra i suoi scambi con Ben. Tra loro la cosa è diventata hot, sono una spanna più avanti di me e Pierre in fatto di *sexting*.

«Bah, sono piuttosto simpatici come messaggi. Perché dici così?»

«Perché dieci minuti dopo ci siamo incrociati alla Bella Gori e mi ha rimbalzato come una merda quando ho cercato di sedermi al suo tavolo dopo avergli venduto una canna. Mi ha detto che sono i tipi come me ad avergli reso così difficile il coming out e che non vuole essere assimilato a un frocio effeminato. Si è alzato ed è andato a limonare con Thor.»

«Merda, non pensavo che ci fossero dei clan.»

«Tra gay? Hai voglia! Ma lasciamo perdere, torniamo a te.»

Il mio telefono riceve una notifica.

Pierre: Scusa, piccola, ero al cinema, ti chiamo quando torno. Tutto bene?

Sto per rispondere quando Tao mi strappa il telefono dalle mani.

«Che fai?»

«Rispondo a Pierre, devo dirgli che ho fatto una stupidaggine e che...»

«*Girl*, scordatelo! Ti ha rubato un bacio. Non hai fatto niente di male» dice Tao lanciando il cellulare a una certa distanza da noi. «E anche se sei fidanzata, scialla! Hai il diritto di trovare un altro ragazzo carino e di fantasticarci sopra due secondi. Va tutto bene! Non andrai all'inferno.»

«Non so proprio di cosa parli, io non fantastico su Tristan. Che cosa dici!» replico sincera.

«Se non fantastichi su Tristan, tanto meglio, perché potrebbe finire male.»

«Che cosa vuoi dire?»

«Niente. In realtà...»

Tao viene interrotto dalla suoneria del mio cellulare.

Charlotte mi sta facendo una videochiamata, io rispondo senza riflettere.

«Ciao, cugina!»

È ancora al cinema e non sembra per niente turbata di essersi ritrovata da sola nella sala.

«È stato troppo bello, ho adorato il film. Era così romantico. Ma tu dove sei finita? Pensavo che fossi andata a fare la pipì e non ti ho più vista.»

Tao tasta un punto sensibile del mio piede che mi fa emettere un urlo di dolore. Charlotte aggrotta le sopracciglia non capendo perché mi lamento.

«Ma cosa stai facendo?»

Per rispondere ruoto il telefono verso Tao.

«Ah! Ciao, Ta...»

Non fa in tempo a finire la frase che lui spegne il telefono.

«Ma!» dico ridendo e lui ride di gusto insieme a me.

«Se ne farà una ragione, tranqui!»

Tao vuole semplicemente aiutarmi e, anche se non condivido pienamente il suo modo di vedere le cose, credo che sia quello più semplice.

«A proposito, *girl*, domanda stupida. Visto che non sei così sul pezzo in fatto di cellulari, hai cambiato il codice PIN di base?»

«Cioè?»

«Voglio dire, non hai lasciato lo 0-0-0-0 per caso?»

«Ma no.»

Non sono esperta di social e nuove tecnologie, ma ci tengo alla mia intimità, come tutti, e se un giorno mi rubassero il telefono non sopporterei l'idea che qualcuno possa accedere alle mie foto o ai miei messaggi.

«E non hai messo 1-1-1-1 spero?»
Sono divertita dalle sue domande. Si preoccupa per me come un fratello maggiore protettivo.
«No!»
«*Cool!* Dimmi che non hai messo neanche la data del tuo compleanno?»
«Ma insomma, non sono così stupida, Tao! No, ho messo la data del compleanno di Pierre.»
Quando pronuncio il suo nome, sento di nuovo una fitta al cuore e questa volta avverto il bisogno di isolarmi.
«È fantastico il tuo massaggio. Molto efficace e drenante. Torno subito.»
«Uhm... Vedi di non approfittarne per chiamare Pierre, ti tengo d'occhio.»
Lancio il telefono sul letto e mi alzo rivolgendogli un sorriso.
«Tieni, così sei sicuro che non lo chiamo alle tue spalle!»
Esco dalla stanza e raggiungo il bagno adiacente.
Quanto torno qualche minuto dopo, Tao è seduto sempre nella stessa posizione, con la testa piegata sul suo cellulare. Sicuramente Maestro starà messaggiando con Ben. Mi avvicino in punta di piedi e lo sorprendo con un forte abbraccio e un bacio sulla guancia.
«Devo scappare, ho ricevuto una chiamata da Ben.»
Mi abbraccia anche lui. Sono felice di aver trovato un amico sincero sul quale contare.
«Grazie, Tao. Per fortuna ci sei tu.»
Il mio sorriso non è contagioso, perché Tao mi fissa con aria triste. Ho l'impressione che qualcosa non vada, ma immagino che sia semplicemente frustrato perché non può confessare la verità all'uomo che ama e desidera in segreto. Spero che le cose gli andranno meglio...

Tra i russamenti di Charlotte e il mio senso di colpa verso Pierre, al quale ho "omesso" di raccontare quel che è successo con Tristan, non ho chiuso occhio tutta la notte. Stento a restare sveglia durante l'ora di matematica. Quando suona la campanella, ripongo il quaderno e mi alzo di scatto. Non ci resta molto tempo per adattare *La Princesse de Montpensier* in forma di musical e lo zio Patrick ha avuto l'idea di dividere le classi in cinque gruppi, uno per atto. Conosceremo la composizione dei gruppi in pausa pranzo. Spero che sarò con Tao. Lo trovo seduto da solo a uno dei tavoli all'aperto. Ha l'aria triste, immagino che i suoi messaggi di *sexting* con Ben non si siano tradotti IRL.

«Non hai una bella faccia. Tutto bene?» gli chiedo sedendomi accanto a lui.

Tao gira la testa verso di me ma non sorride.

«Non ho niente, non ti preoccupare.»

Io aggrotto la fronte sorpresa e poco convinta della sua risposta. Sto per chiedergli se ho fatto qualcosa di sbagliato, quando compare Charlotte e si siede di fronte a noi.

«Avete saputo la bella notizia?!» domanda tutta eccitata.

Io alzo gli occhi e vedo Tristan in piedi dietro di lei.

«Siamo insieme» esclama sedendosi accanto a mia cugina.

Spero di aver capito male! Inizio a pensare che lo zio Patrick senza saperlo mi abbia giocato un brutto tiro, quando ci raggiungono anche Oscar, Julius e Ben.

«Rivas ci ha messo nello stesso gruppo» precisa Ben, confermando così tutte le mie paure.

Mi irrita l'idea di rimanere incastrata con Tristan per il lavoro di ideazione di un intero atto teatrale, ma sono contenta che Tao avrà finalmente l'occasione di avvicinarsi a Ben nella vita reale!

«Musica, Maestro...» sussurro a Tao facendo riferimento al suo avatar.

Per tutta risposta lui sgrana gli occhi per farmi stare zitta.

«È troppo fico che ci sia capitato l'ultimo atto comunque!» riprende Ben.

«Grandioso. Devo fare una telefonata» dice Tao alzandosi.

Ben si gira, sorpreso del comportamento di Tao. Quest'ultimo pensa che all'altro non importi niente di lui, ma è comunque riuscito a provocare una reazione sincera nel capitano della squadra di rugby. E se finalmente Ben iniziasse a intuire chi si nasconde dietro Maestro?

Charlotte intanto si trova seduta di fronte a Oscar e ne approfitta per guadagnare punti.

«Ehi, che cosa si prova a vincere *The Voice*?» gli chiede.

Lui aggrotta la fronte e ride.

«Be', non ho vinto, mi sono fatto battere in finale.»

Vanessa si siede tra me e Oscar. Anche lei fa parte del nostro gruppo e ha già previsto tutto: io e Tristan scriveremo i dialoghi, mentre lei e Oscar scriveranno le strofe delle canzoni. Tao, Ben e le Sisters si occuperanno della melodia.

Imbarazzata, distolgo lo sguardo da Tristan, mentre quelli della sua ragazza rimbalzano tra me e lui. Tristan le avrà detto cosa è successo ieri? Credo di no; se così fosse, sarei già stata lapidata su una pubblica piazza o, nel caso specifico, sui social.

«*Cool!*» risponde con entusiasmo Charlotte a Oscar.

La guardiamo tutti sconcertati, al che lei si riprende dicendo: «Non voglio dire "*Cool*, hai perso", voglio dire "*Cool*, sei arrivato in finale"! Ti piace il karaoke?».

«Cosa?!» si stupisce Oscar.

Si starà chiedendo da quale pianeta proviene mia cugina.

Lo abbiamo capito tutti che ha una cotta per Oscar, soprattutto Vanessa, che li guarda con insistenza.

«Mademoiselle Rivas! Le posso parlare un minuto?» chiede mio zio avvicinandosi a noi. Fulmina Oscar con lo sguardo.

Lo zio Patrick è indecifrabile. Quanto è gioviale e comprensivo con gli alunni del liceo, tanto può essere duro e severo con la figlia... È evidente che lei lo teme. Che ha paura di deluderlo. La cosa mi colpisce, dopo che per tutti questi anni l'ho vista come una ragazza un po' matta che parla troppo e colleziona gaffe. Ora mi rendo conto che è più profonda di quanto lasci trasparire, e dovrebbe assolutamente manifestare a suo padre la sua vera personalità.

Charlotte si alza dalla panca, convinta che subirà l'ira del padre che l'ha colta in flagrante a parlare con un ragazzo.

«Come va la squadra?» chiede lo zio a tutto il gruppo.

«Benissimo, monsieur Rivas» rispondono tutti in coro, esibendo un bel sorriso di facciata.

«Mi raccomando, eh, bisogna lavorare duro!» esclama lui, prima di allontanarsi per parlare in disparte con la figlia.

Come al solito non nota le risate che sottolineano così spesso i suoi riferimenti al linguaggio dei giovani millennial.

Per approvare le parole di mio zio (o forse per nascondere le risate dei suoi compagni), Oscar intona una canzone con l'ukulele. Mi sembra di conoscere il motivo. È un canto marinaresco, *Le curé de Camaret*, solo che ha cambiato le parole. «*La princesse de Montpensier cache une belle fontaine et quand elle s'as-*

soit dessus ça la tache jusqu'au cul, elle fait des flaques»[1] canta solennemente Oscar.

Oddio, se lo sente lo zio Patrick?!

«*La princesse de Montpensier se dit toute vierge, mais quand elle s'trouve dans mon lit, elle préfère tenir mon vît qu'un cierge*» prosegue Oscar.

«*Qu'un cierge, qu'un cierge, qu'un cierge*» ripetono Julius e Ben, presto raggiunti da Naya e Ariel che cantano a squarciagola.

Io non sono in vena di risate e mi concentro su mio zio e mia cugina: «Sarei gasatissimo se facessi il provino per una parte. Quella che ti sconfinferà di più ovviamente».

«Io in un musical? Ma lo sai che ci saranno trucchi, vestiti scollati e ragazzi, papà?» si stupisce lei.

«È per una buona causa, è un'opera in programma per la maturità! Sarà *swag* per i tuoi crediti scolastici.»

Charlotte sorride al padre immaginando l'opportunità che potrebbe rappresentare un progetto simile per una come lei, che non ha mai potuto frequentare altro che le ragazzine perbene del collegio Sainte-Marie de l'Immaculée Conception.

«E poi comunque con i tuoi due anni di canto lirico spaccherai, Chacha mia» aggiunge il padre.

La vedo impallidire. Doveva aver dimenticato che musical significa anche cantare. E io e Charlotte sappiamo bene che lei non ha messo piede in nessun corso di canto lirico... A quanto pare non sono l'unica a origliare, perché all'improvviso Vanessa si alza dalla panca per accorrere in suo aiuto. Eppure non sono amiche, anzi, avevo l'impressione che mia cugina non sopportasse Vanessa.

«Lirica! Monsieur Rivas, Charlotte mi potrebbe aiutare a preparare la parte cantata? Io l'aiuterò a perfezionare la sua interpretazione.»

Osservo il teatrino che fa Vanessa mentre si avvicina a mio zio. Ho l'impressione che lo provochi con il suo décolleté. Si passa di continuo la mano tra i capelli, che cosa strana. E lui sembra a disagio di fronte a lei, fatica a guardarla.

[1] Per la traduzione dei testi delle canzoni consulta la sezione BONUS a fine libro.

«Ehm... sì. Va bene, mademoiselle Merteuil. Allora sciambola, Chacha... Volevo dire, mademoiselle Rivas. Buona serata. Arrivederci.»

Mio zio si allontana in fretta, profondamente turbato. Chissà cosa gli prende.

«Vanessa, io non ho mai studiato lirica, non dirlo a papà» si agita subito mia cugina.

«Siamo amiche o no?»

Charlotte annuisce, mentre io mi preoccupo. Non so perché ma non riesco a decifrare bene Vanessa. È sempre gentile e sorridente, ma quando ride i suoi occhi non ridono affatto. Nel suo sguardo c'è il vuoto.

«Lo vedi, e tra amiche ci si aiuta. Conosco un tipo che può darti una mano. Mi deve un favore. Non ti preoccupare, Chacha, poi mi ringrazierai.»

Nonostante tutto, Charlotte è entusiasta per la proposta della ragazza di Tristan e l'abbraccia per ringraziarla.

«Vanessa, posso chiamarti V come in *Gossip Girl*?»

«No!»

Non ci capisco più nulla. E Tristan mi cerca con lo sguardo! Credo che la fine della canzone dei ragazzi sia la goccia che fa traboccare il vaso.

«Princesse de Montpensier où est ton pucelage, il s'en est allé sur l'eau par derrière les vaisseaux, il nage, il nage, il nage...»

Tutto il tavolo canta a pieni polmoni, tranne Tristan che continua a fissarmi.

Io mi alzo bruscamente e me ne vado portando con me le mie cose.

21
TRISTAN

Afferro giacca e zaino e mi affretto a raggiungere Célène. Dopo ieri non siamo ancora riusciti a parlarci, e da come mi ignora sembra che ce l'abbia ancora con me per quello stupido bacio. Quanto posso essere idiota quando mi ci metto, era troppo presto! Non pensavo che potesse prenderla così male.

«Célène, aspetta!» Lei non mi ascolta e continua ad andare per la sua strada senza voltarsi. Allora accelero per raggiungerla. «Célène!» insisto.

Con il vassoio tra le mani, lei interrompe la sua corsa. Io, con il fiato corto, poso il mio sguardo su di lei senza dire una parola. Lei mi fissa aspettando che le dica perché l'ho inseguita.

Rifletti, Tristan... Rifletti...

Tento di ricompormi e di sembrare sicuro di me. Le offro il mio sorriso migliore prima di dirle in maniera molto professional: «Dopo la scuola devo andare a surfare, ma se vuoi puoi venire da me così lavoriamo allo spettacolo tranquillamente».

Per tutta risposta lei si gira e mi pianta in asso davanti a tutti. Il più grosso smacco della mia vita. Mi rivolge comunque un ultimo sguardo da sopra la spalla dicendomi: «Ti mando una mail con una proposta per il V atto domani sera».

«Ma sarebbe meglio farlo faccia a faccia, non pensi?»

«No» risponde secca. «Ciao.»

Célène mi abbandona nel chiostro e io non riesco a staccarle gli occhi di dosso. Poi di colpo arriva Vanessa a peggiorare la situazione. Detesto perdere la faccia davanti a lei. La stronza non nasconde la sua esultanza.

«Quanto mi godrò la mia nuova casetta sulla spiaggia» mi provoca.

Mi giro verso di lei con le sopracciglia aggrottate. Quanto non la sopporto quando fa così! Cos'altro vuole? Alza lo sguardo verso di me, mi sfida. Io sprofondo nei suoi occhi da cerbiatta e non posso fare a meno di sbirciare il suo seno. A sua volta, si avvicina e fa rimbalzare lo sguardo dai miei occhi alla mia bocca. Non molla, sa l'effetto che ha su di me e la cosa la diverte. Ma non a questo giro, non mi mostrerò succube, sono seriamente intenzionato a vincere la scommessa e portarmela finalmente a letto.

«Smettila di scambiare i tuoi desideri per realtà, lascia fare a me.»

Avvisto Tao che cerca di passare senza essere visto dal cortile alle spalle di Vanessa. I nostri sguardi si incrociano e noto che si precipita all'interno dell'edificio, verso i bagni per la precisione. Nessuno ha capito il motivo per cui Tao si è alzato dal tavolo pochi minuti fa, ma io so che è stato per lo sguardo insistente che gli ho rivolto per ricordargli che ha una missione da compiere e il tempo stringe. Se pensava di sfuggirmi correndo a nascondersi nei cessi anziché andare a lezione, non ha capito niente di me. Ha firmato la sua condanna a morte. Quando sono deluso, tendo a vendicarmi anche su chi non lo merita. So che non si fa, ma non ho mai avuto la pretesa di essere un tipo perbene.

Aspetto pazientemente che esca dai bagni. La porta scorrevole si apre alle mie spalle e lascia apparire Vanessa, che entra nello spazio comune. Noi due possiamo beccarci quanto vuoi, ma lei è la mia *partner in crime* e quando c'è da combattere siamo sempre uniti.

«Che fai? Questi sono i bagni dei maschi» le dico con un sorriso sbilenco.

Lei alza le spalle con aria innocente.

«*Ops!* Diciamo che non avevo visto il cartello sulla porta.»

Con fare felino si posiziona dall'altro lato e aspetta pazientemente vicino a me che la preda esca dalla tana. Alla fine la porta si apre e Tao indietreggia con un sussulto vedendoci davanti a sé. Ha il suo stupido sacchetto di carta tra le mani, il che mi fa pensare che abbia avuto una super crisi di panico. Quel ragazzo ha a disposizione tutta l'erba e le pasticche possibili e immaginabili, ma quando ha bisogno di calmarsi continua a soffiare in un vecchio sacchetto di carta. Osservo la sua faccia, pallida in modo esagerato, ha le occhiaie scure e trasuda paura da tutti i pori. Vanessa si posiziona alla sua destra. Con il telefono in mano, non lo degna di uno sguardo. Io indosso la mia maschera da bad boy e blocco il passaggio per impedirgli di svignarsela, non mi faccio intenerire. Abbiamo un accordo, e gli conviene aver fatto quello che gli ho chiesto.

«Allora?»

Lo guardo fisso. Non c'è bisogno di dirgli chiaramente cosa mi aspetto, lo capisce bene da solo. Fruga alcuni instanti nelle tasche dei pantaloni, poi finalmente mi porge il mio iPhone spia, ora diventato lo specchio di quello di Célène.

«Tieni. Ti ho registrato la password per collegarti. Vedrai tutto quello che vede lei.»

Sblocco il telefono e in effetti vedo lo sfondo di Célène al posto di quello neutro che avevo io. Merda, è una foto sua e del suo Pierrot. Che palle.

«Lo sapevo che eri perfetto per questo lavoro. Quindi adesso posso accedere a tutti i suoi messaggi?»

«Sì, hai accesso a tutto il suo telefono.»

Cazzo, ci sa fare il ragazzo!

«Sinceramente non so a che gioco stai giocando, Trista...»

Lo interrompo subito, non gli serve sapere quello che faccio, ma visto che è amico di Célène è importante che resti dalla mia parte. Se me lo metto contro, rischio di mettermi contro anche lei, e visti i nostri rapporti dopo ieri sera mi conviene invece fare qualche sforzo.

«Te l'ho detto, fra', c'è uno che cerca di rovinare la mia reputazione e tu sai che la reputazione è sacra! Ci tengo a Célène, e voglio che restiamo amici.»

Vanessa soffoca una risata e io la fulmino con lo sguardo. Ma cosa fa? Vuole anche che spiattelli la nostra challenge a Tao già che ci siamo?!

«E il mio dossier?» chiede lui imbarazzato.

Mi infilo il telefono spia nella tasca e prendo in mano il mio. Cancello il suo dossier sotto i suoi occhi e lui lascia andare un sospiro che teneva bloccato nel petto. Se solo sapesse che non avevo nessuna intenzione di mostrare a Rivas quel video. Volevo solo intimorirlo per fargli fare quello che gli ho chiesto. Era un modo per motivarlo, niente di più.

«Ecco. Non ho altro.»

Gli metto una mano sulla spalla per ringraziarlo, poi esco, lasciandolo da solo con Vanessa. Spera sicuramente che cancellerà come promesso il dossier assassino, ma si vede che non la conosce.

«*Ops*, mi si è scaricata la batteria» la sento dire da oltre la porta. Quella stronza è geniale.

22
VANESSA

Tristan esce dai bagni e mi lascia da sola con Tao, che si gira verso di me aspettando probabilmente che anch'io cancelli il video come promesso.

«*Ops*, mi si è scaricata la batteria.»

Tao impallidisce.

«Nel caso in cui tu voglia spiattellare tutto alla tua nuova amica.»

Lascio anch'io i bagni per tornare a lezione, mentre Tristan osserva Tao uscire di soppiatto dal recinto del liceo. Sicuramente va nel suo posto segreto che per me non è per niente segreto: il faro di Biarritz. Pensa che nessuno lo abbia individuato, ma le Sisters sono peggio di segugi. Con me non esistono nascondigli, so sempre dove trovare il mio bersaglio.

Spero che non salti di sotto. Da settantatré metri morirebbe. Io lo maltratto un po', ma in fondo non siamo così diversi. Viene da un mondo estraneo alla sua cerchia e fa quel che può per sopravvivere. A costo di tradire chi gli sta vicino. Si chiama la legge del più forte. Tanto di rispetto.

La giornata di lezione finisce presto e io accompagno Charlotte fino allo studio di registrazione de *La Petite Sophie*. Da tre anni sono la proprietaria unica del castello d'Arcangues e ho attrezzato per bene la struttura. Ho organizzato di quelle feste! Naturalmente ho licenziato tutto il personale, tranne Matéo, che gode della mia fiducia ed è un mago della pulizia e della stiratura. Un modo come un altro per evitare le fughe di notizie sui social: quel che succede nel castello d'Arcangues resta nel castello d'Arcangues.

La tenuta è immensa, il castello magnifico. La stanza più impressionante di tutte resta il salone d'ingresso, che ospita la scenografia de *La Petite Sophie*. Di solito è dove registro il mio talk show quotidiano, ma oggi mi servirà per tutt'altra attività: tendere a Charlotte la trappola della sua vita.

«Wow! *La Petite Sophie!* Troppo bello!» esclama Charlotte.

Me lo aspettavo. È come una bambina a Disneyland. Ha gli occhi che le escono dalle orbite mentre guarda tutt'intorno a lei il finto studio.

«Posso fare una foto?»

«No.»

E poi cos'altro? Ci manca solo che la posti su Instagram. Come niente perderei un buon migliaio di follower, se solo scoprissero che me la faccio con una nullità.

«Ok» risponde semplicemente.

Così va meglio.

Ho chiesto a Oscar di appostarsi dietro la falsa porta della scenografia per farle una sorpresa. Lui sospinge la porticina rosa come in un film di serie B degli anni Duemila e fa la sua comparsa, armato di una bella chitarra bianca e con in faccia il più bel sorriso da prode cavaliere pronto a correre in suo soccorso.

«Ehi! Vanessa mi ha detto che avevi bisogno di lezioni di canto?»

Charlotte sorride con tutti i denti quando scopre che Oscar è l'amico che l'aiuterà con la lirica.

«Ehm... sì» gli risponde intimidita. Peccato che Charlotte ignori che Oscar si dedichi a feste dissolute. Ecstasy, MDMA, coca e orge lo mandano in visibilio. Con la sua aria da rocker lunare, è un tipo freddo e sorvola il mondo senza farne davvero parte. Nessuno è mai andato a casa sua, serba i suoi oscuri segreti come io serbo i miei. Ma anche nel suo caso non è colpa sua. È il frutto del sistema, un "prodotto", un bambino che è cresciuto troppo in fretta, ha visto e vissuto troppe cose troppo presto. Come preservare la propria innocenza in un mondo che ti oggettifica, in cui il tuo corpo diventa una moneta di scambio per la gloria? Io e Oscar formiamo una strana coppia, due metà di uno stesso cuore di pietra. Ma accanto a me ho scelto di far brillare Tristan: il suo volto ispira fiducia, la sua immagine di grande sportivo suscita ammirazione e rispetto. La più grande astuzia del demonio non è far credere che non esiste? Tristan eccelle in questo gioco, con la sua capacità di incarnare il ragazzo sano, retto e pulito. Fa meglio di chiunque altro gli interessi della Petite Sophie.

Non ho fatto nessuna fatica a convincere Oscar a giocare con me. Tutto quello che deve fare è sedurre Charlotte e conservarne le prove (*sexting*, foto osé e altro). Non c'è stato bisogno di ricattarlo con dossier assassini sul suo conto o promettergli chissacché, a lui non importa nulla. Così, quando gli ho proposto di farsi una spilungona dai capelli rossi e ottenere tre scatti del suo sedere, lui mi ha subito risposto: «Sì, perché no? Se può farti piacere».

So che posso sembrare insensibile, persino crudele. Ma Charlotte non è che il danno collaterale della viltà di suo padre: Rivas non ha avuto i coglioni di ammettere il suo desiderio per me. Si è rifugiato dietro la virtù di sua figlia per farmi la morale, allorché, quando mi sono trovata nel suo ufficio la sera dello spettacolo scolastico, quando mi sono avvicinata a lui facendo finta di niente per aiutarlo a sbloccare il cassetto della sua scrivania contro cui stava lottando per disincastrare un registro, quando mi sono chinata e poi inarcata per aiutarlo, quando la mia scollatura ha lasciato intravedere i seni a pochi centimetri dalla sua faccia, e quando poi ho fatto finta di scivolare per finire sulle sue ginocchia e mi sono dimenata dal basso in alto sul suo bacino interpretando la ragazza sorpresa, imbarazzata e concupita mentre la mia bocca si avvicinava alla sua... in quel preciso momento a quel finocchio è venuto duro come a un asino. L'ho sentito perfettamente. Dopo gli ho sussurrato a un orecchio che ero maggiorenne da una settimana e lui mi ha guardato come una Madonna e ha fatto scivolare le mani lungo i miei fianchi. Aveva il fiato corto, il pene sempre più duro. Proprio in quell'istante il suo accidenti di telefono ha squillato. Vedendo comparire il volto di quella deficiente della figlia sul display, lui è rinsavito, mi ha fatto una tirata sulla virtù e le convenienze e poi se l'è filata... e io ho perduto la mia challenge.

Ci tenevo alla mia macchina, ma posso averne una decina se voglio. La verità è che desidero vendicarmi di Rivas perché mi ha umiliata. Respinta! Chi crede di essere? Denunciarlo davanti al consiglio d'istituto non è contemplabile perché La Petite Sophie non può essere coinvolta in uno scandalo che macchierebbe la sua reputazione. No, la migliore vendetta è procurargli la vergogna della vita, mettere in ridicolo lui e le sue convinzioni. Ha fatto di tutto perché sua figlia non seguisse le orme di quella puttana della madre. Ebbene, quando avrò finito con la sua "Chacha", sua madre al confronto sembrerà una puritana agli occhi di tutto il liceo. Rivas sarà sicuramente sbattuto fuori dal consiglio e io avrò vinto.

Oscar si avvicina a Charlotte. Io mi sistemo sul letto della Petite Sophie per assistere a questo scambio a dir poco divertente.

«Avanti, mostrami quello che sai fare» suggerisce lui mentre si mette in posizione con la sua chitarra, pronto ad accompagnarla.

Charlotte divora Oscar con gli occhi. Rubare la sua innocenza sarà più facile che strappare il ciuccio dalla bocca di un bambino di due anni.

«Be', ho scritto una cosetta. Allora...»

Charlotte canta. Se questa lagna si può chiamare cantare. Guardo Oscar girarsi verso di me facendo una smorfia. Immaginavo che non sarebbe stato un successo, ma non immaginavo che avrebbe fatto così pena. Ha una voce stridula che metà basta! Merda, Oscar dovrà darsi da fare.

«Ok, ok. Aspetta, aspetta un secondo. Magari cominciamo con un po' di riscaldamento, va bene?»

Si posiziona dietro di lei e le mette una mano sulla pancia.

Esulto, va tutto come avevo previsto. Credo che per me sia arrivato il momento di scomparire.

«Vi lascio.»

Charlotte si gira verso di me, intimidita e sovraeccitata al tempo stesso. Mi guarda con sincerità prima di dirmi: «Grazie V, eh».

Mio Dio, che palle, cerca di intenerirmi! Non siamo amiche.

«No, ti prego non V» replico seccamente.

Salgo in camera mia e accendo il computer, dal quale posso continuare a osservare la lezione di canto. Lo studio è un groviglio di telecamere di sorveglianza, webcam, fotocamere di cellulari, obiettivi fotografici, il tutto sempre in funzione. Charlotte e Oscar non sospettano che il mio portatile rimasto aperto sulla mensola li riprende in diretta. Spio Oscar che, a forza di vocalizzi ed esercizi di respirazione di ogni genere, riesce a farla rilassare. Ora si incolla dietro Charlotte e gioca a fare il Johnny di *Dirty Dancing*: le sfiora i fianchi, poi risale con la mano ai lati del suo seno per sollevarle le braccia e farle distendere la gabbia toracica. Quando fa scivolare le sue dita lungo le ascelle di

Charlotte, quella, molto più esuberante del personaggio di Baby, gli urla in faccia, ritrae bruscamente il braccio e per poco non gli molla inavvertitamente una sberla. A quanto pare soffre molto il solletico. Incredibile, è riuscita a far ridere Oscar, che novità!

Più la lezione va avanti, più sembrano vicini. Alla fine lei non ride più quando lui le fa scendere la mano lungo i fianchi, anzi, si distende, assume una certa sensualità e si lascia guidare dal suo maestro.

Charlotte si riposiziona davanti al microfono. La voce stridula ha lasciato il posto a una voce più giusta e posata. Alla fine non se la cava poi così male! Rendendosi all'improvviso conto dell'ora, raccoglie le sue cose nel panico perché "papà" non sarà contento se torna a casa dopo le diciotto.

Quando se ne va, io scendo a parlare con Oscar, che le sta già inviando un messaggio vocale: «*Ciao, sono Oscar, è stato un piacere scoprirti, non vedo l'ora di rivederti. Ciao*».

Ci sta mettendo il cuore, il rocker! Da dietro le spalle mi avvicino per baciarlo mordendogli la punta del labbro inferiore.

«Grazie per Charlotte.»

«Figurati» mi risponde restituendomi il bacio.

È di nuovo senza emozione. Ritrovo l'Oscar che conosco e che mi sta particolarmente a cuore. Scopre che sono in vestaglia e mi porta sul letto della Petite Sophie. Si distende accanto a me e si accende una canna. Fumiamo entrambi mentre ci spogliamo. Mi metto a cavalcioni su di lui e mi lascio penetrare rapidamente. Mentre vado avanti e indietro, seduta sul suo grembo, lo osservo e sorrido. È un po' come guardarsi allo specchio, sente le stesse cose. Mi passa la canna. Non godrò ma mi va bene così. Il mio telefono squilla, è Charlotte. Poso una mano sul torace di Oscar proseguendo con il mio andirivieni e accetto la chiamata. La cosa non lo disturba, fa un altro tiro.

«Ciao V! Ho ricevuto un vocale supercarino di Oscar. Che cosa gli rispondo?»

Io stabilizzo al massimo la voce e formula una risposta continuando a cavalcare il suo Oscar.

«Mandami tutti i vostri messaggi così posso consigliarti! Sarò la tua *love coach* privata. Vai tranquilla, poi mi ringrazierai.»

Chiudo, lancio il telefono più in là e accelero il ritmo, sempre più eccitata.

«È completamente fuori, Charlotte! Mi piace. Mi fa ridere.»

Davvero Oscar mi sta parlando di Charlotte in piena scopata? Mi scosto di colpo, lo pianto in asso e mi impossesso della canna. Stronzo!

«Ehi, cazzo, la canna!»

È l'unica cosa che lo preoccupa? Che me ne vada via con la canna? Come se niente fosse, Oscar si infila la camicia, impermeabile alla mia irritazione, e se ne va. Non lo tocca nulla. Adoro.

Vado a trovare le Sisters alla Bella Gori come tutti i venerdì. I surfisti vanno e vengono in costume da bagno, mentre io me la spasso con le ragazze sui divani superconfortevoli del lounge. Naya mi mette lo smalto alle unghie dei piedi intanto che Ariel posta su Instagram la nostra vita da sogno.

Il "piano Charlotte" è avviato. Ci vorrà qualche settimana, ma Oscar raggiungerà sicuramente i suoi scopi. Spero solo che non parta per la tangente. Non mi aspettavo che dicesse quelle cose. Parole come "è completamente fuori, mi piace" sono un brutto segno. Potrebbe restare intrigato o addirittura colpito da quella ragazza. Che palle!

A pochi metri da noi noto Zoé Grospiron, la campionessa d'Europa di longboard, chiedere a Tristan di unirsi a lei per una sessione di allenamento in acqua.

«Tristan! Vuoi allenarti? Tua madre mi ha detto che tu...»

«Non mi va» la interrompe lui scocciato. L'ha mandata a stendere, non ci posso credere! Ha una birra in mano e gli occhi fissi sul telefono spia che gli ha procurato Tao. Immagino che cerchi sempre il delatore che gli ha rovinato la piazza con la parigina.

«Zoé! Io per l'allenamento ci sto, arrivo!» interviene Julius. Con la tavola da surf sottobraccio, si lancia all'inseguimento della bella campionessa dai capelli d'angelo e il corpo da sogno nell'illusoria speranza di aggiungerla alla sua lista di prede. In altri termini, se la vuole scopare.

«Che palle!» dice Tristan tra sé e sé.

Incuriosita, sono sul punto di inviargli un messaggio per chiedergli la causa di tanto tormento quando ricevo una videochiamata dalla mia agente. Era ora! Se tardava un altro po', la mandavo a quel paese.

«*Hi darling!* Ho un casting per te.»

«È un ruolo da protagonista?»
«No, ma è un ruolo fantastico!»
«Cinema?»
«Ehm, no, ma...»
«Netflix?»
Spero che non sia una serie web!
«È una serie web, *darling*, ma...»
Non ci posso credere, ora la ammazzo.
«Non mi interessa.» Sono in un luogo pubblico e di conseguenza non posso urlarle in faccia il mio dissenso. Ma dentro sto scoppiando. Una serie web, veramente! Sono mesi che dovrebbe aver mandato ai produttori la quarta stagione della mia serie!
«E *La Petite Sophie 4* a che punto è? Hanno letto la sceneggiatura?»
«*Darling*, i produttori non sono proprio entusiasti.»
Vedo Naya e Ariel che si guardano e si alzano con discrezione. Le Sisters mi conoscono incredibilmente bene, sanno che tra due secondi farò il diavolo a quattro e che se restano qui ci andranno di mezzo.
«...e in parte penso che abbiano ragione! Insomma... Allora ti mando il copione, *darling*?» prosegue quell'idiota della mia agente.
«No! Tu trovi il modo di farmi fare *La Petite Sophie 4, darling*!»
E le chiudo il telefono in faccia. La guest in una webserie e poi cos'altro? È da anni che campa su *La Petite Sophie* e che fa? Ci sputa sopra? Toh, una chiamata FaceTime di Tristan. Siamo a pochi metri l'uno dall'altra, ma perché spostarsi? Viva la tecnologia.
«Non vedo l'ora di scoparmi Charlotte.»
Un sorriso vittorioso mi distende i tratti. Visto che Oscar sta uscendo di testa, questo sviluppo cade a puntino.
«Ok! Che cosa ti ha fatto cambiare idea?»
«Piccola vendetta personale.»
Oh merda. Tristan lancia violentemente il telefono spia sul tavolo, visibilmente alterato.
«Vuoi dire che la gentile Charlotte ti ha fregato?»
«*Yep!* E ora la frego io. Occhio per occhio!»
I suoi occhi brillano di rabbia. Giudica Charlotte responsabile della sua sconfitta, ha perso terreno le ultime due settimane, come dimostrano le foto che Célène ha fatto con il suo Pierrot

durante il suo soggiorno a Biarritz lo scorso weekend: pomiciata alle Halles, gelato al café Dezamy, aperitivo al tramonto all'Etxola Bibi, sulla Côte des Basques, e via dicendo.

«Charlotte è appena venuta via dalle suore, non vedo cosa potrebbe farti di male» gli dico sinceramente stupita e perplessa.

«Intanto mandare dei messaggi di merda in cui quell'idiota sostiene che sono pericoloso e stronzo.»

«Ok, in fondo non mi sembra che si sia inventata niente.»

«Non basta! Senti questa.»

Prende il telefono spia e mi inoltra il vocale inviato da Charlotte alla cugina. Ascoltandolo, la mia sorpresa cresce sempre di più e mi dico che quella ragazza è un'avversaria più temibile del previsto.

«*Pierre ti ha chiamata tre volte, comincia a essere lunga questa lezione di surf! Cugina, che resti tra noi, ma non fidarti di Tristan. Magari ha una bella faccia e un bel sorriso, ma è molto pericoloso. Hai già sentito parlare di "Fanny la sfasciacoppie"? Sui social è odiata da sei milioni di utenti! Ma è tutto falso. Fanny non è mai stata una sfasciacoppie! Una troia! Una mitomane! Una "stalker"! Si è solo innamorata di uno stronzo: Tristan Badiola! Quindi fai attenzione, cugina, perché ha l'aria del bravo ragazzo. Quando guardava Fanny, la faceva sentire speciale, avrebbe quasi lasciato Vanessa per lei, come se fosse stata l'eccezione. Invece era la regola! Non c'è mai l'eccezione. E lei l'ha capito due minuti dopo essere andata a letto con lui. Nei suoi occhi c'era solo il vuoto, se n'è andato e non le ha più rivolto la parola. In compenso si è parato il culo perché le Sisters-Situation hanno subito lanciato sui social un* SOS *della serie: "Aiutate La Petite Sophie, c'è una mitomane che stalkerizza Tristan e cerca di distruggere la sua coppia!". Fanny si è fatta insultare e maltrattare al punto da non poter più andare in un normale liceo. Alla fine è venuta al Sainte-Marie, ero la sua unica amica. Cugina, crediamo tutte di essere l'eccezione, ma in realtà siamo tutte la regola, e la regola è che non si può trasformare uno stronzo in bravo ragazzo. Allora, esci con Tristan tutte le volte che vuoi, sarò la prima a voler andare alle sue serate esclusive, ma non fidarti mai di lui.*»

«Nasconde bene il suo gioco, la stronza» conclude Tristan, sul punto d'implodere.

«Ah, ma certo, Fanny! Me la ricordo! La tua challenge del 2019!»

Questa situazione mi diverte tantissimo.

«Sì, ma chi se ne frega! La tua Charlotte la sistemo io. Me la scopo dove vuoi e come vuoi.»

«Adoro! Ti creo io la situazione: domani c'è la serata cosplay.»

«Vai, sempre che Rivas la lasci venire.»

«Non ti preoccupare, ci penso io.»

Chiudo la chiamata e invio un messaggio vocale a Charlotte: «*Ciao Chacha. Domani c'è la serata cosplay. Tu e tua cugina siete le mie invitate d'onore. Vi mando il mio autista alle 17 in punto. Fatti bella!*».

Rivas non soltanto la farà venire, ma la incoraggerà anche... appena avrò finito con lui. E per farlo entro nella *Schoolchat* del liceo, un'applicazione tipo Snapchat che Rivas ha creato, parole sue, per "rendere la comunicazione tra alunni e insegnanti più cazzuta e i compiti più sballosi". Seleziono "Inviare un messaggio privato alla direzione"...

Le Sisters, che a quanto pare hanno sempre un orecchio teso, compaiono dal nulla e si sistemano languidamente sui pouf.

«Adoro i cosplay» si infiamma Naya.

«Che cosa ci mettiamo?» domandano in contemporanea, tutte eccitate.

«Quello che vi dirò io» rispondo seccamente.

L'entusiasmo mi fa venire la nausea.

«E per *La Petite Sophie 4*? Non se ne fa più niente?» chiede Ariel.

Che idiota, ha appena firmato la sua condanna a morte. Mentre continuo a scrivere un messaggio privato a Rivas, chiedo ad Ariel di alzarsi e girarsi. Lei esegue. Io stacco finalmente gli occhi dal telefono per dirle con un'aria intrisa di falsa compassione: «Oh merda... Ti si è ingrossato il culo! Non entrerai mai nel mio costume da sirenetta».

«Certo, lei ha la 40 e tu la 38» spiega Naya. Ariel, presa dal panico, ruota su se stessa come un cane che insegue la propria coda per verificare le mie parole.

«Andiamo a casa mia? Ho un'idea che ti permetterà di entrare nel costume» le suggerisco trattenendo una risata.

Se penso alla faccia che ha fatto Ariel quando ha capito che la stavo chiudendo nella mia sala fitness/cabina armadio! Una buona sessione di bicicletta ellittica le farà un gran bene, poi mi ringrazierà.

Suonano alla porta finalmente! Ariel sta pedalando da oltre un'ora quando la abbandono nella cabina armadio.

«Ehi, ma per quanto ancora mi lascerai qui dentro?» grida supplicante e già tutta sudata.

«Zitta e pedala!» le dico prima di chiudere la porta a doppia mandata e scendere ad aprire al mio ospite.

Nello studio della Petite Sophie mi aspetta Rivas, scomodamente seduto sul bordo del letto a forma di conchiglia. Adoro, sembra un gigante in una casa di bambole. Avanzo verso di lui mentre beve d'un fiato il tè che Matéo gli ha servito in una tazza di porcellana.

«Non è granché appropriato, mademoiselle Merteuil. Qual è l'urgenza riguardante Chacha che non poteva aspettare fino a lunedì mattina?» farfuglia.

Mi siedo anch'io sul letto e noto che una goccia di sudore gli imperla la fronte. Mi avvicino e gli metto il cellulare sotto il naso. Non è minimamente turbato dalla nostra vicinanza perché è troppo occupato a scoprire gli scambi di messaggi tra Charlotte e Oscar. Quei due non hanno perso tempo. A Rivas per poco non viene un colpo mentre le sue dita scorrono sul display. Scopre una serie di SMS uno più audace dell'altro e una foto di Oscar a torso nudo alla quale Charlotte risponde con una foto in biancheria intima.

«Oh quel fetente! Quel fetente... Quel BRUTTO fetente! Gliela infilo nel culo la sua chitarra» giura sul proprio onore. «E lei la caccio via dalla scuola!!!»

Si mette le mani in testa come se fosse troppo pesante per reggerla sulle spalle. Non vede che mi sono avvicinata ancora di più e che la mia mano preme sulla sua coscia sempre più vigorosamente.

«Farà la fine di sua madre.»

È un uomo distrutto. Ma non ancora abbastanza, per i miei gusti. Sarà lui stesso a spingere Charlotte nella mia rete, perché non c'è vittoria più bella di quella in cui siamo noi a indurre i nostri avversari a commettere quel gesto irreparabile che, dopo la sconfitta, si ritorcerà contro di loro. Quando Rivas sarà finito, si ripasserà questa scena e dirà: "È colpa mia! Sono stato io a suggellare il destino tragico di mia figlia". Non potrà prendersela che con se stesso. Alcuni chiamano questo vizio, io la chiamo strategia.

È il momento ideale per accarezzarlo dolcemente e sussurrargli con compassione all'orecchio che non è ancora troppo tardi. Rivas solleva la testa con un barlume di speranza negli occhi.

«Non è troppo tardi» ripete come un robot.

«Il suo onore è ancora salvo» lo rassicuro mentre la mia mano risale la sua coscia.

Il pover'uomo è alla mia mercé. Mi sto vendicando di lui e sto portando a compimento la mia sfida. Due piccioni con una fava, adoro!

«Ma per quanto ancora?» proseguo. Lui mi guarda, debole e indifeso. Allora assesto il colpo decisivo: «Alla festa di giugno, anch'io ho rischiato di soccombere al mio desiderio...».

Merda, il suo "radar per le sconvenienze" si è rimesso in funzione. Si accorge che ho la mano sulla sua coscia e si affretta a spostarla bruscamente sul mio ginocchio. Ma io non mi do per sconfitta: «Ho rischiato di soccombere, ma lei mi ha salvata!».

Il gioco è fatto. In uno slancio di devozione rimetto la mano sulla sua coscia.

«Quello che ha fatto per me lo farò per sua figlia» gli dico recitando la parte della Maria Maddalena penitente.

Sono una grande attrice, peccato che non ci sia una videocamera accesa per immortalare il momento.

«Domani organizzo un weekend per sole ragazze al castello. Niente maschi, niente internet né cellulari. Farà molto bene a Charlotte e le parlerò da donna a donna. Non si preoccupi, monsieur Rivas, poi mi ringrazierà.»

La mia mano è vicina al cavallo dei suoi pantaloni, le mie labbra sono all'altezza delle sue. Deglutisce con gli occhi persi nel vuoto, deve solo girare la testa nella mia direzione e le nostre labbra si toccheranno.

Finalmente si volta e mi guarda dritto negli occhi. È mio. Sto per offrirgli le mie labbra.

«Célène ci sarà? Mi farebbe stare più tranquillo...»

Davvero? Non me l'aspettavo.

«Certo» gli dico stupita.

«Perfetto! Grazie ma... demoiselle Merteuil. A lunedì!»

Si alza di scatto ed esce lasciandomi lì come una cretina. E sono due. La pagherà cara...

23
CÉLÈNE

Seduta sul letto, mi gusto una buona tazza di Earl Grey nel pieno di una conversazione telefonica con il mio Pierrot, mentre *Cime tempestose* di Emily Brontë mi aspetta sul comodino: cosa chiedere di più! Ho fatto male a preoccuparmi dopo "l'episodio del cinema". Il mio Pierrot mi ha appena inviato una raccolta di foto dei nostri momenti più belli degli ultimi due anni, seguita dalla frase: "-310 al Grande giorno!". E lo scorso fine settimana insieme è stato molto piacevole. Naturalmente non abbiamo avuto un istante di intimità tra Charlotte, lo zio e papà, ma pazienza, domani torna a Biarritz e magari questa volta saremo più fortunati.

«Pierrot, a che ora arrivi?»

«Il fatto, piccola, è che lunedì ho un esame che vale come due, lo sai bene, e sono in ritardo sulla scaletta, temo che mi sarà difficile venire, tesoro. Non te la prendi, vero?»

«Non ti preoccupare, capisco.»

Sono presa dall'ansia. Non so spiegare bene perché, non ci siamo mai detti che ci saremmo visti tutti i weekend, ma in questo momento ho bisogno di un fidanzato concreto. Di vederlo fisicamente, di sentirlo vicino a me. Desidero più di ogni altra cosa di ricongiungermi al cento per cento con l'uomo della mia vita.

«Invece, piccola, prendimi un posto per il 31 ottobre. Sono così fiero di quello che fai per quel povero ragazzino. Inoltre sono troppo gasato, mi piace un sacco *La Princesse de Montpensier*.»

«Non avrai un esame anche il 2 novembre?»

«Non me lo perdo per niente al mondo, piccola. Per fortuna il mio biglietto è modificabile, perché, sai, è un esame che...»

Inanella una serie di dettagli barbosi che non capisco, finché Charlotte irrompe come un missile nella stanza urlando: «Siamo invitati alla serata del secolo al castello della Petite Sophie...».

Metto una mano sulla bocca di Charlotte per zittirla e mi affretto a spegnere il microfono.

«Sshhh, sono al telefono con Pierre.»

«Cugina, siamo invitate da Vanessa per tutto il weekend, e papà ha detto di sì!»

«E tu, piccola, che farai nel weekend?» mi chiede Pierre.

Charlotte congiunge le mani come per pregarmi. Non posso mettermi in una situazione pericolosa con Tristan, ho appena cominciato a ritrovare un po' di serenità nella mia relazione con Pierre. Ma d'altro canto Tristan sarà in coppia con la padrona del castello, che pericolo potrei correre? "King Badiola e Queen Merteuil" riuniti. La coppia invincibile, la coppia ideale! Senza contare che, vista la faccia di intensa supplica di mia cugina, se non ci vado se la prenderà a morte.

«Célène, ci sei sempre? Non ti deprimerai troppo senza di me?»

Sto per rispondere a Pierre quando Charlotte, pronta a tutto pur di convincermi, salta sul letto e si mette a cantare «Cosplay! Cosplay! Cosplay!», ancheggiando come Shakira ma senza allusioni sexy!

A volta Charlotte è proprio matta, ma è anche questo che mi piace di lei. Non si prende sul serio ed è al cento per cento naturale.

«Cugina... Tu vieni! In realtà la versione ufficiale è "merenda *tea-time girly*".»

«Piccola, allora che farai?»

Riaccendo il microfono, fisso mia cugina che mi fa uno sguardo degno del Gatto con gli Stivali. Come resistere? E poi dopo tutto si vive una volta sola.

«Sono invitata a una "merenda *tea-time girly*" organizzata dalla Petite Sophie.»

Gli occhi di Charlotte si illuminano quando capisce che davvero passeremo il weekend nel castello della Petite Sophie.

«Bello, è *supercoool*! Ti amo, piccola, baci.»

«Baci.»

Charlotte mi salta addosso e mi passa un braccio intorno al collo emettendo un grido di gioia, interrotto solo da una notifica proveniente dal suo petto. Verifica come al solito che lo zio non sia nei paraggi e prende il suo iPhone proibito ridacchiando. Il suo sguardo si illumina e la vedo digitare un SMS alla velocità della luce, poi farsi un selfie troppo provocante perché possa continuare a guardarla. Ma cosa fa con quella lingua!?

«Cugina, ma cosa fai!?»

«Il tipo che doveva un favore a Vanessa, be' era Oscar... di *The Voice*! È stato lui che mi ha aiutato con le prove di canto.»

Charlotte si lascia cadere sul mio letto e solleva i piedi contro la parete. Buffa posizione, ma io la imito immediatamente, siamo più complici che mai.

«È andata alla grande e da allora non abbiamo mai smesso di scambiarci messaggi, anche un po' spinti, lui mi ha inviato delle foto un po' personali e anch'io.»

Vorrei dirle che è tutto un po' avventato, ma visto come le brillano gli occhi quando parla di Oscar evito.

«Quindi tu da cosa ti vesti domani sera?»

«Eh?» le chiedo senza capire bene che cosa intende.

«Be' sì, è una serata cosplay. Perciò cosa pensi di metterti?»

«Non ne ho idea. Ma poi che significa "cosplay"?»

«"Costume play." Ti travesti da un personaggio reale o di finzione, morto o vivente, con il quale ti identifichi, cugina. Diventi lei o lui, insomma. E direi che quanto a scelta non siamo messe male» esclama dirigendosi verso il baule che contiene tutti i vestiti di sua madre, accessori, gioielli e scarpe.

Ci sono anche tonnellate di stoffe una più sgargiante dell'altra. Alla fine penso che sarà una serata divertente, e poi ci sarà così tanta gente che sarà già molto se io e Tristan ci incroceremo.

L'autista di Vanessa arriva alle 17.00 in punto. Usciamo da casa dello zio con i borsoni in mano e glieli porgiamo. Poi ci sediamo entrambe sul retro della Porsche mentre lui, a dir poco impressionante con i suoi due metri di statura, si mette al volante senza dire una parola.

Il castello d'Arcangues è ad appena pochi chilometri dalla casa dello zio. Attraversiamo diversi vigneti prima di entrare in una gigantesca proprietà. Due immensi cancelli in ferro battuto riccamente decorati si aprono al nostro arrivo e impieghiamo ancora un'altra manciata di minuti prima di raggiungere il castello.

«Wow» mi sfugge quando scendiamo dalla macchina.

Alzo la testa per ammirare la magnifica dimora nella quale passeremo la notte. Davanti a noi si innalza una grande scalinata in pietra, le colonne in marmo bianco finemente decorate sormontano una magnifica terrazza ricoperta di numerosi steli e fronde di edera.

«Te l'avevo detto, cugina! È un castello! Wuu, cosplay! Ah ah! Wuu!»

«E vive da sola là dentro... tutti i giorni?»

Non credo ai miei occhi. Il castello di Vanessa sembra immenso. Se la sera dovessi stare qui da sola, morirei di paura.

«Aveva quindici anni quando si è resa conto che i suoi genitori si prendevano tutti i soldi.»

Anche se fatico ad apprezzare Vanessa, non posso fare a meno di provare empatia per la sua situazione.

«Ha chiesto l'emancipazione legale e li ha mollati su una barca a Saint-Tropez. Una cosa davvero tremenda perché soffrono il mal di mare. Lei è troppo forte.»

Supero l'ingresso del castello e non credo ai miei occhi nel vedere lo studio della Petite Sophie. Charlotte prende l'iPhone cercando di non farsi notare e scatta alcune foto, malgrado i grossi cartelli con su scritto VIETATO FOTOGRAFARE.

Seguo il flusso della folla e avanzo all'interno del castello come se fossi a una visita guidata di Versailles. Mentre continuo a rimanere estasiata, mi accorgo che mia cugina è presa dalla conversazione con un Principe Azzurro. È Oscar, già travestito.

«Ehi, ciao Oscar di *The Voice*» ridacchia lei.

«Chiamami solo Oscar. Mi concedi un ballo dopo?»

«Con piacere. A più tardi.»

Di colpo mi sento un po' persa. Mentre mi chiedo cosa ci faccio lì, sento una mano appoggiarsi sulla mia spalla.

«*Girl!*»

«Tao!»

Sono felice di vederlo. Ultimamente era in "silenzio stampa" e devo ammettere che il mio amico mi mancava. Ora la festa può cominciare. Lasciamo Charlotte dietro di noi in buona compagnia e saliamo a cambiarci.

24
VANESSA

Dall'altra parte della stanza intravedo Charlotte completamente in balia di Oscar. Devo ammettere che nel suo costume da Principe Azzurro degno di un cartone Disney è molto seducente. Prima di scomparire le fa addirittura un baciamano. Bleah! Mi chiedo da cosa si travestirà quell'oca di Charlotte. Scommetto da Biancaneve o da Rapunzel. Improvvisamente vedo rosso. Quell'idiota si sta facendo un selfie nella mia scenografia! Entro dalla falsa porta e mi avvicino alle spalle a passo di lupo per sorprenderla meglio.

«Tutto bene, Chacha?!»

La capretta sussulta. Devo dire che ha buone ragioni per farlo, visto che sono travestita da Regina Malvagia.

«Ehm, scusa... In realtà ero, ehm...»

Rimane senza parole e, colta sul fatto, si affretta a nascondere il telefono. Io soffoco una risata.

«Ehm... troppo bello il tuo mantello! Dove l'hai comprato?»

Alzo gli occhi al cielo. Chi se ne frega dove ho comprato il mantello. Anche se lo volesse, non potrebbe permetterselo. Ha proprio bisogno di un bagno di realtà, la piccola. Hai voglia a far finta di apprezzarla ed esserle amica, io e lei non apparteniamo allo stesso mondo e mai e poi mai sarò sua amica.

«Ti piace "davvero" Oscar?» le chiedo cambiando discorso.

So perfettamente che il mio amante le piace e, non so per quale miracolo, anche lui sembra interessato a questa ragazza. Non lo avevo previsto, ma pazienza. Oscar sarà la ciliegina sulla torta, o dovrei dire su Charlotte.

«Sì» risponde lei imbarazzata.
«Bene» dico.
Perfetto.
«Mi chiedevo, quando un ragazzo ti piace ma non hai nessuna esperienza in fatto di sesso, tu...»
«Sì» la interrompo. «La risposta è sì!»
Tristan ottiene sempre quello che vuole, ma ho intenzione di facilitargli il compito. Poi mi ringrazierà.
«Ma aspetta, non ti ho ancora detto niente.»
«Non ti preoccupare, so di cosa parlo. Se un ragazzo ti piace, prima fatti un pancake.»
Charlotte ha lo sguardo bovino. Non mi stupisce per niente, sapevo che non avrebbe afferrato al primo colpo. Così insisto e le spiego più nel dettaglio la teoria del pancake.
«Non conosci la legge dei pancake?»
Lei scuote la testa e mi guarda con i suoi grandi occhi rotondi.
«Il primo pancake viene sempre male! Come la prima scopata.»
«Ma io non ho mai...»
Inspiro profondamente e le metto le mani sulle spalle fissando il mio sguardo nel suo. È evidente che non ha mai avuto un ragazzo, si vede chiaro e tondo. Ma voglio che perda la verginità con Tristan questa sera e una volta successo avrò finalmente le prove per ridicolizzarla davanti a tutto il liceo e far licenziare Rivas. Perché come ci si può fidare di un direttore che non è in grado di educare correttamente neanche sua figlia?
«Ti spiego, Chacha, se un ragazzo ti piace, non ci andare.»
Lei aggrotta le sopracciglia e mi guarda sempre con aria smarrita. E dire che la bionda sarei io, ma comunque...
«Non mi sembra così logico.»
«Meglio scoparsi qualcuno di cui non ti frega niente, così ti fai un po' di esperienza senza coinvolgimento.»
«Quindi dovrei andare a letto con il primo che passa perché non me ne importa niente e poi finalmente potrò andare a letto con Oscar?»
Annuisco con decisione. Miracolo, ha capito! Allora forse non tutto è perduto.
«Esattamente.»
«E non faccio la figura della troia ad andare con il primo che passa?»

Incasso le sue parole e cerco di mantenere una poker face, dopotutto sono o non sono un'attrice? Reprimo il mio fastidio. No, ma chi si crede di essere questa? Da quando in qua andare a letto con qualcuno per cui non si prova niente farebbe di me, e di tutte le ragazze che fanno come me, una troia? Una donna ha tutto il diritto di godere con un uomo senza per questo dovergli niente. A volte, sentendo certe ragazze, ho l'impressione che, al di fuori della coppia, una donna non possa avere relazioni sessuali senza essere catalogata come una ragazza facile. Invece, se un ragazzo si fidanza e si preserva per una ragazza, è considerato un babbeo. Eppure siamo nel XXI secolo, è ora che la mentalità cambi. Il Womanizer d'altronde non è stato inventato per niente, e oltretutto da un uomo!

Ma comunque, nel caso specifico voglio che vada a letto con Tristan. E non vedo che un solo modo per spingerla a farlo.

«No, Chacha, non farà di te una troia, ma una donna libera, ok?»

La bestiolina sta acquisendo fiducia, Charlotte si beve ogni cosa che dico. «Ti piace Tristan?» le chiedo con finta indifferenza.

«Eh? Mmm no!»

«Perfetto. Allora vai! Te lo presto, ma che resti tra noi. Avanti, poi mi ringrazierai.»

«Grazie, V!»

«Non mi chiamare V.»

Charlotte mi sorprende abbracciandomi. Io resto immobile davanti alle sue effusioni senza sapere come sbarazzarmi di lei. Per fortuna si allontana da me nel giro di pochi secondi.

«Salgo a prepararmi con mia cugina. Non vedo l'ora di partecipare a questa serata!»

Scompare saltellando, e io ne approfitto per inviare un messaggio a Tristan.

Vanessa: La piccola Chacha ha ricevuto il briefing necessario. Stasera tocca a te!

25
CÉLÈNE

Ho deciso di travestirmi da Madame de Sévigné, di cui sono grandissima fan. Dietro di me Tao mi stringe il corsetto di seta nera ricamato con pizzo rosso che ricorda quelli che indossavano le dame nel XVII secolo. Io e Charlotte abbiamo confezionato l'abito perfetto usando le tonnellate di stoffe appartenute a sua madre, ma ho l'impressione che abbiamo toppato un po' con la taglia.

«Sarai splendida con questo abito, sembra fatto per te!»

Ho l'impressione che i seni stiano per strabordare dal corsetto, tanto la scollatura è profonda, ma soprattutto stretta.

Charlotte, che ci ha raggiunti da qualche minuto, si sta cambiando dietro il paravento.

«Dite un po', ragazzi,» domanda mentre si veste «voi la conoscete la legge dei pancake?»

«No, che cos'è?» chiedo.

«È quando sei vergine, *sweety*, lascia stare Tao che sembra uno sgamato. In parole povere, il primo è sempre bruciato, quindi, prima di andare a letto con un uomo che ti piace veramente, dovresti spassartela con uno che non conta niente perché in ogni caso sarà un fallimento, come il primo pancake.»

Non avevo mai visto le cose da questa angolazione. Alcune sono vergini per scelta, altre per casualità. E a giudicare dall'entusiasmo di Charlotte per la teoria del pancake ho l'impressione che appartenga alla categoria "vergini per casualità più che per scelta".

«La teoria del pancake rivoluzionerà la mia vita!» conferma Charlotte.

«Io la chiamerei la teoria del "vecchio cerotto che si incolla ai peli". Si chiudono gli occhi e si strappa via con un colpo secco» precisa Tao, aiutandosi con la mimica.

Scoppiamo tutti e tre a ridere. Almeno finché Tao non stringe di un'altra asola il maledetto corsetto e la mia risata si trasforma in un grido di disperazione.

«Ti va un po' troppo giusto» conclude lui tirando come un pazzo i nastri.

«Aspetta, e se smetto di respirare?» domando trattenendo il fiato.

«Dài, prova.»

Tao stringe più forte. Oh cavoli, ora capisco perché le donne svenivano così spesso a Versailles.

«Aspetta... Oh, aspetta...»

Tao lascia immediatamente i nastri permettendomi di riprendere fiato. Bisogna trovare un'altra soluzione, è chiaro che non posso indossare questo corsetto.

«Ooh, è Ben.»

Sbircio oltre la spalla di Tao.

Ben: Ciao Maestro, spero che vada tutto bene a L.A., qui c'è una serata cosplay. Mi spiace che non ci sei. Fuck la distanza! Domani prendo un biglietto per L.A.

Tao è nel panico. Scrive, poi cancella l'inizio della risposta a più riprese.

«Ok! Maestro deve concentrarsi per rispondere.»

Non posso fare altro che sequestrare il telefono del mio amico.

«Bene, dimentica per un po' Maestro. Piuttosto, *Tao* sarebbe capace di iniziare una relazione IRL stasera?»

«Ma insomma! *Not gonna happen, girl.*»

Inizio a fare il verso della gallina e provoco allegramente Tao con la speranza di motivarlo a rischiare e che Ben non lo prenda in giro.

«Sì sì... Prendimi pure per il culo. Trattami da rammollito. Ma ragazza, se io esco dalla mia comfort zone, tu saresti in grado di fare lo stesso?»

Io aggrotto le sopracciglia, non sono così sicura di seguirlo. Tutta la mia vita quest'anno è un rischio. Lasciare Parigi per Biarritz, vivere il mio amore a distanza, imparare a surfare...

«Non so di cosa parli?!»

Sgrano gli occhi, ma lui non demorde.

«Ah sì? Che cosa hai portato come libro da leggere al ballo? *Dalla parte di Swann*?»

Sono senza parole. Sta forse insinuando che non so lasciarmi andare? Ti faccio vedere io a che punto so divertirmi! Comincia anche lui a fare la gallina e, mentre chiocciamo all'unisono, ci arriva alle orecchie un canto ecclesiastico.

Ci fermiamo di colpo e scopriamo il travestimento di Charlotte, che se ne sta dritta come una pertica con le mani giunte intonando l'aria di una vecchia pubblicità del formaggio Chaussée aux Moines se non sbaglio. Il semiparavento le arriva alla vita e nasconde la parte inferiore del corpo, ma sulla parte superiore mia cugina indossa una cuffia bianca e nera identica a quella che portano le suore. Ed è truccata pesantemente: ombretto nero carbone, ciglia finte, rossetto rosso fuoco... e tutto il resto!

Quando Charlotte esce per intero da dietro il paravento e assume la posa finale, scopro la parte inferiore del suo costume: un vestito nero in lattice che le copre appena il sedere, calze a rete e un paio di stivali cuissard con i tacchi alti.

Tao, che è accanto a me, si lascia sfuggire l'"Oooookkkkk" di sorpresa più lungo della storia.

«Allora vi piace?»

«Ehm, devo fare una cosa...» mente lui sfrontatamente, prima di sparire facendomi tutta una serie di segni alle spalle di mia cugina perché non la lasci uscire vestita così.

«Da cosa sei travestita?» le domando sinceramente incuriosita.

«Be', da suora-puttana!» mi risponde come se fosse ovvio.

Ora che lo dice, in effetti ci sta!

«Diciamo che è... realistico!»

«Lo sapevo che ti sarebbe piaciuto. Sono troppo contenta!»

Dette queste parole sparisce anche lei e mi lascia da sola nella sontuosa stanza degli ospiti che all'improvviso mi sembra enorme. Ricevo una foto del mio Pierrot nel suo letto circondato da libri di biologia per il suo esame. Io gli invio una foto della stanza scrivendogli "Dai Merteuil va così". Aggiungo che lo penso e che tra poco raggiungerò Charlotte e gli altri nel salone, dove Vanessa ha organizzato un piccolo party. Infatti è tempo di infilare la seconda parte del mio costume. Che la festa cominci! Ho tutta l'intenzione di provare a Tao che anch'io posso prendere dei rischi. A partire da quello di svenire nel corsetto!

26
TRISTAN

Mi sistemo il papillon davanti allo specchio e mi annodo il mantello da Dracula intorno al collo. Mi guardo un'ultima volta e, come un redivivo Cary Grant, mi sistemo i ciuffi indisciplinati all'indietro, miracolosamente appiattiti grazie a una massa di gel. Se il conte Dracula non poteva contemplare il proprio riflesso allo specchio, io non posso fare a meno di ammirare il mio una decina di volte. Sono proprio fico con questo vestito. Eppure, guardandomi allo specchio, ho l'impressione di non vedere più la mia anima. Devo essermela persa da qualche parte negli ultimi anni, non so bene dove né quando. Qual è stata la scommessa di troppo? La serata brava da cui non si torna indietro? Il tradimento di troppo? La bugia di troppo? Mi sento stranamente stanco e alla fine non ci tengo più di tanto a farmi Charlotte, ma Vanessa ha organizzato in meno di ventiquattro ore una serata da ventimila euro allo scopo preciso di far finire "Charlotte alla fragola" nel mio letto. Farò bene a onorare l'accordo se non voglio trovarmi alle calcagna la Regina Malvagia. In questo momento non ho l'energia di affrontare un'altra battaglia.

Scendo i gradini della scalinata e arrivo nella sala piccola. Franck, vestito da Fantasma dell'Opera, è seduto a un piano e sta suonando una ballata dark impregnata di romanticismo. Mi fa ridere se penso alla serata da sballo che ci aspetta! Due sale, due ambienti diversi.

Da lontano vedo Tao che si ferma, attirato dalla musica. Perfetto, arriva giusto in tempo. Faccio scorrere il mio sguardo sul suo costume, è travestito da Kurt Cobain: berretto leopardato in testa, giacca coordinata e occhiali da sole con la montatura bianca. Iconico.

Faccio un passo nella sua direzione e mi fermo quando noto che Ben gli si sta avvicinando. Oh cazzo, è vestito uguale. È la prima volta che trovo un punto comune tra Ben e Tao, a parte il loro orientamento sessuale.

«Cazzo, fa cagare l'armonia in questo punto! È sempre più tesa.»

Adoro, non mi aspettavo che questa melodia così potente ed elegante insieme suscitasse un commento simile da parte di Tao. In un'altra vita io e lui avremmo potuto essere amici!

«Per forza, bisogna sostenere la frase in crescendo! Che babbeo» aggiunge Ben.

Sono scioccato. Non sapevo che Ben ne sapesse di musica. Per me le sue passioni si limitavano al culturismo, al CrossFit, al rugby e ai bei manzi. Che cos'altro mi nasconde, il fratello?!

Oh guarda, si sono appena accorti di essersi vestiti tutti e due da Kurt Cobain. Ci credo che ridono. Vedo il mio fra' guardare Tao in modo strano, non saprei dire cosa sto osservando precisamente in questo momento, ma tra loro due sta succedendo qualcosa.

«Hai proprio un bel costume, fra'.»

«Stavo per dirti la stessa cosa.»

«Quindi ti piace Kurt Cobain?» gli chiede Ben.

«Sì, sì» risponde Tao ridendo.

«Cazzo, che massacro» rincara la dose Ben riferendosi al Fantasma dell'Opera.

«La sta massacrando questa canzone! Qualcuno gli deve regalare il senso del ritmo per il compleanno.»

«Vero! Tra l'altro la melodia è *cool*, mi divertirei a scriverci su un testo» aggiunge Ben ispirato.

«Dovresti farlo, fra'!»

Questo avvicinamento tra i due è piuttosto sorprendente. Ho l'impressione che inizieranno a limonare tra meno di due secondi. Mi accendo una sigaretta e continuo a spiarli dal piccolo balcone esterno. Si fissano intensamente, i loro sguardi sembrano incollati. Tao distoglie il suo. Sembra toccato, o qualcosa del genere, e mi accorgo che Ben gli piace veramente. Bene, è ora di tornare alle cose serie. Mi serve un po' d'aiuto se voglio papparmi Charlotte come dessert stasera.

«Ehi, Tao.»

Quest'ultimo alla fine mi nota e perde subito il sorriso. Si allontana da Ben all'istante e si avvicina a me in modalità "business".

«Non hai qualcosa per me?» gli chiedo con atteggiamento identico.

Né io né lui abbiamo bisogno di precisare ulteriormente i nostri pensieri, è lo stesso rituale ogni sera. Tao affonda la mano nella sua tasca e tira fuori un sacchettino di plastica contenente una buona cinquantina di pasticche di MDMA. La droga che rende "innamorati" e libera le pulsioni sessuali. La maggior parte degli invitati sa che le serate di Madame de Merteuil sono sempre ben riuscite grazie a un soffice mix di droga e punch alla vaniglia, il tutto guarnito da un cocktail di frutti rossi appena spremuti. Dopo aver contato le pasticche e infilato il sacchetto nella tasca, prendo alcune banconote e gliele porgo in cambio. Gli faccio un breve cenno con la testa e giro i tacchi con la sigaretta a fior di labbra, ma Tao mi trattiene.

«Aspetta!»

Sorpreso, mi giro con le sopracciglia aggrottate. Mi appoggio alla balaustra, faccio un tiro, poi allontano la sigaretta e fisso Tao.

«Che cosa vuoi? I conti sono giusti, no?» chiedo stupito.

«Sì, sì, non si tratta di questo...» risponde imbarazzato.

«Allora di cosa?»

«Se Vanessa non vuole cancellare i video che mi riguardano, me ne sbatto, mandatemi pure in malora, ma lei lasciatela stare. Célène è una brava ragazza.»

Seccato, porto di nuovo la sigaretta alle labbra e aspiro profondamente. Non amo ricevere ordini. Inalo il fumo, lo faccio scorrere nei polmoni e lo ricaccio fuori dopo qualche secondo in una spessa nuvola bianca.

«Grazie delle caramelle» gli dico per tutta risposta.

Me ne vado piantandolo in asso sul balcone. Con il sacchetto di pasticche in tasca, cerco con lo sguardo Célène in mezzo alla folla. Non l'ho vista da quando sono arrivato e sono curioso di capire da cosa è travestita. Mi chiedo cosa avrà scelto. Di sicuro si travestirà da George Sand, una scrittrice che non si lasciava influenzare dai dettami dell'epoca.

Me la vedo già nella sua camicia bianca abbottonata fino al collo, con un piccolo gilet infilato sopra, pantaloni larghi e stivali piatti di cuoio.

Trovo Vanessa nella sua suite ed entro senza bussare. La camera di ultra-design da cinquanta metri quadri, degna di un "cinque stelle" che non ha niente da invidiare ai grandi hotel di lusso parigini, è immersa nella semioscurità. Solo una piccola luce dalle sfumature viola chiaro illumina la stanza. Le pareti tappezzate di velluto nei toni del nero e viola sono decorate da specchi e da ritratti a grandezza naturale con la sua immagine dai sei anni di età ai giorni nostri. Vanessa, travestita da Regina Malvagia, ruolo che le si addice alla perfezione, è distesa sul suo letto e fuma una canna. Ammira il suo riflesso nello specchio posto sopra il letto. Alza una mano verso di me chiedendomi di tacere, mentre l'odore della cannabis si diffonde nell'aria e mi fa venir voglia. La osservo nel mezzo di una videoconferenza, l'iPad appoggiato sul comodino. A quanto pare non gliene importa nulla che la sua agente la veda fumare. Beve un sorso di champagne mentre la donna, falsa al limite dell'illegalità, continua a ricoprirla di complimenti. Ho l'impressione che sia già sballata. Vicino al letto ci sono ancora due o tre strisce di coca. Se solo i fan de *La Petite Sophie* vedessero tutto questo... Mi appresto a filmare con discrezione questo triste spettacolo per aggiungerlo al mio dossier assassino nel caso in cui un giorno Vanessa tentasse di fregarmi. Purtroppo lei, che non è poi così stordita, mi vede arrivare e mi fa segno di distendermi sul letto al suo fianco, senza mollarmi con lo sguardo. Cazzo, è sveglia, la Regina Malvagia!

«Ti faccio mandare il contratto appena è pronto e... congratulazioni, *beautiful! Thank God, finally!*»

Con un dito Vanessa chiude la conversazione e aggiunge: «Sei in ritardo».

Senza dire niente prendo il sacchetto di "caramelle" di Tao e glielo passo.

«Tieni, è per te» le dico.

Lei prende il sacchetto e lo mette sul comodino in compagnia di tutte le altre sostanze illecite preparate con cura per la serata.

«Grazie, tieni» mi dice a sua volta passandomi la canna che mi faceva invidia.

Dopodiché mi consegna un orologio di una marca di lusso qualsiasi che dobbiamo promuovere stasera.

Sono sul letto accanto a lei e, mentre prende il telefono, noto che porta al polso esattamente lo stesso orologio. Faremo una story "Regina Malvagia e Dracula" mostrando gli orologi. Mi metto in posa e, quando la foto è fatta, getto via quell'oggetto verso cui non provo il minimo interesse. Preferisco cento volte il mio buon vecchio Rolex. Vanessa non si accorge quando prendo il suo iPhone e le dico in maniera rilassata: «Puoi digitare il codice?».

Sorpresa ma troppo occupata a infarinarsi di nuovo il naso, esegue senza domandare altro. Io rovisto tra i suoi "dossier assassini" e sorrido vedendo sfilare tutti i nomi di quelli che conosco. Ne ha per ognuno di noi. Trovo il mio, basterebbe un piccolo *clic* per cancellarlo. Ma ne ho davvero voglia? Dopotutto, se non fosse per questo giochino fra noi, la mia esistenza non avrebbe più alcun sapore.

Alla fine mi imbatto sui video compromettenti di Tao. Non ho nessun conto in sospeso con lui, ma io ho una sola parola. Cancello tutti i video e le foto che lo riguardano e lancio il telefono sul letto, vicino a Vanessa.

«Ma...»

«Non ho voglia di sbattermi a trovare un nuovo spacciatore.»

«Non sei spiritoso» risponde lei sghignazzando. Qualcosa non va, perché Vanessa sorride sinceramente. Non so se sia dovuto alla telefonata con la sua agente o se è lo sballo, ma non è da lei. Ha davvero l'aria "felice".

«Domanda. Come mai sei così di buonumore?»

Per rispondere Vanessa mi punta lo sguardo addosso e mi sorride.

Io le restituisco lo sguardo e aggiungo con naturalezza: «È perché stasera mi farò per dessert una Charlotte allo sperma, vero?».

«Sei disgustoso. Adoro!» dice ridendo.

Era da tempo che io e lei non avevamo questa complicità. Quando ridiamo di cuore e ritrovo la Vanessa della mia infanzia che mi faceva divertire, mi avvicino a lei. Sono a un passo dal farmi venire voglia di baciarla, quando si sente un verso animalesco.

«Non ne posso più» geme la bestia.

«Che cos'è? Che diavolo è?»

Vanessa ora piange dal ridere e io la fisso con aria sorpresa e divertita.

«Merda, me l'ero dimenticata!»

«Chi, che cosa?»

Si alza pronunciando un «*Ops*» e apre la porta della cabina armadio. Scopro Ariel intenta a pedalare su una cazzo di bicicletta ellittica, completamente esausta e grondante di sudore.

«Che giorno è?» sussurra.

La mia Regina Malvagia afferra un costume da sirena e lo lancia a una Ariel in fin di vita.

«Tieni il tuo costume, sarai bellissima. Non ti preoccupare, poi mi ringrazierai.»

Rido e lascio la stanza, deciso ad animare la serata.

Come previsto, Tao si è messo alla console. Tutti si scatenano in pista. Quando arriva anche Vanessa, le lancio uno sguardo complice che la incita a estrarre magistralmente il suo sacchetto di MDMA. Léo lo agita davanti agli occhi e al naso del personale stupito, prima di versare integralmente il contenuto nel calderone del punch. Mentre rimescola la sua pozione con un mestolo, non posso fare a meno di ridere. Sembra proprio una strega. Porca miseria, quando la realtà supera il cosplay! Lancio un'occhiata di compatimento alla sua guardia del corpo travestita da gladiatore "sexy" per volere della regina demoniaca. L'ex giocatore di rugby fa pena. Noto Charlotte ballare in modo strano. Non ha ancora assunto niente ma gesticola come se fosse già sotto l'effetto dell'ecstasy. Se si muove così ballando in pista, ho paura di scoprire in che modo si muoverà in orizzontale sotto le lenzuola.

Anche quando è alla console, Tao prosegue il suo piccolo business con i clienti. Salgo vicino a lui sul palco. Quando mi vede, si abbassa le cuffie sulla nuca, e io gli dico facendo finta di niente: «Non ti preoccupare per i video, ci ho pensato io».

«Perché hai fatto questo per me?» mi domanda aggrottando le sopracciglia.

«Ogni gioco ha una fine.»

Dopodiché gli consegno anche la memory card del mio telefono spia.

«Fanne quello che vuoi.»

Anche se la lezioncina morale di poco fa mi ha seccato, gli voglio far capire che non ho intenzione di far del male a Célène e non voglio più stalkerarla. Volevo solo sapere se sbavava per me. E poi non ho bisogno di stalkerare Célène per portarmela a letto. Vincerò questa scommessa in maniera leale. Sto per andare a prendere da bere quando Vanessa ci raggiunge.

«Spegni la musica!» ordina a Tao. Quest'ultimo esegue mentre lei sale sul trono. Ariel e Naya ai due lati le tolgono il mantello nero sotto lo sguardo della corte.

«Vi piace?»

La corte risponde con grida d'entusiasmo.

«Volete un'info *extracool* in esclusiva?»

«Sììì» urla la folla.

«Farò il mio grande ritorno al cinema con *La Petite Sophie* 4! Quindi questa serata è *no limit*!»

Nello stesso istante, fiamme gigantesche appaiono proiettate sulle tende ai due lati della scena. Vanessa ha davvero previsto tutto. Sa perfettamente come esaltare una folla.

La corte applaude in estasi, mentre io sorrido comprendendo che cosa l'aveva messa così di buonumore poco prima. Sono sinceramente contento per lei, se penso da quanto tempo lo aspettava.

Tao rimette *Dancer* di Vladimir Cauchemar. Sono in un mood *ultracool* quando all'improvviso vengo attirato da un movimento in cima alla scala. Célène fa il suo ingresso alla serata e il tempo si interrompe per un secondo. Non vedo più la folla intorno a me, non sento più la musica. Mi risuonano nelle tempie solo i battiti del cuore che accelera nel petto. È magnifica, come una principessa uscita da una favola dei fratelli Grimm. Siamo lontani da George Sand. Più sensuale di così si muore. Scende i gradini dell'immensa scalinata del castello di Vanessa con un'andatura lenta e misurata. Una contessa dei tempi moderni, un corsetto di velluto con ricami rosso vermiglio valorizza perfettamente il suo décolleté, e il suo vestito d'epoca termina con uno strascico vaporoso dello stesso tessuto ma con un twist ultramoderno. Sul davanti il vestito ha uno spacco aperto su una minigonna che mette in evidenza gambe perfette in ogni punto. Al posto dei tacchi alti indossa un paio di Converse e sopra il seno porta il tatuaggio di una piuma d'oca e un calamaio. Il rossetto che indossa accentua la sensualità di una bocca che ogni uomo al mondo avrebbe voglia di baciare all'istante. Il frutto proibito in tutto il suo splendore.

La ciliegina sulla torta è che lei non si rende conto di niente, il suo candore non ha eguali. Mi fa impazzire.

27
CÉLÈNE

Do un'ultima occhiata ai miei capelli raccolti in uno chignon spettinato e voluminoso da cui sfugge qualche boccolo che ricade sulle spalle. Indosso il chiodo di pelle nera come un mantello e applico un'ultima passata di rossetto prima di fare il mio ingresso. Ormai è tardi per tirarsi indietro.

Dancer di Vladimir Cauchemar si impossessa di me e, al ritmo della canzone, mi lascio trasportare lungo i corridoi del castello sentendo quello che quasi certamente sentivano le ragazze dell'epoca pronte a fare il loro debutto a corte. Il cuore batte all'impazzata, percepisco la voce di Vanessa e il vociare di una folla che immagino densa.

Scendo i gradini sotto le luci stroboscopiche che mi abbagliano... e in fondo alla scala principesca scopro un mondo dalle mille e una meraviglia che emana una dolce decadenza mista a modernità e stravaganza. I liceali hanno lasciato il posto a un consesso di supereroi, star del cinema, personaggi della storia o dei fumetti, mostri e altre creature fantasmagoriche. All'improvviso, vengo colta dalla strana impressione di aver vissuto troppo a lungo sotto una campana. L'energia che scopro stasera mi divora, ed è con passo sicuro che la Madame de Sévigné che è in me scende gli ultimi gradini della scalinata. Sollevo gli occhi sulle immense tende luminose che circondano il salone, fatte da migliaia di fili sui quali sono proiettate immagini ipnotiche e, mentre faccio il mio ingresso, le luci blu che rappresentano le onde dell'oceano lasciano il posto alle fiamme dell'inferno. In quel preciso momento, incrocio lo sguardo di Tristan.

Mi fissa con quelle sue biglie che ricordano anch'esse l'oceano. Mi guarda intensamente, ha l'aria turbata. Noto il suo costume da Dracula e sorrido pensando a quella scelta. Una metafora perfetta per un adolescente centenario che può mostrarsi tanto dolce e umano quanto freddo e impassibile. È affascinante vestito così.

Ho l'impressione che la folla si volti al mio passaggio, rivolgendomi sguardi di sorpresa e ammirazione e aiutandomi in questo modo ad aprirmi un varco fino al centro della pista, dove vengo presto raggiunta da Charlotte. Nel suo mitico costume, mia cugina mi travolge con le mani ingombre di due grandi bicchieri di punch. Mi dice di essere al terzo prima di berne uno dei due alla goccia e porgermi l'altro incitandomi a fare lo stesso. Io tentenno, visto che non amo bere cocktail di cui non conosco gli ingredienti. Così lancio un'occhiata a Tao, che di fronte alla mia evidente esitazione mi fa il verso della gallina dalla console.

No, seriamente! Abbasso la Célène matura e posata, è ora di mollare la presa. E mollare la presa significa accettare e ammettere la propria impotenza, mollare la presa significa non rimpiangere più il passato e vivere nel presente. Mollare la presa significa non avere più paura e soprattutto godersi ora e subito quel punch. Così immergo le labbra nella deliziosa bevanda perfettamente dolce e fruttata e vuoto il bicchiere d'un fiato.

Dopodiché lo alzo trionfante in direzione di Tao, che saluta il mio gesto. Per tutta risposta lo invito ad andare a parlare di musica con Kurt Cobain 2, e lui rivolge un suggestivo cenno di capo a Ben per dirgli che se vuole può andare ad aiutarlo con i giradischi. E, meraviglia delle meraviglie, ecco che Ben molla Thor (travestito da Superman!?) e raggiunge il mio amico dietro la console. Questa serata si preannuncia pazzesca!

Mentre mi scateno sulla pista accanto a mia cugina, un uomo di Neanderthal ci interrompe: «Ehi! Bella, sei troppo stilosa. Una bomba!».

Di solito quando "Julius il buffone" ci rivolge la parola è per prenderci in giro. Ma il vento sta girando in tutt'altra direzione.

Presto anche Cleopatra e una sirena ci raggiungono fissandomi con aria affascinata. Naya è sublime nelle vesti della regina d'Egitto e Ariel ci offre una versione della sirenetta sexy e originale.

«Da cosa sei travestita?» mi chiedono le due sorelle siamesi.

Io le fisso alzando le spalle. Non è evidente?

«Da Madame de Sévigné.»

«Chi?» chiedono in coro.

«Ma che! Stasera sei tale e quale a "Madame de Quimporte!"» esclama Charlotte, prima di precisare: «Perché Quimporte di quello che pensa la gente!».

"Madame de Quimporte", devo ammettere che questo nome mi piace. La gente d'ora in poi s'attacca!

Prendo il cellulare, scatto una foto e la posto su Instagram scrivendo: "La letteratura precede sempre la vita. #*OscarWilde*". E già che ci sono cambio anche il nome del profilo. Ciao ciao @*Célène6475*, d'ora in poi mi chiamerò @*MadamedeQuimporte*.

Tao mette un altro pezzo, e già dalle prime note riconosco *Call Me Maybe* di Carly Rae Jepsen. Mi giro verso mia cugina senza bisogno di dirle niente: è la nostra canzone di quando eravamo piccole. Che coraggio Tao a metterla in una serata in pieno stile "gioventù dorata"! Quasi tutti quelli del nostro anno vanno a lagnarsi dando dell'antiquato a Tao, che ricambia onorando il gruppo di un bel dito medio e un'impennata di decibel. Quel ragazzo è geniale, un vero guerriero.

«È il nostro balletto!» grida Charlotte.

Il mio primo gesto da Madame de Quimporte che se ne frega di quel che dice la gente è di lanciarmi di punto in bianco nell'esecuzione del nostro vecchio balletto, meglio di Ross e Monica ai tempi di "Friends".

«Dài, cugina, facciamolo!»

Detto fatto, ci mettiamo in posizione. Le lamentele e le prese in giro lasciano il posto alle grida di supporto e persino d'incitamento. E in men che non si dica ci raggiungono sulla pista Wonder Woman, la Statua della Libertà, Sabrina di "Vita da strega" e decine di altri personaggi fantastici che, con nostra sorpresa, ci vengono dietro, imitando i passi con entusiasmo e precisione. Ci acclamano come se io e Charlotte ci fossimo trasformate in rockstar. Sento arrivare una raffica di notifiche sul telefono, e per un attimo mi viene il dubbio che sia Pierre. Se è lui, lo richiamerò dopo, voglio godermi al massimo il momento. Vedo che ci fanno video e foto con i cellulari. Perché no? Li terremo come ricordo. Continuano a piovere notifiche. Durante il bridge di *Call Me Maybe,* e mentre Charlotte prende lo slancio per la presa finale, controllo velocemente il telefono e scopro che sono passata da dieci a trecentocinquantanove follower nel giro di pochi minuti. A quanto pare il mio ultimo post è piaciuto!

Non ho il tempo di riflettere sulla cosa perché Charlotte sta per saltarmi addosso. Era molto più bassa e leggera quando avevamo dieci anni. Temo il peggio, così chiudo gli occhi e all'ultimo mi scanso codardamente di lato... Charlotte incespica, perde l'equilibrio e mi travolge nella sua caduta.

Mentre lei atterra tra le braccia di Oscar che si trovava alle mie spalle, io vengo afferrata all'ultimo da Tristan. Perché ho l'impressione che non sia un caso? Poso le mani contro il suo torace e alzo il mio viso verso il suo. Lui si mette a ballare canticchiando allegramente il ritornello e io con lui. Il punch mi fa bene, eccomi rilassata, quasi euforica. *Carpe diem!* Lancio un'occhiata a Charlotte che mi ha abbandonata senza nessuno scrupolo per ballare con il suo Principe Azzurro. Fa niente, vuol dire che finirò di ballare il pezzo di quando ero piccola con Tristan alias Dracula.

All'improvviso la musica cambia, interrompendo il mio slancio di spensieratezza. Riconosco l'ultimo pezzo di Oscar, *She wanted to be moon,* la canzone più romantica del decennio. Noto che il Principe Azzurro si è spostato sul palco accompagnato dalla sua fedele chitarra acustica per cantare il suo futuro singolo di platino.

Charlotte è davanti a lui che lo guarda con beatitudine, groupie in tutto il suo splendore, e si dondola al ritmo della sua ballad. Ha le pupille così dilatate che, se non la conoscessi, giurerei che ha assunto qualcosa di diverso dal punch. Ho voglia di raggiungerla. Mi allontano educatamente da Tristan facendogli un allegro "bye bye" con la mano, ma con mia sorpresa mi ferma e mi si pianta davanti sbarrandomi la strada avvolto nel mantello alla maniera di Dracula, il che mi fa sorridere.

«Balli?» mi chiede Tristan con una mano verso di me e uno sguardo così penetrante che mi fa quasi vacillare. Mentre il mio sguardo si sofferma sui suoi lineamenti perfetti e la sua bocca sensuale, devo ammettere che mi fa pensare più a Edward di *Twilight* che a Dracula!

Inspiro profondamente. Sento il suo respiro su di me, il cuore accelera. Mi godo l'ebbrezza del momento come Madame de Quimporte e faccio scivolare la mia mano nella sua. Come i personaggi che incarniamo, un vampiro e una marchesa del Seicento, ci lanciamo in una danza d'altri tempi. Ora i palmi delle nostre mani, che teniamo uniti all'altezza delle spalle, sono il nostro unico punto di contatto fisico, eppure i nostri occhi affondati in quelli dell'altro esprimono un'intensità dell'altro mondo. In questo momento fra di noi c'è un legame così forte che non saprei definirlo. Siamo pericolosamente uniti. Perdo ogni ragionevolezza, concentrandomi unicamente sulle mie nuove sensazioni, su questa esplosione che avverto sempre più forte quando lui mi guarda pieno di desiderio.

Ruotiamo in tondo, mi gira la testa. Mi passano davanti una serie di flash: noi due che parliamo alla Roccia della Vergine, io e lui insieme davanti al consiglio d'istituto, il cinema, il suo bacio, il mio schiaffo, le nostre risate pazze durante la lezione di surf, il suo sguardo addosso mentre mi rivestivo dopo che aveva infilato il biglietto dentro *All'ombra delle fanciulle in fiore* di Proust. Fra noi c'è una connessione particolare. Sono ammaliata, e poi quello sguardo... Ho l'impressione di essere la cosa più bella che abbia mai visto in vita sua. È emozionante, inebriante, stimolante, pericoloso.

Tristan mi fa ruotare su me stessa e allo stesso tempo mi conduce dietro a una tenda luminosa. Eccoci isolati dal resto del mondo. L'ha fatto apposta? Che importa. Scivola sensualmente dietro di me fino a che la mia schiena nuda preme delicatamente contro il suo torace e, mentre balliamo senza guardarci, con un gesto tenero raccoglie uno dei boccoli sfuggiti al mio chignon. Decide di farne il suo giocattolo, lo accarezza tra le dita e, con il pretesto di una voglia impellente di domare quel ciuffo ribelle, ne approfitta per far scivolare le dita lungo la mia nuca, le mie spalle, la mia schiena. Quando risale per sfiorarmi la guancia sono scossa da un fremito di piacere lungo tutto il corpo e mi volto verso di lui. Incrocio il suo sguardo, sento il suo respiro caldo investire quella stessa guancia che si arrossa ogni secondo di più. Ho sempre più caldo, troppo caldo, la testa mi gira, la vista si offusca, la voglia di toccare il suo corpo è sempre più forte e lui si avvicina ancora di più. Ho il fiato corto, sono in balia di lui, alla sua mercé, felice di subire la sua dolce tortura e, mentre ogni speranza di redenzione sembra perduta, mentre sto per soccombere al desiderio carnale e per distruggere tutto ciò che ho costruito con Pierre, sono colta da un malessere provvidenziale. Ho la nausea, ho bisogno d'aria. Distolgo lo sguardo e mi allontano bruscamente da Tristan, oltrepasso la tenda e lo abbandono sulla pista senza neanche guardarlo né concedergli la minima spiegazione. Non sento più la musica, non riconosco più le persone, mi sembra di avere le allucinazioni, non distinguo più il falso dal vero. Non so cosa mi succede, ho la vista sempre più annebbiata, le orecchie che ronzano, ho bisogno di mettere la testa sotto l'acqua, salgo le scale in direzione del bagno della mia camera. All'improvviso ho la certezza di essere stata avvelenata.

28
TRISTAN

Se ne va piantandomi in asso sulla pista come un idiota. Ero a un passo dal sentire le sue labbra posarsi sulle mie. L'attrazione tra di noi era reale, non posso averla immaginata, è impossibile.

Fermo il cameriere con il vassoio e ingurgito una decina di shot senza respirare. Ho un sapore amaro in bocca e non c'entra niente con l'alcol. Nel momento in cui il suo sguardo color dell'oceano è affondato nel mio, il mio cuore, che pensavo assiderato, si è messo a battere veloce, molto più veloce, molto più forte. Era da tanto che non mi sentivo così vivo, dopotutto la mia anima non è volata via? Non è troppo tardi? Il suo sguardo ha risvegliato una sensibilità che mi era diventata estranea, dei sentimenti che tenevo sepolti dentro di me... Tutto questo per piantarmi in asso come un fesso!

Sento un paio di occhi su di me. Vanessa se ne sta seduta con una sigaretta in mano e mi osserva. Mi accorgo che non si è mossa dal trono per tutta il tempo. Nemmeno stasera si lascia andare, si accontenta di dominare, si compiace di mantenere il controllo in ogni circostanza. Ma che cosa ce ne facciamo del controllo, abbiamo una vita sola! Con lo sguardo mi indica con insistenza la pista da ballo. Osservo Oscar lasciare il palco e avvicinarsi a Charlotte per invitarla a ballare. Lei indossa un costume che non so definire. Assomiglia a una religiosa, eppure le sue calze autoreggenti e i suoi stivali alti ricordano più l'abbigliamento di una prostituta. All'improvviso mi ricordo la "missione" della serata. Ora o mai più. Se Oscar la tiene sotto la sua ala, non potrò metterle le grinfie addosso. Mi dirigo dritto verso di loro. Imbevuto di alcol e da un altro mucchio di roba la cui vendita è vietata, sento il mio desiderio per Célène trasformarsi in desiderio di vendetta contro sua cugina. La pagherà cara, la suora-puttana.

«Amico, sloggia» dico con un tono che non lascia spazio a contestazioni.

«Ok!» mi risponde Oscar sparendo all'istante. Siamo amici, ma lui sa che sono abbastanza stronzo da distruggerlo comunque, se mi pesta i piedi. Catturo Charlotte tra le mie braccia e la fisso intensamente. Cerco con un solo sguardo di farle afferrare chiaramente le mie intenzioni. Non può rifiutarmi, è impossibile.

«Oh, un pancake» dice.

Io aggrotto la fronte senza capire. Charlotte a volte sembra così sconnessa dalla realtà che non mi stupisce che mi parli di cibo proprio ora. La prendo per mano, e lei mi segue ai piani superiori senza batter ciglio.

Non faccio in tempo a mettere piede nella suite che già me ne pento. Mi sta facendo innervosire con la sua teoria del pancake.

«Perché, vedi, il primo sarà per forza troppo sottile o troppo bruciato o troppo appiccicoso o magari schifoso...»

Ho voglia di ridere ma mi mordo il labbro e incomincio a slacciarle il corsetto, mentre lei è ancora in piena logorrea.

Non ha l'aria tanto sveglia.

«Be', ora finalmente sono sicura sicura, non prenderla a male eh, ma non mi attiri per niente!»

Merda, fa marcia indietro! Ok, bisogna metterla a suo agio: «Non ti preoccupare, possiamo riposare tranquilli nel letto come amici».

«Che fai?»

«Sono un gentleman. Nello stato in cui sei non ti lascio impazzire da sola con il tuo corsetto!»

«Ah ok, hai ragione.»

Charlotte si gira, io le tolgo il corsetto e inizio a massaggiarle la schiena per farla entrare nel mood, ma lei si irrigidisce. Ok, cambio metodo: «Hai dei segni terribili! Non era troppo stretto quel corsetto? È una 42, avresti dovuto prenderlo più grande...».

«Ma io ho una 40...»

Mi diverto sempre di più, lei non cammina, corre.

«Ti giuro, guarda.»

Si solleva il vestito per mostrarmi la vita sottile. Io continuo a prenderla in giro. Con un po' di fortuna, si spoglierà da sola.

«Io le conosco un po' le donne, Charlotte. Tu cosa sei, 1,67 per 65 chili?»

«Ma che dici? Ne peso 53.»

«Non ci casco. Conosci i miei due superpoteri?»

«Hai dei poteri magici?»

«Certo, sono capace di indovinare il peso esatto di una ragazza sollevandola.»

«Aaah.»

Charlotte mi salta addosso placcandomi al muro e aggancia le gambe intorno alla mia vita.

«Allora quanto peso?»

«Mi sono sbagliato, Charlotte... pesi esattamente 52,8 chili!»

«Ah, ah! E quale sarebbe l'altro superpotere?»

A quanto pare ho suscitato il suo interesse.

«Vuoi davvero saperlo?»

«Sììì!»

«So leggere nella mente delle ragazze che bacio, ecco!»

Charlotte non mi lascia il tempo di finire la frase, si getta su di me e mi bacia violentemente.

«Allora a che cosa penso?»

«Ehm, che alla fine farai di me il tuo pancake!»

«Wow, sei troppo bravo.»

Mi bacia ancora senza rendersi conto della sua indelicatezza. Quando mi stringe le mani intorno al collo, soffoco: «Charlotte, regola numero 1: evitare l'omicidio involontario».

«*Ops*, scusa...»

Le sue mani abbandonano il mio collo, scivolano lungo la mia camicia e scendono ad accarezzarmi l'interno delle cosce e il pene. Più che accarezzare, schiacciare.

«Ehi, ehi, ehi! Che cosa fai, Charlotte, con quella mano?»

Lei mi guarda imbarazzata. Arrossisce, e io capisco che non ha mai fatto niente del genere in vita sua. Tento di rassicurarla perché, dopotutto, se voglio andare a letto con lei, è meglio che la tratti con dolcezza.

Lei ricomincia a strofinare violentemente la sua mano contro il mio pene.

«Fa un po' male! Hai già accarezzato un ragazzo?»

Lei mi sorride con tutti i denti e affonda il suo sguardo nel mio.
«No... Sei qui per questo!»
Mentre si china verso la mia patta, mi allontano buttandomi sul letto per schivare la sua bella fila di denti dicendomi che Vanessa si può arrangiare, perché la vendetta ha un prezzo che non sono disposto a pagare.
Ma Charlotte non capisce che la sto sfuggendo e si butta a sua volta per raggiungermi. Cazzo, pensa che sto giocando! Invece di darsi per vinta, che fa? Miagola. E avanza verso di me come un felino alcolizzato.
Io mi irrigidisco, aggrotto la fronte e metto fine alla pagliacciata. «Cazzo, davvero, non fa per me, Charlotte, davvero. Sei una persona particolare, davvero e... me ne vado» le dico respingendola.
Ma lei mi afferra per un braccio e mi fissa con i suoi occhi da cocker bagnato.
«Naah, torna qui, torna qui! C'è un ragazzo che mi piace e non ho voglia di fargli male. Insegnami a diventare una dea del sesso!»
«Ok, va bene, ma vuoi almeno toglierti quella cuffia da suora?»
«No! La cuffia da suora me la tengo, invece posso togliermi la gonna da puttana se vuoi!» mi risponde prima di farmi ricadere sul letto.
Perso per perso, decido di distendermi prendendo il telefono. Accendo la videocamera, se non altro mi porto a casa il dossier assassino alla bell'e meglio e me la svigno.
«*Cool!* Che figata il video!»
Charlotte mi sorprende. Non sembra per nulla infastidita dal fatto che sto filmando. O è molto ingenua o è molto emancipata, o magari tutte e due? Inizia una sorta di striptease improvvisato. Ancheggia maldestramente e si toglie il vestito. Ok, in reggiseno e culotte in pelle è eccitante, non posso negarlo, eppure non provo niente guardandola. Poi mi lancia la sua cintura borchiata in piena faccia, non c'è niente di sensuale nel suo modo di fare ma non posso biasimarla se ci prova. Mentre cerca di scavalcare la spalliera ai piedi del letto, cade distesa per terra come un sacco di patate. Ma non si dà per vinta e si rialza.
«Regola numero 2: imballare il pancake» scandisce agitando un preservativo.

«Cosa! Questo lo faccio io» le dico in tono di supplica.

«*No way*, fa parte del tirocinio!»

Ma come faccio a scoparla se non mi si drizza? Che palle. Mentre Charlotte si gira per leggere ad alta voce le istruzioni del preservativo, io chiudo gli occhi e immagino il corpo di Vanessa, di Célène, delle attrici più belle... Ma niente. Niente comunque. Mi applico, faccio appello a tutte le protagoniste delle fantasie accumulate sin dalla preadolescenza per tentare di rianimare il mio pene addormentato, ma niente. E Charlotte continua a leggere ad alta voce le istruzioni dall'altro lato del letto.

«Regola numero 3: Charlotte, mai deconcentrare il partner...»

Ma lei mi ignora completamente. Mi cadono le braccia. Da quel momento in poi il ricordo degli avvenimenti diventa sfocato. L'effetto dei dieci shot combinati all'erba che mi ero fumato prima e al punch hanno la meglio. Ho l'impressione di vederla infilarmi il preservativo nel modo in cui si infila un calzino, la sento parlare di una voglia di hotdog... e poi più niente. Buio assoluto.

29
CÉLÈNE

Esco dal bagno e cammino con passo incerto. Sudo, ho caldo. Mi appoggio a una porta del corridoio e vedo mio malgrado una coppia in piena azione. Mi sembrano Vanessa e Oscar. È impossibile, devo avere le allucinazioni. Ma cosa mi succede? Scendo i gradini dell'immensa scalinata e raggiungo la festa, che pare aver preso tutt'altro andazzo.

Mentre osservo le coppie infocate darsi ai piaceri sensuali, il mio malessere lascia il posto a un'irresistibile voglia di imitarli. Ho tutti i sensi all'erta.

Riconosco Cleopatra che bacia in piena bocca l'uomo di Neanderthal.

«Cazzo, ho voglia di te» sussurra Julius.

«Se mi tradisci ti uccido» lo minaccia Naya.

«Affare fatto!» le dice lui sorridendo.

Si scambiano un bacio appassionato e scompaiono sotto il buffet.

Mi giro e vedo in lontananza Ben che trascina Tao in una stanza al riparo dagli sguardi e poi lo bacia con foga chiudendosi la porta alle spalle. Infine vedo Charlotte entrare nella cucina, mi avvicino e la scopro con Ariel in procinto di divorare un vassoio di fragole con panna. Ariel ha l'aria imbarazzata.

«Sono grassa?» le chiede sinceramente.

Charlotte la guarda, meravigliata da tanta bellezza.

«No, sei perfetta, sembri un dipinto...»

Il desiderio aumenta ed ecco che si baciano, è così bello. Sono come in trance, chiudo gli occhi qualche istante. Quando li riapro, Charlotte non è più con Ariel... ma in compagnia di Oscar. Io mi allontano e la lascio alla sua intimità...

Penso a Pierre e mi dico che sarebbe il momento di sperimentare il *phonesex*. Penso a Tristan e mi dico che non ho voglia di Pierre. Va tutto velocissimo e allo stesso tempo lentissimo. Non so cosa mi succede. Percepisco tutto in modo amplificato, ho la vista appannata, la musica mi arriva sotto forma di un'eco molesta; mentre raggiungo la sala da ballo, questa è attraversata da una luce che mi attira ma che non so da dove proviene. Mi dirigo verso la tenda luminosa del salone che qualche minuto prima era stato testimone del mio ballo decadente con un vampiro. Ho l'impressione che la luce accecante venga dall'altro lato della tenda. Chiudo gli occhi e la luce fantastica mi divora tutta intera. Cammino senza sapere dove metto i piedi, inspiro profondamente e rinuncio a ogni lotta. Non ho più paura, non sento più male. Quando apro gli occhi non sono più nel castello di Vanessa, non è più notte fonda, mi trovo in pieno giorno in un giardino fatato e passo sotto arcate di fiori troppo graziosi per essere di questo mondo. Il mio vestito senza spalline rosso e nero si è trasformato in un lungo abito bianco bohémien così leggero che quasi non lo sento. È tutto strano. Avanzo nel giardino dell'Eden come se ne conoscessi perfettamente ogni centimetro. Eppure è la prima volta che mi ci avventuro. È bello, rasserenante, magico. Sono morta in quel bagno?

"Per un istante, non fece che rendere violentemente irreale tutto ciò che mi stava intorno. Con velocità vertiginosa, quella firma inverosimile giocava ai quattro cantoni col mio letto, il mio camino, le pareti della mia stanza."

Tristan appare come per magia sulla panchina di un'altra epoca. Chiude *All'ombra delle fanciulle in fiore* di Proust, il libro che mi aveva regalato, e si alza per accogliermi in questo posto divino. Ha barattato il suo costume da vampiro con un paio di pantaloni bianchi risvoltati sopra le caviglie e una camicia dello stesso colore con le maniche arrotolate fino ai polsi; si avvicina a me scalzo, somiglia a un angelo. In questo mondo è la mia roccia, cammino con serenità verso di lui. Mentre anche lui cammina verso di me, continua a declamare il mio passaggio preferito del libro e nella sua bocca quella prosa che conosco così bene assume tutt'altro significato.

"Vedevo ogni cosa vacillare, come uno che cade da cavallo, e mi chiedevo se non ci fosse un'esistenza completamente diversa da quella che conoscevo..."

Mi prende la mano. Il suo sguardo di solito agitato come l'oceano questa volta appare pacificato. Mi accompagna fino al letto a baldacchino perso al centro del giardino proibito e mi posa sulle lenzuola bianche continuando il suo racconto sensuale. Attraverso le parole di Marcel Proust mi svela i pensieri più intimi.

"...che contrastasse con essa ma, fra le due, fosse la vera, un'esistenza che apparendomi all'improvviso mi riempiva dell'esitazione che gli scultori, nel raffigurare il Giudizio universale, hanno attribuito ai morti risuscitati che si affacciano alle soglie dell'altro Mondo."

Si distende accanto a me senza distogliere lo sguardo. Il mio petto fa su e giù al ritmo del mio affanno. La sua bocca si avvicina pericolosamente alla mia. Il suo respiro mi accarezza le labbra. Ma Tristan non mi bacia. Affonda il suo viso nel mio collo per darmi bacetti delicati che mi fanno fremere. Una sottile pelle d'oca mi ricopre l'epidermide mentre la sua mano abbandona la mia guancia per sfiorarmi con la punta delle dita il décolleté. Le sue dita avanzano sui miei seni tesi, poi si avventurano sul mio ventre per perdersi infine sotto il vestito bianco. Impaziente e palpitante, trattengo il respiro quando sento le mani di Tristan risalire lungo la mia coscia, poi oltre. E ancora oltre...

Un'onda di calore si spande nel mio bassoventre mentre la sua bocca continua a baciarmi l'incavo del collo. Emetto un gemito che non controllo quando sento la sua mano sfiorare le mie parti intime. Con foga, desiderio, passione. Perdo totalmente la ragione, non penso più alle conseguenze delle sue carezze. Assaporo semplicemente il piacere che mi fa provare. La tensione aumenta mentre gemo senza imbarazzo. Vorrei chiedergli di andare più veloce, più forte.

«Sì... Ancora.»

La pressione che esercita all'interno delle mie cosce, su quella zona così sensibile, mi fa perdere la testa. Infine mi contorco sotto le sue carezze. Il piacere che provo è delizioso, inedito. Non ho mai sentito niente di più potente. Un'onda di calore mi sommerge ed esplode nel più profondo di me. Godo per la prima volta nella vita in un raglio sonoro che sorprende me per prima. Con gli occhi chiusi assaporo il piacere che mi travolge come un'onda in grado di trascinarmi lungo la sua scia. Sono stremata, letteralmente.

Quando apro gli occhi, stravolta dalle emozioni che ho appena provato, scopro il cielo scuro sopra di me. Tristan, l'unico spettatore del mio turbamento, non c'è più. Non c'è mai stato in realtà.

Non capisco, sembrava tutto così reale. Le sensazioni che ho provato sono ancora vivide nella mia mente, l'interno delle mie cosce è bagnato e il cuore pulsa forte nel mio petto.

Mi ci vuole qualche istante per riprendermi. Giro la testa a sinistra, vedo il telefono accanto alla mia faccia e capisco che ero nel mezzo di una chiamata FaceTime con Pierre. Merda! Non ricordo di averlo chiamato. Con le guance in fiamme vorrei scomparire, mentre il mio fidanzato ha l'aria felice.

«*Best phonesex ever*, piccola!»

La vergogna mi stritola. Sono un mostro.

30
TRISTAN

Mi sveglio completamente intontito. Cazzo, che mal di testa. Se mia madre sapesse cosa ho combinato ieri, darebbe di matto. Se sapesse cosa assumo regolarmente, mi ucciderebbe. Mi alzo, trovo resti del costume di Charlotte sparsi sulle lenzuola. Una calza di nylon, una gonna da puttana, come l'ha chiamata lei ieri sera. Oh merda...

Di colpo ricordo che me la sarei dovuta scopare, ma il letto è vuoto. Saremo andati fino in fondo?

Faccio una doccia veloce, sostituisco il costume da Dracula con un paio di pantaloni bianchi e una felpa nera con il cappuccio. Mi do una rapida occhiata allo specchio, ho due occhiaie spaventose e un colorito verdastro. Diciamo che sono stato meglio. Scendo i gradini dell'immensa scalinata del castello e mi imbatto in alcuni corpi addormentati per terra. Ci sono bottiglie vuote e posacenere pieni sparsi ovunque. All'improvviso arriva un profumo invitante di crêpe. Quando entro nella cucina, sono sorpreso di scoprire Charlotte con una padella in mano.

«Pancake?» mi chiede mentre agita la padella come un cuoco professionista.

Avanzo di un passo e inciampo su Oscar, che dorme mezzo nudo addossato al muro, poi per poco non do una pedata ad Ariel, che dorme profondamente sotto il tavolo. Cazzo, ma che cosa è successo in questa cucina ieri? Se i muri potessero parlare, ne avrebbero da dire delle belle, lo sento.

Charlotte ha l'aria particolarmente contenta. Con un sorriso fino alle orecchie, sprizza gioia da tutti i pori. Appena mi siedo, mi mette davanti un piatto con una pila di pancake. Nuotano nello sciroppo d'acero. Sono molto più appetitosi dei milkshake iperproteici che mi propina mia madre, eppure non riesco a mangiare niente. Continuo a pensare a quello che è successo ieri sera. Mi pento di essermi scopato Charlotte, sento che complicherà le cose con Célène, e poi, cazzo, la povera Charlotte avrebbe meritato una prima volta migliore di questa... con uno stronzo di prima categoria... È curioso, la osservo tutta contenta canticchiare una canzone inventata sul momento, indaffarata con i suoi pancake, e non provo nessun rancore. Dopotutto ha solo avvertito sua cugina della mia ipocrisia. Al posto suo probabilmente avrei fatto la stessa cosa.

Ehilà, ma perché Charlotte mi guarda così? All'improvviso mi attraversa un pensiero. E se invece le è piaciuto? E se si è innamorata di me? Oh cazzo, così si spiega tutto. I pancake, i sorrisi, le premure. Merda! Si avvicina a me con la bocca a cuore e mi posa dei piatti sotto il naso sfiorandomi la mano.

«Tutto bene?» le dico per tastare il terreno.

«Benissimo!» risponde lei sorridendo.

Ok, questo conferma i miei sospetti.

«Ehm, ieri abbiamo... sì, insomma... ti è piaciuto?»

Grondo sudore. Se è cotta, chiaramente ne parlerà a Célène e manderà tutto all'aria.

Charlotte si avvicina, mi posa una mano sulla spalla e accosta le sue labbra alle mie. Oddio, ora mi bacia.

«Regola numero 4: mai andare a letto con un ragazzo incosciente» mi sussurra all'orecchio. Mi fa l'occhiolino e io non posso nascondere il sollievo che mi pervade. Le sorrido calorosamente sperando che resti tutto quanto fra noi.

Mi è tornato l'appetito. Addento uno dei pancake. Oltre ad avere un buon profumo, sono deliziosi, e brava la piccola Charlotte! Mi sorprende sempre di più. Non sarà mai il mio genere, ma comincio a vederla diversa. La crisalide sta diventando farfalla e potrebbe iniziare ad avere un certo fascino. Magari la nostra lezione di ieri le è stata utile alla fine.

Arriva in cucina anche Célène.

«Ciao, cugina! Il caffè è a tavola» le dice Charlotte.

Célène le risponde con un gesto della mano che potrebbe significare "grazie", come anche "parla più piano, ho la testa che mi esplode".

Célène mi si siede di fronte senza dirmi una parola e si serve una tazza abbondante di caffè. Al momento, però, sono così di buonumore che la distanza che lei al solito si impegna a mettere tra noi non mi infastidisce per niente. Deve avere i postumi della sbornia. Chissà se ha bevuto il punch. Questo spiegherebbe l'occhiata particolare che mi ha appena rivolto. Sicuramente mi faccio i film, ma mi sembra che mi stia fissando senza ritegno, il suo sguardo si attarda sulle mie labbra mentre mastico il mio pancake, poi risale verso gli occhi. È come ipnotizzata. Sarà ancora devastata da ieri. Deve assolutamente mangiare qualcosa. Senza pensarci due volte, le passo il mio piatto e le propongo: «Pancake?».

Di punto in bianco, lei si alza velocemente da tavola e scompare. Merda! Deve essere in pieno down da MDMA. So per esperienza che cosa le servirebbe. Mi alzo anch'io e lascio la cucina, ma solo dopo aver preso l'ultimo pancake che mi è rimasto nel piatto. È l'ultimo pasto che mi posso gustare prima di quello di domani alla mensa del liceo.

Vedo Célène seduta sui gradini del castello, come un'anima in pena, vado a recuperare la moto e tornando mi fermo davanti a lei. Le passo un casco e la invito a salire in sella.

Il suo sguardo sognatore si tuffa nel mio. La sento esitare.

«Fidati, non è una trappola.»

A queste parole, Célène si alza, accetta il casco che le porgo e sale in moto dietro di me.

Alzo gli occhi verso il balcone e vedo Vanessa che ci osserva. Con il telefono in mano, probabilmente mi sta inviando un messaggio perché sento le vibrazioni del cellulare dentro la tasca. Approfitto dell'attimo in cui Célène si infila il casco per leggerlo.

Vanessa: Grazie per Chacha. E in bocca al lupo con Célène ora che ti sei fatto sua cugina. Poi mi ringrazierai.

Spengo il telefono e me lo metto in tasca senza neanche guardarla. Vanessa non la sopporto, mi ricorda ogni minuto che sono uno stronzo.

"Magari invece è una trappola, Célène! Non salire su questa moto" avrei voglia di gridarle.

Ma lei ha già le braccia intorno alla mia vita, così ingrano la marcia.

31
CÉLÈNE

Che cosa è successo in questa cucina?

Calmati, Célène. Hai preso il caffè, hai incrociato lo sguardo di Tristan che stava facendo colazione e sei stata semplicemente assalita da una raffica di flash e fantasmi di ieri. Sono cose che capitano! O no...

Mi ripasso il film in testa: lui dà un morso al pancake, e si lancia sul mio collo. Si asciuga le labbra con le dita, e le sue dita mi sfiorano la coscia e risalgono fino al mio sesso. Mi passa un piatto, e mi tende la mano per portarmi sul letto a baldacchino sul quale mi ha fatto godere.

Continuo a non spiegarmi perché adesso mi alzo e accetto il casco che mi passa. E ancora meno perché salgo su questa moto sistemandomi dietro di lui. Lui l'avvia. Io sono perduta.

Percorriamo i Paesi Baschi e mi dico che avrei dovuto rifiutare la sua proposta; dovrei chiedergli di tornare indietro, ma non ne ho voglia. Ora come ora ho solo bisogno d'aria, e Tristan l'ha capito molto bene. Mi offre una fuga, una possibilità di evadere con la mente.

Non sono mai stata fan delle due ruote: nessuna sicurezza, troppa velocità, la caduta è dietro l'angolo. Eppure, quando Tristan mi ha precisato che potevo "fidarmi", ho voluto credergli, so che farà attenzione. L'aria mi sferza piacevolmente il viso. Chiudo gli occhi, tiro un grosso respiro e finalmente mi rilasso.

Sbircio nel retrovisore per vedere il suo riflesso. Anche lui ha l'aria serena. Tristan non ha idea degli avvenimenti che si sono svolti nella mia mente ieri. A quel che sa, abbiamo ballato, mi sono sentita male e sono salita a dormire. Quindi tutto a posto! Non è successo nulla, siamo amici, il sogno di ieri era solo una fantasia e come dice Tao: "Va bene fantasticare! Lo fanno tutti!". Quel che conta sono i fatti.

Continuo a ripetere a me stessa che il mio senso dei valori così come la forza delle mie convinzioni possono dominare qualsiasi desiderio puramente carnale. Mi sento già molto meglio e ho la sensazione effimera di essere libera.

Guida con cautela per me. Ha un'andatura lenta e regolare, che mi permette di ammirare il paesaggio in tutta tranquillità. Mentre solchiamo le strade dritte e fiancheggiate da alberi tra le montagne, centinaia di pecore, testimoni della nostra scampagnata, brucano allegramente l'erba dei pascoli.

Tristan mi chiede se va tutto bene, se non ho troppo freddo. Mentre l'aria carica di iodio mi solletica le narici, in effetti inizio a sentire quanto è fresco il vento. Per fortuna mi sono portata il chiodo in pelle di Madame de Quimporte. Mi avvicino per rispondergli che è tutto a posto, e lui ne approfitta per prendermi la mano in modo da rafforzare la stretta intorno alla sua vita.

«Aggrappati bene che ora acceleriamo.»

Non ho paura. Dopo alcuni minuti passiamo davanti a un cartello che indica l'inizio della città di Sare. Siamo nel cuore dei Paesi Baschi, al confine con la Spagna e, quando Tristan inizia a percorrere i tornanti delle montagne, gli domando: «Dove mi porti?».

Nessuna risposta. Mi chiedo se mi ha sentita. Ma poco dopo capisco che siamo arrivati a destinazione perché la moto si ferma e Tristan spegne il motore.

«Benvenuta alle grotte di Sare.»

Di fronte all'immensità di queste grotte preistoriche, ci sentiamo minuscoli e osserviamo un silenzio quasi religioso. Sono di un altro mondo. Il ponte sospeso che dobbiamo percorrere per accedervi è da perdere il fiato. Osservo l'acqua che, scorrendo sulla roccia, dona un aspetto fiabesco a questo angolo di paradiso terrestre. D'un tratto mi tornano di nuovo in mente i flash della mia fantasia. Sento nascere una forte tensione tra le cosce, tento di attenuarla stringendo le gambe l'una contro l'altra mentre Tristan scende dalla moto.

«Vieni?»

Mi posa le mani sui fianchi e mi solleva dalla sella come se fossi una piuma. Alzo gli occhi verso i suoi, il loro azzurro ora è più tempestoso. Mentre le sue mani cominciano a salire lungo le mie braccia, mi svincolo rapidamente dalla presa prima che lui metta a rischio la mia teoria del desiderio carnale contro il senso della morale.

«Me le fai visitare?»

Mi allontano e percorro il ponte in direzione delle grotte rupestri. Tristan mi raggiunge rapidamente e insieme iniziamo a giocare scherzosamente alle guide turistiche.

Ammiro i maestosi volumi, le cascatelle, le sorgenti, le stalattiti e tutti i segni di un passato prezioso.

Penetriamo in una grotta più illuminata delle altre, nella quale si trova un laghetto dai riflessi turchesi e dorati. Mentre mi avvicino per ammirarne la lucentezza, Tristan mi raggiunge alle spalle e mormora con un sorriso: «Hai mai sentito parlare delle laminak?».

Stanca per tutte le ore passate a girare attraverso le diverse grotte, mi siedo per terra a bordo del laghetto. Tristan mi imita e si accomoda di fronte. Lo osservo nella penombra, illuminato dal solo riflesso caldo delle rocce di arenaria e dai pochi raggi di luce che s'infiltrano all'imbocco della caverna. Rispondo alla sua domanda con un'altra domanda: «Adesso credi alle fate?».

Tristan ha l'aria sorpresa. Pensava che non sapessi cosa significa la parola basca "laminak".

«Non sono delle semplici fate!» si difende. «Le laminak sono spiriti delle sorgenti e secondo la mitologia basca vivono in queste grotte. Per la precisione in questa laguna.»

Mi sorprende ancora una volta. Dietro il suo aspetto di belloccio sportivo, si nasconde un ragazzo colto e profondo. Perché fa di tutto per soffocare questo lato di sé? È così bello...

«Possono costruire una città nello spazio di una sola notte. Ricoprire d'oro coloro che giudicano onesti e sinceri. Possono anche scegliere di aiutare chi gli va a genio a raggiungere i suoi obiettivi a tempo di record.»

Wow, addirittura?! Mi sfugge una risatina. Non perché mi prenda gioco di lui, al contrario. Perché con questa sua parte vulnerabile e sensibile Tristan mi tocca nel profondo.

«Vengo qui prima di ogni gara. Non dirlo a nessuno!»

Mi folgora ancora una volta. Perdo il sorriso scherzoso. Con voce piena di curiosità gli chiedo: «A cosa assomiglia una laminak?».

«A una mortale di straordinaria bellezza.»

Alza i suoi occhi penetranti su di me. Per fortuna, tra di noi c'è un metro abbondante. Ci guardiamo in silenzio, non respiro più.

«Ha la pelle dorata e splendidi capelli» prosegue.

So che parla di me. Mi fissa con tale intensità e sincerità.

«Secondo la leggenda, un giorno un ragazzo s'innamorò follemente di una laminak e le promise il matrimonio, però era avversato dagli amici e dalla madre di lui, che non vedevano di buon occhio questa unione. Così ci rinunciò e morì di dolore.»

Che tristezza. Per la prima volta intravedo una profonda amarezza in Tristan. Lui che sembra sempre agire sempre di testa sua, libero da ogni costrizione, come un re in mezzo ai contadini, in questo momento mi fa l'effetto di un prigioniero con i polsi e le caviglie legati. Immagino che la celebrità sia per molti aspetti una gabbia dorata. Sono turbata da questo racconto che sembra una confessione, e mi alzo mettendo fine alla dolce alchimia che ci unisce. Einstein aveva ragione: la volontà è una forza motrice più potente del vapore, dell'elettricità o dell'energia atomica. Non cederò alla tentazione.

«Dovrei portarci Pierre, gli piacerebbe tanto.»

Che cosa dico? Non ho nessuna voglia di far visitare queste grotte a Pierre. Sto per crollare.

«Immagino che tu e Vanessa abbiate passato dei bei momenti qui?»

«Eh... sì...»

Il cuore mi si stringe nel petto. Questa punta di gelosia non ci voleva, ma è più forte di me.

«A dire il vero no. Non ho mai portato nessuno qui» svela all'improvviso.

Colgo la tempesta nei suoi occhi e percepisco sempre più forte che anche lui combatte una battaglia contro i propri demoni, qualunque essi siano, e soccombo del tutto a questo momento fatidico. È riuscito ad abbattere le mie difese con una frase: "Non ho mai portato nessuno qui".

I miei ideali, le mie certezze. Lo vedo alzarsi senza staccarmi lo sguardo di dosso. Assisto da spettatrice alla condanna a morte della mia coppia. È dritto e ben piantato davanti a me. Continua a spogliarmi con lo sguardo, questo sguardo magnetico dal quale sono sempre riuscita a staccarmi al momento opportuno. Ora mi lascio totalmente attraversare e faccio altrettanto. Per fortuna, resta sempre questo metro di distanza che ci separa e mi protegge ancora un po'. Osservo Tristan-Edward-Dracula avanzare verso di me... Eccoci a cinquanta centimetri, ancora un passo... dieci centimetri... siamo a meno di dieci centimetri l'uno dall'altra. Ho le labbra secche, sono in apnea, distolgo gli occhi, ma so bene che lui continua a guardarmi, a scandagliarmi il naso, la bocca, il collo. Si sofferma un attimo, io tremo. Le sue labbra si avvicinano pericolosamente alle mie. Ma lui non le sceglie come destinazione, decide di venire a posare la sua bocca sulla mia guancia. Vuol far durare questo istante unico in cui il meglio deve ancora venire, in cui i giochi non sono ancora fatti. Mi offre la possibilità di fermare tutto, di preservare la mia purezza, le mie promesse, i miei ideali. I miei occhi cercano un miracolo: fissano in successione le pareti di roccia, le stalattiti, cercano un segno, un intervento divino indipendente dalla mia volontà che possa mettere fine al dolce supplizio. Ma Tristan mi dà un secondo bacio sulla guancia, questa volta più vicino alle labbra. È delicato, tenero, eccitante. Quando si allontana e il suo sguardo tempestoso affonda nel mio, con la punta delle dita mi sfiora la guancia. Io chiudo gli occhi per un millesimo di secondo e, quando li riapro, so esattamente cosa voglio e chi voglio.

Lui.

Come se chiedesse il mio consenso con lo sguardo, incolla le sue labbra alle mie con un bacio devastante. In un attimo le mie convinzioni più profonde sono spazzate via. Nel mio corpo scoppia il Big Bang. Esplode tutto, sono eccitata, animata da un fuoco divorante, e per la prima volta non rifletto più. La sua lingua si apre in fretta un passaggio tra le mie labbra e questa volta lo lascio fare. Accarezza la mia lingua con la sua in una danza lenta ed erotica. Il mio corpo è in subbuglio ma in accordo con il suo. Ho bisogno di sentirlo, di toccarlo. Agguanto istintivamente l'orlo della sua T-shirt per sfilargliela. Lui se la toglie dalla testa. Il suo gesto gli gonfia i muscoli e mi autorizza a osservare il suo corpo atletico. Mi sorprende a guardarlo e, senza smettere di farlo a sua volta, slaccia la cintura della mia tuta, apre con gusto i bottoni dall'alto, mi scopre le spalle lentamente e abbassa la tuta fino all'ombelico, scoprendomi il seno appena nascosto dal velo bianco del reggiseno. Allora lo sento eccitarsi. Afferra la tuta con entrambe le mani e me la fa scivolare con gesto fermo prima sui fianchi, poi sul fondoschiena, lungo le cosce. Tremo di paura e desiderio. Tristan mi solleva, mi attira a sé quasi nuda e si disfa completamente del mio abito.

In preda allo slancio, mi distende sul pavimento della grotta assicurandosi di sistemare i nostri vestiti sotto la mia schiena per farmi stare più comoda. Non mi importa del suolo rugoso della grotta, delle correnti d'aria o della polvere, ora esiste e conta solo Tristan. Lui ha vinto, io ho perso. Il desiderio carnale ha la meglio, ho voglia di piangere e di gioire al tempo stesso.

Sono sua.

«Non mi farà male?» gli chiedo all'improvviso, comprendendo che a questo punto è l'esito logico delle cose.

La mia domanda è stata troppo brusca?

Tristan si ferma e mi guarda turbato. I suoi occhi brillano di una strana intensità.

«Aspetta... tu sei...? Non sei...?»

Colto di sorpresa, non trova le parole.

«Sì» gli confesso. «Non vedevo momento migliore della mia notte di nozze per perdere la verginità.»

Ma come confessargli che lui ha fiaccato la mia volontà, le mie convinzioni, il mio "futuro" con l'uomo che pensavo di sposare e al quale avevo giurato fedeltà?

Non sono quella che credevo di essere. Sono debole, sono sua, mi può avere.

Mentre penso alle mie illusioni perdute, bacio Tristan con foga. Mi sfugge una lacrima, non so dire se di piacere o tristezza. Forse tutte e due le cose. Accarezzo la sua pelle nuda, quando arrivo alla cintura dei suoi pantaloni, lui mi ferma la mano e si allontana. Mi guarda prima con dolcezza, ma subito si scurisce, il viso si indurisce, e avverto il vuoto nei suoi occhi, quel vuoto di cui mia cugina mi aveva parlato e al quale non avevo voluto credere.

«Si è fatto tardi e abbiamo molta strada» esclama secco, prima di alzarsi e rivestirsi veloce come un fulmine, senza degnarmi di uno sguardo. Tantomeno di un gesto tenero.

"Stai scherzando?"

È la sola spiegazione che mi viene. Sono alla sua mercé, sono in trappola, mi concedo, e lui ferma tutto? Ma a cosa gioca? Perché respingermi dopo avermi sedotta?

Il mio secondo pensiero è: "Che vergogna!".

E se fosse colpa mia? Che cosa ho fatto? Che cosa ho detto di male?

Capisco che non voglia accollarsi una ragazza senza esperienza. Mi sono sempre assunta la responsabilità delle mie scelte e la verginità rientra tra queste. Ma non averne mai parlato a Tristan fino a questo momento era un modo inconscio di fargli credere che fossi più "matura" e più "donna" di quanto sia in realtà?

Scoprire la verità lo ha deluso? Siccome sono fidanzata, avrà pensato che avessi perso la verginità già da tempo. Lui si sente tradito e io umiliata. Afferro la tuta con mano tremante e mi rivesto alla svelta sulle gambe traballanti.

Mi aspetta fuori, non potrò mai affrontare il suo sguardo. Ingoio a fatica il groppo mostruoso che mi ostruisce la trachea e mi impedisce di gridare. Lui ha già inforcato la moto e abbassato la visiera del casco.

Salgo in sella avendo l'accortezza di non toccarlo e, mentre il mondo crolla, urlo in silenzio e piango di nascosto.

32

CÉLÈNE

Facciamo ritorno al castello di Vanessa immersi in un silenzio di pietra, più distanti che mai. Devo ancora recuperare le mie cose. Come farò a fare una figura decente davanti a mia cugina, gli ultimi invitati e Vanessa? Non penso che ora come ora ne sarò capace.

Il rombo della moto risuona lungo la strada e mi irrita. Osservo il luccichio della baia, i riflessi del sole che trapassano le nuvole e si ripercuotono sull'oceano scintillante. Le lacrime mi velano ancora gli occhi. Non voglio che mi veda piangere. Charlotte mi aveva avvertita, ma io avevo preferito non dar retta alle voci, ho voluto credere in quest'uomo che mi sorprendeva e mi faceva scoprire una parte di sé che nascondeva al resto del mondo. Purtroppo mi sono sbagliata. Non c'è eccezione, siamo tutte la regola. Non mi fiderò più del desiderio, non lascerò più che questa sensazione subdola e fugace mi comandi. In quella grotta ho perduto la faccia e anche di più: il mio passato, l'autostima. E come confesserò il tradimento a Pierre? Non potrò più guardarlo in faccia.

«Pierre...»

Mentre siamo fermi al semaforo, giro la testa verso destra e riconosco Pierre. È sul sedile posteriore di un taxi che si è appena fermato alla nostra altezza e ha il telefonino in mano. Quando lo abbassa, il suo sguardo incrocia il mio.

«Célène?»

Il taxi riparte, poi si ferma all'improvviso con un sonoro stridio di pneumatici. Pierre scende dall'auto con il viso pieno di interrogativi. Grido a Tristan di farmi scendere dalla moto, reggo il casco con un braccio e, mentre colmo la distanza tra me e Pierre, scavo un fossato tra me e Tristan.

«Che cosa ci fai qui?»

«Sono venuto a trovarti.»

«Perché non me l'hai detto?»

«Perché volevo farti una sorpresa.»

«E il tuo esame?»

«Non cambiare discorso! Io ero rimasto alla merenda *tea-time girly* dalla Petite Sophie e mi ritrovo a fare sesso telefonico con una certa Madame de Quimporte! Chi se ne frega dell'esame. Dovevo vederti.»

Sento i suoi occhi su di me, non mi aveva mai guardata con disprezzo prima d'ora.

«Sei così cambiata, ragazza: le feste, i social, i segreti. E poi cosa ci fai sulla moto con quel tipo? Le hai sempre odiate le moto! Quando volevo comprarmi lo scooter, mi hai fatto tante di quelle storie...»

Come se non bastasse, Tristan si toglie anche lui il casco e si avvicina a noi con fare da cowboy.

«Célène... c'è qualche problema?»

Cerco di fargli capire con uno sguardo che non è proprio il momento di intervenire.

«Célène... puoi spiegarmi chi è questo tipo in TMax che crede di essere il tuo...»

Pierre aggrotta le sopracciglia scrutando Tristan con maggior interesse. Come se il destino si accanisse contro di me, Pierre nota sulla pensilina di un autobus il manifesto di Tristan in posa per Quiksilver.

«Aspetta, non sarai mica Tristan Badiola? Il surfista? Sei tu che le hai dato una lezione di surf?»

Sono completamente travolta dagli eventi. Tento di aggrapparmi agli ultimi rimasugli di "normalità": «Pierre, ti presento Tristan, un amico... Pierre, il mio fidanzato».

Si fissano l'un l'altro. Ho l'impressione che stiano per brandire le pistole e uccidersi a vicenda. C'è un western che si sta svolgendo sotto i miei occhi e non so come intervenire.

«Ecco... il suo fidanzato! Ti ha parlato di me almeno?»

«Eh, sì. Il fidanzato Pierrot. Studente di Medicina che andrà a fare volontariato. Molto piacere, fra'» gli dice Tristan ironico.

Il mio imbarazzo lascia il posto al nervoso.

«Puoi lasciarmi parlare in pace con la mia fidanzata, *fra'*?»

Tristan mi fissa come se si aspettasse che lo scelga, che intervenga per far capire a Pierre che lui non se ne andrà o che, nel caso, lo farà insieme a me. Ma a che gioco sta giocando? Con un cenno della testa gli confermo che è meglio se ci lascia soli. Mi aggrappo al braccio di Pierre come a un salvagente.

Tristan mi lancia un'ultima occhiata, poi si allontana. Sale sulla moto senza neanche indossare il casco e riparte con un ruggito sonoro. Pierre lo osserva con aria più intrigata che storta.

«Cavolo, Célène... Perché non mi hai detto che il tuo nuovo amico era Tristan Badiola, il megacampione di Francia di surf, a metà tra Michael Scofield e Zac Efron?!»

«Non volevo che ti preoccupassi... E poi sta con La Petite Sophie!»

Le parole non fanno in tempo a uscirmi di bocca che mi accorgo quanto ridicola è la mia risposta.

«Avresti potuto rispondermi mille cose: "Io amo te, Pierre!", "Malgrado la distanza, sono tua in tutto e per tutto!". Persino con la frase di un autore a caso. Ma: "Sta con La Petite Sophie!"...»

Abbasso gli occhi, incapace di sostenere il suo sguardo. Non sento il peso del giudizio nelle sue parole, è una semplice constatazione che esprime il dolore che prova a causa del mio comportamento. Che stupida che sono.

«Davvero, Célène! Perché mi hai detto di sì?»

Il tempo si ferma. Questa domanda ha su di me l'effetto di una bomba! E il fatto di non avere una risposta immediata, tangibile, logica da fornirgli mi spaventa. Perché gli ho detto di sì? Devo ammettere che non mi sono mai posta il problema... Il mio istinto ha la meglio, e gli fornisco l'unica risposta che in questo momento ha senso per me: «Perché... non riuscivo a immaginare la mia vita senza di te».

«Senti qualcosa per quel tipo?»

Mi appresto a rispondere senza sapere cosa uscirà dalla mia bocca. Un'ora fa sarebbe stato "sì", adesso è piuttosto un "no". Si possono amare due persone allo stesso tempo? Ma dalla mia bocca non esce niente, perché Pierre mi interrompe prima: «Pensaci, per favore, prima di rispondere. Il giorno in cui tua madre è morta ti ho fatto una promessa: che non ti avrei mai abbandonata. Ho sempre saputo che sei quella giusta per me, invece non so se io sono il ragazzo di cui tu hai veramente bisogno. Ecco perché... è meglio se ci prendiamo una pausa».

«No!» grido con le lacrime a fior di ciglia.

"Una pausa." Non si torna indietro da una pausa, è solo un termine che si usa per avere meno paura. Pierre mi sta lasciando.

Spesso pensiamo di meritare al cento per cento le cose brutte che ci succedono. È colpa mia. Sono colpevole. Gli adulti passano il loro tempo a convincerci del contrario. Ma se invece fosse vero? Se qualche volta meritiamo davvero quello che ci succede? A forza di giocare con il fuoco...

«Ci prendiamo una pausa di un mese. O così o niente.»

Non riesco a trattenere le lacrime che mi inondano le guance. Mi si è spezzato il cuore. Malgrado ciò che ho potuto sentire per Tristan, mi è impossibile immaginare una vita senza Pierre. A diciassette anni si pensa spesso che il primo fidanzatino sarà l'ultimo, fino a che non si incontra il secondo e così di seguito. Per me e Pierre non era così. Lui non era il mio primo, era la mia anima gemella. Quando ho perso mia madre, lui è stato il mio unico punto di riferimento, il solo che sapesse calmarmi quando ero arrabbiata e farmi ridere quando avevo pianto.

«Mi dispiace» dico con la voce rotta dai singhiozzi.

«Non preoccuparti.»

Gli ho appena spezzato il cuore, eppure Pierre resta un gentiluomo fino alla fine. Non mi sminuisce come avrebbe fatto qualunque ragazzo ferito. Mi fa prendere coscienza del mio sbaglio con tatto. Mi bacia sulla fronte e chiude gli occhi per serbare questo ricordo di noi due, come se sapesse che questa è l'ultima volta in cui mi bacerà teneramente. Io non trovo le parole per trattenerlo, lui mi guarda ancora e si inabissa nel taxi. Resto da sola seduta sotto la pensilina dell'autobus e piango tutte le lacrime che ho in corpo.

Che cosa è successo esattamente? Dire che sono confusa in questo momento è un eufemismo. Non pensavo che un giorno avrei riprovato questo enorme dolore.

Due anni fa ho perso mia madre. Oggi ho perso tutto...

33
TRISTAN

Con il cuore che batte all'impazzata, percorro la costa basca per ore intere. Che cosa è successo in quella grotta? Non posso credere che ha scelto di gettarsi tra le braccia del fidanzato e di piantarmi in asso come se non avessi mai significato niente per lei.

Questo gioco non mi diverte. Far vacillare le sue certezze e i suoi principi è un conto, ma farle perdere la verginità per gioco, su falsi presupposti, è tutt'altra cosa. In quella grotta Célène mi ha suscitato un sentimento nuovo: Tristan Badiola ha avuto fifa. Per la prima volta in vita mia non sono riuscito ad arrivare in fondo a una cosa. La posta in gioco di questa scommessa era di scoparla, e non ne sono stato capace. Perché in quella grotta io ho avuto voglia di farci l'amore. E so come sarebbe andata a finire: avrai mandato tutto a puttane, prima o poi le avrei spezzato il cuore, perché io sono incapace di amare senza distruggere l'oggetto del mio amore. La mia oscurità avrebbe sicuramente preso il sopravvento e l'avrebbe divorata.

Io non la merito. A lei occorre un tipo come Pierre. Un futuro medico, un ragazzo perbene. Io sono solo uno stronzo che finge di non esserlo.

Quando si è aggrappata alla sua spalla e mi ha detto di andare via, ha scelto Pierre e ha fatto bene. Che cosa mi aspettavo? Dopo il modo in cui sono uscito dalla grotta. Ma quello che lei ha scambiato per rifiuto era tutto il contrario. Me ne sono andato per il suo bene, me ne sono andato di corsa perché non mi sentivo abbastanza forte per resistere a lungo al desiderio che aveva risvegliato in me. Se avessi aspettato un altro secondo, mi sarei impossessato delle sue labbra, del suo corpo, e lei avrebbe fatto l'amore per la prima volta nella sua vita con un ragazzo che pensa di conoscere ma di cui non sa niente...

È quasi buio, è ora di rientrare al castello, di ritrovare il mio alter ego, la mia *partner in crime*, e di pensare subito a un modo di togliermi dal casino in cui mi sono appena cacciato. Perché Queen Merteuil mi aspetta a rapporto e, tra la serata finita in bianco con Charlotte e l'autosabotaggio con Célène, non sono messo benissimo. Meno male che sono il re della simulazione e Vanessa non si accorgerà di niente.

Finalmente arrivo al castello e parcheggio la moto ai piedi della scalinata. Mi tolgo il casco, mi passo una mano sul volto per riprendermi dalle emozioni e rivesto i panni che mi calzano meglio: quelli del predatore intoccabile a cui non importa di nulla. Con il sorriso sulle labbra mi presento a Vanessa, che è alle prese con un nuovo video. Appena mi vede, interrompe la registrazione e mi chiede: «Allora la suora-puttana?».

Io getto il giubbotto sul letto.

«Tutta la notte. Me la sono bombata di brutto, da tutti i lati. Una figata.»

Mento spudoratamente, esagero. Mi lascio cadere sul letto facendo finta di niente. In realtà sono esausto, non per la notte che ho passato ma per il turbine di pensieri che mi travolge e mi sotterra.

Vanessa si gira verso di me con il sorriso sulle labbra. Sembra più che entusiasta di sapere che mi sono scopato Charlotte.

«Adesso, come logica conseguenza, mi dovresti concedere le tue grazie, visto che ti ho fatto il favore di trombarmi Charlotte, no?»

Non si sa mai, non sono uno fissato, ma ammetto che mi è capitato più di una volta di trovare conforto nel sesso. Se non fosse che a cose fatte poi la sensazione di pienezza è più effimera della vita di un pesce rosso fuori dall'acqua.

Vanessa si avvicina a me come un felino pronto a gettarsi sulla preda. Sfodera il suo miglior sguardo da predatrice. Ha voglia di giocare, perfetto! Non desidero altro che essere eccitato.

«Da quando si applaude il tenore per essersi schiarito la voce?»

Francamente a volte fatico a cogliere i suoi riferimenti.

«Ma da dove le tiri fuori certe frasi?»

«Ho una grande cultura cinematografica. E con la parigina? Hai fatto cilecca?»

Mi irrigidisco, ma tento di non lasciar trapelare il mio turbamento. Il semplice fatto di parlare di Célène mi riporta a poco fa nella grotta. La rivedo pronta a concedersi a me. Il mio cuore inizia a battere più forte, molto più forte.

«Non ho potuto.»

«Non hai potuto... andare fino in fondo anche se lei ci stava?»

Distolgo lo sguardo confermando la risposta alla sua domanda. Non molla la presa, cazzo. Peggio di un cane alle prese con un osso.

«Ce l'avevi a disposizione e non te la sei scopata? Se volevi vincere in modo pulito, non c'era occasione migliore. Perché non sei andato fino in fondo, cazzo, perché?»

Vanessa ha l'aria turbata, quasi preoccupata.

«Devo essermi emozionato, o qualcosa del genere» dico sinceramente a Vanessa senza rendermi conto dell'effetto che potrebbe scatenare questa parola. È come se accendesse un segnale dentro di lei. E tutto stesse per cambiare...

«"Emozionato?" Vuoi dire che non ti si è drizzato?»

Mi scruta e il suo sguardo mi mette in difficoltà.

«Sei diventato debole, l'ombra di te stesso, noioso. Dimentichiamo questo gioco ridicolo, non vale più la pena.»

Il mio ego prende il sopravvento.

«A me si drizza quando voglio e come voglio.»

Come per verificare di persona o forse per dare sostegno alle sue parole, Vanessa fa salire la mano dal mio ginocchio fino in mezzo alle mie gambe.

«In effetti» mi risponde notando che effettivamente mi indurisco sotto il suo palmo.

«Tutto ok? Ti diverti?» rispondo con un sogghigno.

Preso dall'eccitazione del momento, aggiungo senza distogliere lo sguardo: «Mi rifarò. Il gioco non è finito. C'è ancora un mese prima del 31 ottobre».

«Non vedo l'ora» conclude continuando ad accarezzarmi sopra i pantaloni. Sono un uomo debole. Mi tiene letteralmente per le palle e alza la posta. In realtà non ho idea di come farò a recuperare. Ho respinto Célène, il suo fidanzato ci ha beccati insieme. Ora tenterà di mantenere le distanze e in un certo senso farà bene. Allora perché questa semplice eventualità mi spaventa più che seccarmi? Vanessa fa miracoli con la sua mano e presto mi rimette in ordine le idee. Célène ha una vita, un fidanzato, e io ho la gloria e Vanessa. Va tutto bene.

34
VANESSA

Mi appresto a fare il mio ingresso in scena e sbaragliare le mie concorrenti per il ruolo della principessa di Montpensier. Mentre il sipario della sala prove sta per aprirsi, il mio telefono inizia a vibrare. È un messaggio della mia agente. Sobbalzo pensando che sia il contratto per *La Petite Sophie 4*, invece è un altro provino del cazzo per una pubblicità che loda le virtù di un'acqua micellare dai risultati esaltanti. Ma che storia è questa? Hai diciott'anni e sei buona a parlare solo dei tuoi brufoli?! Per consolarmi un po', attivo la telecamera a distanza della barca a vela su cui i miei genitori sono sempre intenti a sputare l'anima fuori bordo. Se solo pensassero ad altro oltre che al denaro. Non gliene importa niente di vomitare ogni giorno pur di incassare la loro rendita mensile?

Quando sento la voce di Christophe Rivas, inspiro profondamente.

«Dichiaro aperti i provini per *La Princesse de Montpensier*!»

Lancio un'occhiata alle mie coriste, Naya e Ariel, per avvertirle che è meglio per loro se non si interrompono a metà canzone e non mi fanno ombra. Io indosso un abito di scena fucsia tempestato di paillette. È splendido e sarò perfetta per interpretare il ruolo principale. I vestiti che ho scelto per le sorelle siamesi invece sono adatti per il loro ruolo di cameriere.

«Buona fortuna, Vanessa!» mi dice Ariel.

Si apre il sipario.

«Non ho bisogno di fortuna, mi basta il talento» rispondo, sicura di me. Interpreto un pezzo che ho scritto apposta per l'occasione. Se ho capito bene la trama, la principessa deve sposare il principe ma si farebbe volentieri Enrico di Guisa. Inizio senza distogliere gli occhi dal direttore.

«Aujourd'hui c'est le grand soir. Le soir de tous les espoirs. La noblesse frappe. La gloire me rattrape. Le prince à mon bras. Et de Guise sous les draps. Toute liaison est dangereuse... dangereuse. Il n'y a pas d'amours heureuses... heureuses.»

Sento che sarà un successo. La giuria è composta dai due fratelli Rivas più la parigina, che con un tablet in mano prende appunti per valutare i diversi provini. Mi viene quasi da ridere. A che titolo quei tre possono permettersi di scegliere chi dovrà interpretare questo ruolo? Io ho già recitato in tre film, spetta di diritto a me!

Conclusa l'esibizione avanzo fieramente e faccio un occhiolino al regista. Tanto vale giocarsi tutte le carte. I provini si susseguono e sono numerosi. Léo recita la barzelletta del "pinguino che respira con il sedere: si siede e muore", Julius dei versi alessandrini, Ben fa le flessioni e per poco non scoppio a ridere quando sento Ariel intonare un'aria lirica. Oscar canta un rap che mi lascia perplessa: "Oscar *in the kitchen*... Il Principe Azzurro nella Disney". C'entra qualcosa con la mia serata cosplay? Arriva il turno di Charlotte. Indossa un abito attillato blu notte lungo fino alle caviglie e avanza sul palco a piedi nudi. Mi piace molto. I lunghi capelli lisci le ricadono sulla scollatura profonda. Fatico ad ammetterlo ma è sublime. Molto meno di me, chiaramente, ma è molto diversa dalla Charlotte di inizio anno.

Non c'è più traccia della ragazza goffa, esuberante e chiacchierona di prima. Ora è una donna sensuale e sexy. Merda! Vuoi vedere che la mia teoria del pancake le ha fatto bene. Invece di affossarla, ho permesso a quel bruco impacciato di uscire dal suo bozzolo per diventare una cazzo di farfalla.

Peccato che i suoi giorni di spensieratezza siano contati. Aspetto il momento perfetto per porre in esecuzione l'ultima parte del mio piano. Canta finché puoi, Charlotte, perché tra poco piangerai.

Quando inizia a cantare, cattura gli sguardi di tutti.

Célène sembra colpita e Patrick Rivas si rilassa buttando fuori l'aria.

«Quel *"tea-time girly"* le ha fatto un gran bene! E io stupido che mi ero preoccupato» dice ingenuamente al fratello.

Tea-time girly un corno! Se sapesse che è finito in un'orgia! E ovviamente io ho immortalato ogni eccesso e trasgressione. A quale scopo? Per avere i dossier di tutti e tenerli sotto il mio controllo. La vita è una scacchiera, *baby*, e io mi gioco le pedine a una a una per vincere la partita.

Rivas fa il tifo per sua figlia. Scuote la testa al ritmo della canzone *Be a good girl* senza capirne il significato...

Charlotte fissa suo padre e continua a cantargli la sua emancipazione: «*Don't you wanna be a good girl? Don't you wanna be your daddy's girl, shut down your mouth girl, don't spread your legs! I'm burning, take me for an endless drive. I'm craving for life, screaming silently*».

E il ritornello è altrettanto suggestivo: «*Danger is everywhere, take me there. I'm dying. I'm dying*».

Il seguito della canzone è chiaramente un dito alzato al patriarcato: «*Be a good girl, do as you're told girl, shut your mouth girl, be ashamed! No more no more no more. I'm done being a good girl I'm done!*».

Charlotte termina la sua esibizione ed entra in scena Tristan. Mi siedo curiosa in prima fila per assistere al suo provino: ha scelto di portare un rap.

«*Quicksilver sur mon appareil, tends-moi la main je te rends la pareille. Dans le turfu et le rap d'avant, trompeuses sont les apparences. Bombardement dans ma tête et dans mon coeur comme un champ de mine, j'ai raflé la coupe, interview, quand la caméra tourne et ça s'envenime. À bas les masques, je suis le mec de Vanessa, dur d'avaler ça, les photos et moi c'est pas pareil, dans les grottes de Sare j'étais pas préparé...*»

A che gioco sta giocando quel deficiente? "Sono il tipo di Vanessa, è dura da ingoiare." Mi prende per il culo!? Con le sue cretinate finirà per mandare all'aria la nostra "relazione". Si interrompe quando la parigina si alza dal suo posto e lascia i provini a passo affrettato. Non ci credo, ha le lacrime agli occhi! E anche Tristan, tra imbarazzo e sorpresa, sembra in fin di vita... Ma che cosa è successo davvero in quelle grotte?

35

CÉLÈNE

Sono dieci giorni che mi alzo dal letto solo per andare a lezione. Io ghosto Tristan, Pierre ghosta me e mio padre non capisce perché ho perso l'appetito; pensa che sia a causa della mamma. Joan Didion diceva: «Accettare la responsabilità della propria vita è all'origine del rispetto per se stessi». In linea di principio, condivido il suo punto di vista al cento per cento: devo accettare le conseguenze delle mie azioni invece di biasimare Tristan per le sue. Se non fosse che per ora mi risuonano in testa solo due parole: "Che vergogna!".

Ignoro le sue chiamate, i suoi messaggi, i suoi direct su Instagram. Cambio direzione quando è nei paraggi al liceo, e la sola cosa che riesce a fare è venire a rigirare il coltello nella piaga davanti a mio padre, mio zio e tutti gli alunni dell'ultimo anno: "Alle grotte di Sare non me l'aspettavo". Che vergogna!

A quanto pare, sapere che sono vergine l'ha scioccato, gli ha tolto la libido, la voglia di me! A che gioco sta giocando? Non può dimenticarmi e basta? Smetterla di torturarmi? Lasciarmi leccare le ferite in santa pace? E anche con Pierre non ci parliamo da dieci giorni, mi manca. Non ho perso solo il mio fidanzato, ma anche il mio migliore amico. Ho la testa confusa. Oscillo tra tristezza, rabbia e corse sulla spiaggia, con la musica a palla negli auricolari nella speranza di far defluire questo eccesso di emozioni. All'improvviso la musica lascia spazio alla suoneria del mio telefono. Pierre? No. È Tristan, che rimbalzo subito sulla segreteria.

Invece di cancellare direttamente il suo messaggio o, meglio ancora, bloccare definitivamente il suo numero, lo ascolto: *"Célène, sono Tristan. Sono quasi dieci giorni che mi ignori. Dobbiamo parlare di quello che è successo alle grotte. Che cosa devo fare per farmi perdonare? Non parlarti mai più? Ok, rispetto la tua scelta! Ma non potrai impedirmi almeno di scriverti e di seguirti sui social. A presto, Madame de Quimporte"*.

Scossa dalle sue parole, rallento il mio battito contemplando l'oceano. Perché mi chiama con il nome del profilo? Ricevo una notifica su Instagram. Allora entro nel profilo e scopro che Madame de Quimporte ha quasi cinquantamila follower. Posto una foto del mare e inserisco una nuova citazione: "Abbiamo torto a parlare in amore di scelta sbagliata perché, posto che vi sia una scelta, questa non può essere che sbagliata. #*MarcelProust*". Non faccio in tempo a pubblicarla che sento il telefono vibrare al ritmo dei like che si accumulano.

Forte di questa constatazione, corro a capofitto lungo la riva. Vedo da lontano mio padre che sta gettando in un grosso sacco dell'immondizia tutto il cibo spazzatura rimasto sul tavolo della terrazza. Era ora! Gli faccio segno, contenta che riprenda in mano la sua vita. E non mi accorgo del sasso davanti a me. Lo urto violentemente con il piede e inciampo su me stessa. Sento da lontano mio padre gridare il mio nome. Mi rialzo a fatica e scopro un taglio all'altezza del polso. Mio padre si precipita da me e prende un fazzoletto dalla tasca.

«Célène... aspetta, ho un fazzoletto, sanguini... Oddio, mi...»

Mio padre diventa bianco come un lenzuolo, inizia a sbattere le ciglia e perde conoscenza. Lo afferro al volo prima che cada per terra.

«Papà!»

Lo sollevo, gli do dei colpetti sulla faccia e gli faccio aria. Ne approfitto per asciugarmi le ferite sul polso ed evitargli di svenire di nuovo appena tornerà in sé. I suoi occhi si aprono e accompagnano il mio sollievo.

«Su, papà, è tutto a posto.»

«E il tuo polso?»

«Va tutto bene, non sanguina neanche più» lo rassicuro. Restiamo diversi minuti seduti l'una accanto all'altro, senza dire una parola. Mi piacerebbe confidargli quello che ho nel cuore, almeno esprimergli la gioia di vederlo riprendere in mano la sua vita, ma non ne sono capace. È come se tra di noi ci fosse una barriera che mi impedisse di parlargli o di abbracciarlo. Eppure la voglia ci sarebbe.

«Célène... So che non sono stato il migliore dei padri negli ultimi due anni, ma ora ci sono... se hai voglia di...»

Sono presa subito dalla vergogna.

«È complicato.»

«Ma tu provaci.»

Penso intensamente a mia madre! Sarebbe più semplice se fosse qui a consigliarmi! Sono sicura che in questo momento papà sta pensando la stessa cosa! Cerco di non lasciarmi andare ai pregiudizi. Mio padre non ha dato prova di grande empatia negli ultimi due anni né di grande interesse nei confronti della mia vita personale, ma oggi magari potrebbe darmi dei buoni consigli?!

«Sono in pausa di riflessione con il mio fidanzato.»

Si volta verso di me con gli occhi colmi di stupore.

«Aspetta! Quand'è che ti sei fidanzata con Pierre?»

«Be'...»

Sono senza parole. Mio padre era a tal punto nella sua bolla che non se n'è neanche accorto. Ogni dialogo è fatica sprecata. A che cosa pensava? Gli agito la mano sotto gli occhi per mostrargli l'anello che mi ha regalato Pierre. Sembra cadere dalle nuvole.

«Ok, lascia stare papà, non fa niente.»

«No, no, continua. Sei fidanzata con Pierre! Mi sembra il ragazzo giusto!»

«Be', no, appunto, dice che forse non è lui quello giusto e vuole che io ci rifletta su.»

«È intelligente, non c'è che dire.»

Papà con il suo humour inglese è appena riuscito a farmi ridere. Così decido di concedergli una seconda possibilità: «La cosa complicata è che dall'altra parte c'è...».

«Uno a caso: Tristan Badiola.»

Sono così prevedibile? O mio padre è più attento di quanto non faccia vedere.

«E abbiamo... finito per...»

«...andare a letto insieme» esclama come se fosse una cosa ovvia. E io per poco non soffoco.

«PAPÀ! No, appunto... non ha voluto.»
«Ah be', mi piace sempre di più questo Tristan.»
«Ci siamo baciati e poi lui ha interrotto la cosa.»
«E tu gli hai chiesto perché ha "interrotto"?»
«Scherzi?»
«Ascolta, l'unica cosa che posso dirti – e spero ti aiuti a fare una scelta – è che... è vero che tua madre adorava Pierre. Ti rendeva felice e ti faceva ridere ma, tesoro, non siamo più nel 1812! La mamma sapeva che era solo un primo amore.»
«Sì, ma tu e mamma vi eravate incontrati al liceo.»
«Ed è stato un colossale colpo di fulmine. Certo, si era fatta una serie di sfigati prima di me...»
«Cosa?!»
«Ma quello che ha suggellato la nostra unione è stato soprattutto il fatto che è rimasta incinta di te.»
«*What?*»
«Célène, è necessario che parliamo di rapporti sessuali non protetti?»
«Lo ha fatto mamma la prima volta che mi sono venute le mestruazioni.»
«Fiu!»
Ridiamo complici, ed è durante questo meraviglioso istante di intimità che le parole superano i miei pensieri con il rischio di rovinare tutto: «Sai, papà, tu hai diritto di essere felice. Mamma non avrebbe voluto che restassi solo, e lo so che sono passati solo due anni... Non dico di metterti in cerca della mia futura matrigna, ma magari di tentare di aprirti a un probabile incontro? Hai già sentito parlare di Tinder?».
Lo sguardo di mio padre si scurisce. Subito mi pento delle mie parole, sono andata troppo oltre, troppo in fretta. Ma poi lui si mette a ridere teneramente: «Ti ricordi Stéphanie, l'amica di tua madre?».
«Stéphanie? Quella con i tacchi, sempre abbronzata, divorziata, due figli?»
«Esatto! Era fissata con Tinder, anzi all'epoca si chiamava Chat per single Yahoo, e tutti i tipi che incontrava si rivelavano essere dei gran sfigati o dei gran maniaci sessuali. Allora un giorno tua madre, da buona amica, le disse: "Ma se sono tutti sfigati o maniaci, perché non cancelli l'iscrizione?". Sai cosa le

ha risposto? Che restava iscritta nella speranza di beccare... un vedovo... "un tipo normale che ha avuto solo la sfortuna di perdere la moglie ma che"... In realtà non posso, Célène, è troppo presto, ma prima o poi succederà!»

Fa una pausa, poi aggiunge: «E non su Tinder».

Ridiamo insieme. Ho l'impressione di aver ritrovato mio padre. Al nostro arrivo, qualche settimana fa, mi diceva non troppo convinto che qui saremmo stati bene. Dopotutto non aveva torto. Si era perso per strada, ma ora mi sembra che abbia ritrovato la retta via. Quando mi mette un braccio sulle spalle, mi stringo a lui pacificata.

Torniamo a passo lento verso casa dello zio e, una volta dentro, vengo accolta da Balzac, che mi segue fino in camera. Mi lascio cadere sul letto e non resisto alla voglia di accoccolarmi vicino al mio cane. Ho bisogno di sostegno per quello che sto per fare... Togliermi l'anello di fidanzamento è un gesto pregno di significato.

Mentre lo poso con cautela nel piccolo portagioie di mamma, il mio telefono si rimette a suonare, riportandomi alla realtà. Accetto la chiamata e, ancor prima che possa emettere il minimo suono, Charlotte mi urla all'orecchio: «Ok, cugina, se papà te lo chiede, sono ancora alle prove».

«Perché hai il fiatone?»

«Oh, cavolo, Osc... ahhh...»

Le sue parole sono interrotte da gemiti e da un respiro irregolare che mi fa pensare. Mi sembra di distinguere un "Oscar" e un "*Voice*" in mezzo a tutto il resto, ma non saprei dire altro perché mia cugina ha già chiuso.

Dopo tutte queste emozioni, mi addormento stanca morta senza neanche rendermene conto. Poi verso le quattro del mattino mi sveglio di soprassalto, assalita di nuovo dall'angoscia al pensiero di una vita senza Pierre. Ho urgente bisogno di conforto e scendo in cucina alla ricerca di una vaschetta di gelato. Rovisto invano nel congelatore quando sento una presenza alle mie spalle.

«Stai cercando questo?»

Sussulto e scopro mia cugina Charlotte seduta nella penombra che brandisce sotto i miei occhi una vaschetta di vaniglia alle noci pecan.

Le faccio tristemente segno di sì con la testa, è proprio ciò di cui ho bisogno! Mi siedo al suo fianco, prendo un cucchiaio e lo affondo nel gelato, ma Charlotte mi strappa la vaschetta dalle mani.

«Aspetta, che cosa fai?»

Alzo le spalle e aggrotto le sopracciglia senza capire.

«Be', mangio.»

Lei mi fucila con lo sguardo, imbronciata, e poi esclama: «Ne resta solo una cucchiaiata».

«Ma tu non stai bene!» mi difendo attirando la vaschetta verso di me.

«Neanche tu stai bene!» mi dice Charlotte recuperandola di nuovo.

«La mia situazione è peggio della tua!» le dico tentando di riprendere il gelato.

Lei mi sfida con lo sguardo.

«Ah sì? Facciamo che la situazione peggiore vince l'ultima cucchiaiata, avanti!»

«Ero fidanzata con Pierre, l'ho tradito con Tristan che mi ha respinta quando ero pronta ad andare a letto con lui, poi Pierre è venuto per farmi una sorpresa e mi ha colta in flagrante. E ora eccomi sola come una cretina. Penso proprio che merito di mangiare il gelato.»

«Bella tosta.»

«L'hai detto tu. Avanti, molla la vaschetta» dico a Charlotte piantando il cucchiaio nella crema gelata, che lei recupera prima che io abbia il tempo di cominciare a mangiare.

«Bella tosta... ma almeno tu hai un ragazzo e una proposta di matrimonio. Io non ho mai avuto un ragazzo, non ho mai avuto una ragazza, e ora... ce li ho tutti e due.»

«Come tutti e due?»

«Be', alla serata cosplay da Vanessa sono andata a letto con Ariel. È iniziata con una storia di fragole e panna, lei aveva fame, io anche, e quando mi ha guardata tutta imbarazzata, indifesa, così adorabile chiedendomi se era grassa – quando porta la 38, ti prego! – mi sono accorta di lei per la prima volta. Della vera Ariel, non della Sister, quella dei social e di tutte quelle stupidaggini che ci separano. Le ho preso una fragola, poi la bocca... poi l'ho presa tutta intera sul tavolo della cucina, è stato fantastico!»

Sgrano gli occhi. Mi sembrava di averle sorprese in cucina mentre si baciavano. Nel mio delirio pensavo di aver sognato. Ma se non era un sogno... Allora Vanessa è andata a letto anche con Oscar? Non faccio in tempo a chiedermelo una seconda volta che Charlotte continua: «E poi naturalmente sono andata a letto con Oscar! Era un po' lo scopo, visto che sono pazza di lui, e da allora li incontro tutti e due di nascosto, solo che loro non lo sanno, perché tutti e due vogliono una relazione esclusiva, così racconto balle ogni giorno all'uno e all'altra. Perché non riesco a scegliere. Sono diventata come mia madre!».

Passo la vaschetta a Charlotte, che in fondo ne ha bisogno più di me.

«Se è davvero finita con Pierre, potresti passarmi l'anello?» mi chiede con la bocca piena di gelato.

Scoppiamo a ridere come quando avevamo dieci anni. Poi il viso di Charlotte si scurisce di colpo.

«Pensi che la paura dell'impegno sia genetica? Trovi che parlo troppo?»

«È il tuo bello!» rispondo posando la mia testa nell'incavo della sua spalla.

Mentre spunta l'alba, Charlotte mi fa notare che il mio telefono non smette di suonare nella mia camera. Devono essere appena le sei del mattino, ed ecco Balzac che si mette ad abbaiare. Lascio Charlotte alla sua vaschetta di gelato debitamente guadagnato e mi sbrigo a salire per rispondere prima che tutta la casa venga svegliata.

Afferro il telefono e trovo tre chiamate senza risposta di Tao. Mi chiama una quarta volta e rispondo immediatamente.

«Sei sveglia, fantastico!»

«Tutto bene?» gli chiedo preoccupata.

«No, *girl*, non va bene per niente! Credo che sto per fare la più grossa stupidaggine della mia vita...»

Mentre mi infilo i jeans e una felpa per precipitarmi ad aiutare il mio amico, Tao si sfoga.

Il suo fantasma è diventato realtà durante la famosa serata cosplay. La notte che ha passato con Ben è stata magica, la più bella della sua vita. Ma dopo quel momento di intensa intimità, non sa perché Ben non gli rivolge più la parola. Tao mi confessa che quando si sono amati, Ben era dolce, attento, tenero, uguale al Ben che Maestro ha imparato a conoscere da sei mesi a questa parte. Sento la tristezza del mio amico trasformarsi in rabbia. Ora ce l'ha con Ben, che chiama "il capitano della squadra di rugby", quello che gioca a fare il ragazzo disinvolto con Hugo, quello a suo agio, a posto con se stesso, che ha fatto coming out in scioltezza e che non sarà mai definito dalla sua omosessualità, eppure... Tao è convinto che Ben non osi mostrare chi è veramente ai suoi amici. È un altro modo di restare chiuso nell'armadio emotivo che si è costruito da solo. Sento un profondo abbattimento nel mio amico che prosegue il suo racconto. Ricorda le carezze delicate che si scambiavano mentre si guardavano l'uno negli occhi dell'altro tra due baci appassionati. Tao e Maestro erano ormai un'unica persona che si donava completamente a Ben. Ma quando è sorto il sole, come Cenerentola allo scoccare della mezzanotte, Ben si era dileguato, senza lasciare traccia del suo passaggio o dei momenti che avevano vissuto insieme. Come se il mio amico li avesse sognati.

Da allora Tao non fa che pensare alla loro notte d'amore, non vuole continuare a vivere con quel fantasma e quella realtà online che non portano a niente. Tao deve assolutamente parlargli e rivelargli che è Maestro e che prova per lui sentimenti forti e reali.

In teoria, il piano di Tao era di andare alla Bella Gori e di incrociarlo "per caso", sapendo che Ben ci va da solo tutti i sabati mattina molto presto per surfare, salvo che adesso quest'idea lo terrorizza. Mi chiede se può passare a prendermi in bici perché lo accompagni in quella "spedizione punitiva", se sono d'accordo.

Sono già sotto casa. Il mio amico ha bisogno del mio sostegno e io accorro...

Quando arriviamo alla Bella Gori, Tao si ferma, già pronto a tornare indietro... Seguo il suo sguardo fisso su Ben, che è di spalle, intento a parlare con Julius. Pensava di trovarlo da solo, ma stamattina c'è una giornata fantastica e il beach bar è già pieno zeppo. Analizziamo la situazione e facciamo una smorfia. Julius sta consegnando a Ben le chiavi del suo regno che si diverte a chiamare Target Max. Non ha più bisogno di quell'applicazione che lo avevo tanto aiutato a stilare la sua triste *pussy list*. Scarica fieramente l'App sul cellulare di Ben e, con una mano sulla spalla e la voce carica di emozione, gli dice di farne "buon uso", poiché da questo momento lui appartiene a un'unica donna, la sua "regina": Naya. Per poi aggiungere che l'accordo è che se lui la tradisce, lei lo uccide, quindi meglio evitare il pericolo. Io e Tao scoppiamo a ridere, e io spero profondamente che Ben non accetterà di riprendere la fiaccola di Target Max, ma con grande disappunto mio, e soprattutto di Tao, Ben ha un'aria piuttosto interessata. Julius si allontana e io spingo Tao ad approfittare del momento per raggiungere Ben vicino al bar, ma lui si fa battere sul tempo da Steven, alias "Thor il Vichingo". Ora Ben è in piena conversazione-flirt con lui. Tao torna da me.

«Ma guardali, ora ti accarezzo la spalla, ora ti tasto il bicipite. No, ma che cliché! Vieni, ragazza, andiamocene!»

«Mandagli un messaggio!» gli suggerisco. «Tanto a Maestro risponde sempre, no?»

Allora Tao prende il cellulare, scrive quattro parole, tira un grosso respiro, poi preme il tasto INVIO.

«Che cosa gli hai scritto» gli domando al tempo stessa intrigata e preoccupata.

Tao mi mostra il suo telefono.

Maestro: Sono dietro di te.

Wow, si è lanciato! Impossibile fare marcia indietro ora. Notiamo che il viso di Ben cambia subito espressione appena riceve il messaggio. Manda via Thor, si gira, interdetto, e cerca con gli occhi il famoso Maestro all'esterno del beach bar. Incoraggio Tao ad avanzare verso di lui, ma Tao mi stringe la mano e mi confessa: «Pensavo che la prova più difficile per me sarebbe stata quella di dire ai miei genitori che ero omosessuale, ma il coming out non era niente in confronto a questo momento, eppure sono cinese».

Si stacca da me e mentre si appresta ad affrontare Ben, io batto in ritirata. Ed eccolo ora da solo davanti all'entrata del beach bar pronto a sferrare l'attacco. Ben continua a osservare i surfisti che vanno e vengono, infine nota Tao, dritto davanti a lui. Distoglie subito lo sguardo come se fosse impossibile che Tao sia Maestro.

«Ciao...» gli dice Tao con un leggero sorriso.

Ha l'aria calma e sicura in apparenza, ma so che il suo cuore batte all'impazzata e che sicuramente non ha mai avuto tanta paura.

Ben ritrae il viso e, neanche Tao fosse un grosso insetto che gli blocca la vista, lo sposta con una mano per vedere meglio il paesaggio.

«Sul serio... Non ho niente da dirti, ragazzo, è stato *cool* ma era un *one shot*. Non sei il mio genere. Non abbiamo niente in comune e francamente non ti conosco nemmeno.»

Ruota su se stesso cercando ancora Maestro nei paraggi e guardando il telefono. No, ma che stupido!

«Dove cazzo è?» dice tra sé e sé.

«Tu mi conosci a memoria, Ben! E io ti conosco meglio di chiunque altro qui. Conosco il vero Ben, il Ben che sognerebbe di muoversi in una città come L.A. dove tutto è possibile.»

Il viso di Ben si scurisce, fa subito il collegamento tra Maestro e le parole di Tao, solo che non capisce ancora che lui e Maestro sono una sola e identica persona.

«Cazzo, mi hai hackerato il telefono?!»

Invia un messaggio a Maestro, e Tao allora gli mostra il suo telefono con la notifica.

«Sono io Maestro» gli dice alla fine.

«Cosa?»

Gli si legge in faccia la confusione. È completamente perso e non riesce a ricomporre i pezzi del puzzle.

«Che cazzo stai facendo, fra'?» Julius interpella Ben dal bar. Sceglie davvero male il momento! «Che cosa vuole Tao?»

Vedo chiaramente dai gesti di Ben che teme che quella conversazione gli arrechi danno. Si vergogna di Tao, si passa nervosamente la mano tra i capelli e non sa più dove guardare, spera solo che il mio amico colga il messaggio e sparisca senza fare rumore. Ma in quello stesso istante Tao decide di ritrovare la sua dignità a lungo dimenticata e, sapendo che Julius è ad appena un metro da loro, aggiunge fieramente: «Io sono il ragazzo con cui chatti da sei mesi!».

Ben vede rosso: «Cazzo, chiudi il becco, tu sei pazzo!». Furioso, lo prende in disparte, al riparo dagli sguardi.

«Non avvicinarmi più sui social e nella vita vera, o sei morto!»

Mentre sto per intervenire e separarli, Tao mi fa un cenno della mano per dirmi che va tutto bene. Osserva Ben con una compassione tutta nuova, e io capisco che ha appena capito qualcosa di molto importante: quella che sembrava collera in realtà è paura. Ben ha paura che il suo mondo vada in frantumi, paura di essere scoperto e umiliato da quelli che si dicevano suoi amici. Tao ha già passato tutto questo e non si augura di finire di nuovo in una situazione simile. Ben non è pronto, non lo sarà forse mai, la loro storia non è destinata a vedere il giorno. Ora tutto gli appare chiaro. Tra lui e Ben è finita. Tuttavia, prima di andarsene, ci tiene a precisare una cosa: «Tutto quello che ti ho detto sui social era sincero. Ho semplicemente cambiato il nome e la città. Altrimenti non mi avresti mai calcolato».

Ben lo guarda storto ma con una punta di delusione nei suoi occhi grandi e scuri.

«Immagino che non lo sapremo mai.»

Mentre Ben si gira e si allontana in direzione del bar, vedo Tao stringere il pugno e la rabbia montargli alla testa. «Non lo sapremo mai.»

Queste quattro parole hanno suscitato un'emozione vivida nel mio amico. Dopo il suo coming out, Ben si dissocia da lui a ogni nuovo attacco dei propri amici, come se Tao fosse diventato il simbolo di tutto quello che Ben ha promesso loro che non sarà mai, malgrado la sua attrazione per gli uomini. Così Tao gli dice in tutta sincerità: «Ma sì, lo sappiamo! Nella "vita vera" i ragazzi virili come te non si interessano ai ragazzini come me. Ho passato la più bella notte della mia vita e non mi pentirò mai di averti conosciuto. E tu hai ragione, forse io sono un "pazzo", ma so chi sono e non mi vergogno a mostrarlo. Ciao!».

Dette queste parole, lascia di sasso "il capitano di rugby" e viene da me. Mentre mi abbraccia e camminiamo verso l'oceano, all'improvviso mi accorgo della debolezza di Ben e della forza crescente di Tao...

36
VANESSA

Siamo seduti tutti sul palco mentre Christophe Rivas è in piedi davanti a noi, pronto a rivelarci il suo cast. È diverso dal solito. Vestito stiloso, con la barba rasata e i capelli più corti, non è niente male. Forse dovrei farci un pensierino. Magari potrebbe adattare *La Petite Sophie* per il teatro.

Mentre il mio futuro regista è sul punto di prendere la parola, Tao appare vestito con un bellissimo kimono la cui parte inferiore è una gonna a palloncino in taffetà nero. Sulle labbra ha un rossetto blu elettrico molto fashion. Finalmente emana un bel po' di carisma! Lo osservo scendere la gradinata centrale dell'immenso teatro circondato da un migliaio di poltrone in velluto rosso. Ha la forza di un leone e l'eleganza di un pavone. Che cosa gli è successo?

Sale sul palco e si lancia in un voguing elegante e del tutto inatteso su una base di sua composizione. È bravissimo, Lady Gaga farà meglio a stare attenta! Sicché Tao è un artista, davvero sorprendente. A Rivas brillano gli occhi. I provetti attori che prima erano sparsi sul palco si raccolgono in cerchio intorno a lui e lo sostengono. Ben invece è immobile in un'espressione di turbamento, ammirazione e invidia. Ma pensa... Quando Tao conclude il suo assolo fissando il suo sguardo penetrante in quello smarrito di Ben, tutti quanti applaudono.

«Vi presento il nostro conte di Chabannes! Grazie, Tao, per questo regalo improvvisato e molto suggestivo, parola mia. Per quanto riguarda il resto del cast: il ruolo di Enrico di Guisa, il dongiovanni che trafiggerà il cuore della principessa, è assegnato a Tristan Badiola.»

Nessuna sorpresa. Era ovvio che Tristan e io avremmo ottenuto i ruoli principali. Getto un'occhiata verso Célène, che abbassa gli occhi mentre Tristan cerca il suo sguardo.

«Il duca d'Angiò sarà interpretato da Ben Arcadi.»

Ripenso al provino di Ben che, dopo aver letto una poesia di Baudelaire eseguendo in contemporanea una serie di flessioni, aveva concluso con questa frase: «Visto che mia madre è originaria della regione d'Angiò, sarebbe ovvio che interpretassi il duca d'Angiò!». Aveva fatto ridere il regista. Per la serie, solo chi osa ottiene quel che desidera.

«Oscar sarà il principe di Montpensier. Julius sarà il valletto del conte. Il ruolo della regina sarà interpretato da Vanessa Merteuil.»

Eh? Cosa?

Mi guardo intorno come per assicurarmi di aver capito bene. Si sarà sbagliato, non può essere diversamente. Ma quando mi giro e lancio un'occhiata a Naya e Ariel, loro mi confermano che non me lo sono sognata.

«Oh... Merda!» sbuffa Ariel.

«Ha solo due scene» aggiunge la sua gemella.

Sto per alzarmi quando Tristan mi afferra l'avambraccio e mi costringe a restare seduta, ma io mi libero della presa.

«Che cosa fai?» mi dice a bassa voce.

«Credi che Vanessa Merteuil reciterà nel ruolo secondario di uno spettacolo amatoriale? Mi ha veramente presa per una stupida. Deve essere sicuramente un'idea di Célène, la sua presunta "assistente alla regia". Questo casting era una pura formalità. Alla parigina è venuto in mente di organizzare questo adattamento vedendo quanto i fan erano disposti a pagare pur di vedermi recitare! Io sono il cuore di tutta questa operazione! Non so cos'hanno pensato di fare non selezionandomi per il ruolo principale, ma hanno appena affossato lo spettacolo. Anche perché per il ruolo di regina dovranno trovarsi qualcun'altra. Io col cavolo che prendo parte a questo disastro.»

«È un ruolo cammeo! E alla fine noi due finiamo insieme. Non sarà un ruolo principale, ma è comunque un ruolo fico in un teatro da mille posti, e tu in fondo sei un'attrice, no? Da quant'è che non reciti?»

Mi risiedo, incrocio le braccia risentita. Se voleva toccarmi nel vivo, ci è riuscito.

«Non vedo chi meglio della Petite Sophie potrebbe interpretare la principessa.»

Come se non aspettasse altro che darmi il colpo di grazia, Christophe Rivas annuncia infine chi avrà il ruolo da protagonista, e io cado dalle nuvole.

«E infine il ruolo della principessa sarà interpretato da Charlotte Rivas! Brava Chacha, non poteva essere che così!» aggiunge.

Quei traditori applaudono tutti. Patrick è al settimo cielo, mi viene da vomitare.

«Tutti gli altri formeranno i cori.»

«Vedi, poteva andarti peggio» mi dice Tristan, a cui rispondo con un'occhiataccia.

«Tao e Oscar vi accompagneranno al piano e alla chitarra, Célène mi assisterà alla regia e sarà la sostituta della nostra star Charlotte.»

«E per quanto riguarda i costumi... saremo in calzamaglia?» chiede Julius.

«Ah certo! Per i costumi c'è una piccola sorpresa nel retropalco!»

Il regista si alza e ci chiede di seguirlo in una stanza dietro le quinte. Arriviamo nel magazzino dove ci aspetta una grande valigia e file intere di costumi che non vengono usati da anni.

«Al lavoro! Abbiamo solo tre settimane per mettere in scena un capolavoro! Chi di voi ha letto il libro?»

Nessuno alza la mano, a parte Célène ovviamente.

«Chi ha visto il film di Tavernier?»

Stavolta alziamo tutti il braccio.

«Mi sembra giusto!»

Mentre tutti quanti si gettano sui costumi, io mi accomodo su una poltrona e li osservo da lontano. Sono offesa e non riesco a nascondere il malumore. Quando Tristan compare con un costume del XVII secolo e prende il telefonino per fare una foto, io lo fermo immediatamente.

«Rimetti a posto quel telefono, scordatelo!»

«Dài, Vanessa, solo una foto per Instagram.»

«Niente ruolo principale, niente promozione! Mi dispiace per Lucas, ci saranno solo posti vuoti!»

37
CÉLÈNE

Io e Tristan ci ritroviamo ai primi banchi di un'aula vuota, dopo essere stati convocati da mio zio che, seduto di fronte a noi, ora ci guarda con aria circospetta da dietro la sua imponente cattedra.

Dopo l'episodio delle grotte non ho più avuto il coraggio di rivolgere la parola a Tristan. Abbiamo continuato a preparare il nostro quinto atto a distanza, per interposti messaggi. A mano a mano che i dialoghi e il libretto musicale scritti dai nostri cinque gruppi riempiono pian piano le pagine della sceneggiatura, le prove entrano nel vivo.

Osservo con sguardo professionale Tristan interpretare il ruolo del duca di Guisa che gli calza a pennello e faccio le mie osservazioni da buona assistente alla regia, ma non sempre riesco ad affrontare il suo sguardo. Il senso di vergogna che ho provato davanti a lui quando mi ha respinta è più forte di tutta la mia buona forza di volontà.

Ora mio zio ci fissa aggrottando le sopracciglia, come se stessimo per subire una sonora ramanzina per qualche stupidaggine che abbiamo commesso. Getto un'occhiata furtiva al mio vicino che sembra terrorizzato quanto me. Stavamo facendo le prove nell'auditorium del liceo quando mio padre ci ha chiesto di raggiungere lo zio Patrick urgentemente, senza lasciarci neanche il tempo di toglierci i costumi.

Il grande inquisitore protrae il supplizio. Ora giunge le mani l'una con l'altra. Inspira profondamente e con aria contrariata mormora tra sé e sé: «Ah... Ti giuro!».

«In realtà eravamo alle prove» fa notare Tristan a mio zio.

«Eh, oh, oh, oh! Monsieur Badiola, Célène, chi pensavate di prendere per il naso?»

Di che parla? Io e Tristan ci interroghiamo con lo sguardo.

«La fine del vostro V atto è pessima. D'accordo sì, è ben scritta, ma zero, non ha anima, non ha niente. Non è il momento di sciallarsela. La scena della catastrofe è una scena che tutti aspettano con ansia.»

Non capisco. Il nostro V atto mi sembrava brillante, soprattutto la scena della catastrofe. La principessa sceglie di tagliare i cordoni che la uniscono solennemente al suo sposo e di fuggire con il conte di Guisa, ma questo, attirato più dall'esca del guadagno che da lei, alla fine la respinge facendola morire di dispiacere. I nostri dialoghi sono fluidi, efficaci e perfettamente composti in alessandrini. Mentre in effetti, ripensandoci, mancano un po' d'intimità e di calore. Ma gli attori che ci stanno a fare? Sto per prendere la parola quando Tristan decide di assumersi la piena responsabilità di questo fallimento. Sono sorpresa che non dica a mio zio che questa situazione è frutto del mio allontanamento.

«Monsieur Rivas, a essere sincero non mi sento tanto a mio agio con i dialoghi del XVII secolo. Non c'è verso. Facciamo alla svelta una specie di adattamento in lingua moderna e...»

«No, no, no. Non esiste, bello. Lingua moderna... pfff, sacrilegio! Célène, conto su di te per riportarlo sulla retta via, ok!?»

Tento il tutto per tutto. Ritrovarmi da sola con Tristan per lunghe ore dopo la scuola è fuori questione.

«Non è un buon momento... non ho proprio il tempo. Possiamo...»

«Ascolta, Célène! Non fare la bambina! Ovviamente questo adattamento inciderà sulla media finale. Avete trentasei ore per produrmi una roba da sballo. Una roba degna di voi, degna di Lucas. Avanti, *go*.»

Sconfitti, lasciamo l'aula e camminiamo fianco a fianco nel chiostro esterno del liceo senza dire una parola. Passiamo davanti all'aula in cui si svolgono le lezioni di basco e, una volta soli, Tristan esclama: «Ascolta, a proposito delle grotte...».

È ora di chiarire la situazione e passare definitivamente ad altro. Non voglio riparlare di ciò che è successo. L'umiliazione brucia ancora ma metteremo velocemente una pietra sul passato per lavorare al meglio su questo V atto. Per il bene dello spettacolo e di Lucas Rodriguez.

«Lascia stare. Dimentichiamocene, non è successo niente.»

Tira un respiro di sollievo rivolgendomi un sorriso che gli restituisco senza troppi sforzi. Poi sofferma il suo sguardo di me.

«Perché sei in costume?»

«Perché mio padre non fa le cose a metà. Sono la sostituta di Charlotte.»

«Ma lo sa che ci sono solo cinquanta posti prenotati?»

«No...» sospiro.

Grazie a questo spettacolo mio padre è cambiato totalmente. Se il musical sarà un fiasco, ho paura che si chiuderà in sé e tornerà indietro. Non credo che lo sopporterei.

Tristan coglie la mia paura e mi suggerisce un'idea: «Madame de Quimporte comincia ad avere un bel po' di follower».

«E?»

«E tu potresti postare una o due foto per promuovere lo spettacolo, non si sa mai.»

Interessante, ma dubito che funzioni davvero. Madame de Quimporte non è né una regina spunta blu né una duchessa influencer. Forse più un valletto appassionato di letteratura?

«Mi segui?» esclamo in preda alla sorpresa.

Il suo sorriso mi elettrizza, il suo sguardo affonda nel mio e il tempo si ferma.

«Ti seguono tutti!»

Tristan se ne va facendomi l'occhiolino. Io mi giro attirata dalla locandina extralarge dello spettacolo, che raffigura degli adolescenti in abiti d'epoca ma rock'n'roll in posa con i loro iPhone. La principessa interpretata da Charlotte è in mezzo tra il principe di Montpensier impersonato da Oscar "il Principe Azzurro della Disney" e il conte Enrico di Guisa, perfettamente incarnato da "King Tristan Badiola il tenebroso". Le parole di Tristan mi rigirano nella testa. Mi posiziono davanti alla locandina e creo una story da pubblicare più avanti. Mi lascio prendere dal gioco delle foto e scrivo: *La Princesse de Montpensier 2.0* – Teatro del Casinò. Aggiungo qualche foto scattata durante le prove e nel backstage, con la dida "Voi che soffrite perché amate, amate ancora di più. *#VictorHugo*". Il riferimento all'amore questa volta non è rivolto né a Pierre né a Tristan, ma al sentimento in generale e più in particolare a Tao, che ha scelto di amare ancora di più. Di amare se stesso anziché nascondersi dietro un avatar nella speranza di piacere a Ben. E penso anche a Charlotte, che è incapace di scegliere tra Oscar e Ariel e che, il giorno in cui non sarà più spaventata dai propri sentimenti, troverà la vera felicità.

Il mio telefono si mette a vibrare decine di volte, una pioggia di like e di commenti inonda il mio profilo. È impressionante, sono a quota centonovantacinquemila follower! Resto senza parole davanti a tutte queste reazioni. Tristan aveva ragione...

Con Balzac vicino, paziento davanti alla porta di casa di Tristan. Faccio un respiro profondo e suono il campanello. Nessuna risposta. Si è dimenticato del nostro appuntamento? Ritento un'ultima volta. Quando sto per tornare sui miei passi, Balzac decide ancora una volta di fare di testa sua e si mette a correre come se sapesse esattamente dove andare.

Lo rincorro, lui entra nel giardino della villa dei Badiola e sbuca sul retro della casa. Mentre cerco Balzac con lo sguardo, gli occhi si posano sulla piscina a sfioro. Di colpo mi dimentico che stavo correndo dietro al cane e vengo come ipnotizzata dalla visione di Tristan che inanella una vasca dopo l'altra, quasi fosse una questione di vita o di morte. Scopro l'atleta navigato che è in lui. Nuota a una velocità impressionante e ha un fiato incredibile.

Finalmente solleva la testa dall'acqua per respirare, mi vede e si ferma.

«Ciao» mi dice con un vaghissimo accenno di fatica.

Esce dalla vasca con un movimento ampio e scattante che fa atterrare il suo corpo possente e muscoloso di fronte alla mia faccia. Istintivamente abbasso gli occhi, ma è ancora peggio, perché si posano sul suo torace, i suoi addominali, il suo grembo. Viro al rosso peperone. Non riesco a proferire altro che un timido saluto.

In quel momento Balzac sbuca abbaiando e mette fine al mio supplizio. Bravo cane! Fa le feste a Tristan, come se si ricordasse del coraggioso surfista che gli ha salvato la vita appena due mesi fa. Tristan si china per accarezzarlo con tenerezza e affetto sinceri.

«Ciao, bel cagnone.»

Tristan afferra un asciugamano appoggiato su una sdraio mentre Balzac decide di scappare un'altra volta. Corre dentro casa e, mentre cerco di acciuffarlo, mi blocco davanti alle decine di cornici che affollano una mensola del salotto. Trofei, foto che immortalano le vittorie di Tristan, medaglie. Le guardo e scopro un Tristan più giovane, un bambino.

«Che carino che eri» gli dico quando appare con l'asciugamano intorno alla vita.

«Grazie.»

«Poi cosa ti è successo?» gli dico ironica.

«Ah ah... Molto divertente!»

«Di', perché c'è una cornice vuota?»

Gli indico con la mano un riquadro con il fondo nero in attesa della foto mancante. È posizionato al centro, lasciando intuire, pur senza spiegare, l'importanza che riveste.

«L'ha presa mia madre per la mia medaglia d'oro al campionato mondiale.»

«Ma dài!»

«Ti giuro, dico sul serio. I miei spesso non ci sono. Mio padre viaggia molto per lavoro e mia madre per fare shopping. Ma quando c'è mi manda fuori di testa, mi tratta come se avessi otto anni e allo stesso tempo come se lavorassi per lei, è strano...»

In quel preciso momento la porta d'ingresso si apre e una donna entra in casa. Molto probabilmente sua madre.

«Posso sapere cosa succede?»

Tristan si allontana subito da me. Si passa la mano fra i capelli come per un tic nervoso. La donna prossima alla quarantina si avvicina a noi. Distinta e di classe, mi fa pensare subito a Vanessa. Si direbbe la sua sosia più adulta, fa impressione. Posa una decina di sacchetti di vestiti di marca e scruta seccata Tristan.

«Perché non sei all'allenamento?»

«Mamma, lei è Célène Rivas, una compagna di scuola. Il cagnone là in fondo è Balzac.»

«Buongiorno, signora» dico io imbarazzata.

«E dobbiamo lavorare, è urgente...»

Senza degnarlo di uno sguardo, lei gli toglie la parola.

«Nessun problema, caro, metteremo la sveglia alle quattro

anziché alle cinque domani» conclude con la testa immersa nel telefono.

Tristan annuisce come un buon soldatino.

«Questa settimana la percentuale di nuovi follower è in calo. Va tutto bene con Vanessa?»

Finalmente lei alza gli occhi dal telefono e incrocia il mio sguardo, come per farmi intendere che suo figlio è una riserva di caccia. Ha le iridi uguali a quelle di Tristan. All'improvviso sembra interessata alla mia piccola persona.

«Célène Rivas! Lei è la figlia del regista?»

«Sì...»

«Come si chiama su Instagram?»

Non mi aspettavo questa domanda.

«Ehm... Madame de Quimporte.»

«È carino, de Quimporte... È di origine bretone?»

A queste parole io e Tristan, complici, ci mordiamo le labbra per non ridere. Ma la madre di Tristan non aspetta la mia risposta, è già passata oltre verificando il mio profilo.

«Duecentocinquantamila follower in un mese!»

Mi rivolge uno sguardo ammirato e aggiunge secca: «Prendi esempio, Tristan! Prendi esempio! E sono sicura che sua madre non è neanche costretta a comprare falsi follower per gonfiare i numeri! Non è vero, Madame de Quimporte!? Sua madre deve essere orgogliosa».

Io abbasso gli occhi, non perché sua madre fa riferimento alla mia, ma solo perché provo pena per Tristan che non sa più dove guardare. Voglio sperare che mia madre sarebbe orgogliosa per tanti motivi tranne il numero delle persone che mi seguono su Instagram.

Quando si accorge del suo imbarazzo, sua madre esclama: «Che c'è? Cosa ho detto?».

«Célène ha perso la mamma due anni fa.»

«È morta? Di cosa? Di Covid?»

«No. In un incidente di sci. Si è ferita a una spalla ed è morta tre giorni dopo per un'infezione fulminante» le spiego nella maniera più spoglia e didascalica possibile. Ma lei non ascolta, perché nel frattempo le squilla il telefono.

«Ah, mi perdoni, è Quicksilver, chiedo scusa.»

Non ho il tempo di fiatare che ha già lasciato la stanza.

«Ehm... Domani ci vediamo a casa mia?» suggerisco calorosamente a Tristan.

Quando alzo gli occhi nella sua direzione e intravedo un misto di vergogna e di vera compassione, per poco non piango.

«Non ti preoccupare, ho qualcosa di meglio» mi dice come se volesse far durare la suspense.

38
TRISTAN

Sarei tentato di fare una lunghissima deviazione solo per prolungare il piacere di sentire Célène vicino a me, incollata alla mia schiena in sella alla moto. Mi è mancata così tanto. È incredibile come puoi accorgerti che tieni a qualcuno nell'istante in cui quella persona ti ghosta. Non avevo mai provato questa esperienza, di essere invisibile, rifiutato.

«Allora?» chiedo quando parcheggio la moto vicino alla spiaggia.

«È *supercool*. Ma non vedo un tavolo su cui lavorare.»

Mi avvicino alla casetta sulla spiaggia di Guéthary, dove mi aspettano mute e tavole da surf. È un po' il mio rifugio, l'unico luogo che mi appartenga davvero, quello in cui amo venire per rigenerarmi e soprattutto per allontanarmi da mia madre.

«A dire il vero pensavo di lavorare dentro.»

Le mostro il mio capanno da surf, accessoriato all'esterno con un braciere e un'amaca, e un letto bianco a baldacchino che ho costruito con le mie mani – un grosso materasso ultracomfort ricoperto di lino bianco appoggiato su delle stecche di legno e circondato da tende in voile bianco – per godersi un po' di relax, ma anche con un grande tavolo in legno e due sedie dove ora possiamo metterci a lavorare sul nostro V atto.

«Io vado a prendere due o tre onde, per non perdere il ritmo, ma tu fai come se fossi a casa tua, mettiti a tuo agio. Non ci metterò tanto.»

Prendo una tavola, una muta e mi cambio velocemente. In effetti devo surfare tre ore buone al giorno in vista dei campionati che si avvicinano, ma la verità è che ho soprattutto bisogno di sciogliere la tensione. Ritrovarmi così vicino a Célène dopo tanto tempo, sentire le sue mani avvinghiarsi intorno alla mia vita sotto la giacca, sentire il suo petto contro la mia schiena... Cavolo, ho provato una viva tensione tra le cosce e ho davvero bisogno di distendermi prima di esplodere. Mi getto in mezzo alle onde per svuotare la testa.

Il mare è molto agitato e stento a restare in piedi sulla tavola. L'uscita è impegnativa e faticosa. L'oceano può essere crudele nei Paesi Baschi, eppure raramente ho visto onde così alte a fine ottobre. Ma riesco comunque a cavalcarne alcune davvero belle. Surfo di fronte all'oceano mentre il sole tramonta, la tavola fende i cavalloni e io ho l'impressione effimera di volare, di essere il re del mondo. "Andrà tutto bene" mi dico mentre il vento mi sferza il viso e mi penetra nelle orecchie. "Puoi farcela, ragazzo. Perderai la casetta di Guéthary, ma pazienza."

La scommessa scadrà tra meno di ventiquattr'ore e Vanessa non lo sa ancora ma dichiarerò forfait. Voglio che Célène resti nella mia vita, mi accontenterò della sua amicizia se vorrà concedermela e assisterò alla sua felicità con Pierre, contento per lei. Stando a suo contatto, a volte avrò bisogno di surfare più forte come oggi, di correre più veloce, di guidare più lontano o anche di tenere le distanze per riprendermi dalle sensazioni che mi suscita suo malgrado. Ma ora è tutto chiaro: il mio destino è legato a quello di Vanessa, non si torna indietro. Supererò le mie emozioni di adolescente innamorato, si supera tutto, a parte la morte. Mi distoglie dai pensieri l'urto di un'onda spaventosa che mi inghiotte e mi sommerge. Quando torno in superficie, noto Célène in tenuta da surf e tavola in mano che sta per entrare in acqua. Allora salgo sulla tavola e agito forte le braccia per dirle di non raggiungermi.

«Célène, ci sono troppe onde!»

Lei si butta in acqua senza darmi retta, si distende sulla tavola e pagaia con le braccia per avanzare. Sembra proprio che le mie lezioni di surf abbiano funzionato perché non se la cava per niente male, se non fosse che ignora il pericolo. Le onde sono troppo alte, troppo potenti.

«Ho avuto un bravo insegnante, non ti preoccupare!»

«No, davvero. Non sei pronta per questo tipo di onde.»

«Vuoi stare zitto e guardare?!»

La prende sul ridere pensando che io scherzi e senza capire che cerco solo di proteggerla. Nuoto verso di lei mentre cerca di alzarsi sulla tavola.

«Célène! Cazzo, ascoltami!»

Niente, fa di testa sua. Devo dire che finora se la cava, ma vedo un'onda enorme profilarsi all'orizzonte, una di quelle che non si domano, degna della spettacolare e mortale Belharra-Perdun, "l'erba verde" in basco, che può arrivare fino a venti metri d'altezza.

Anche Célène avvista l'onda assassina. Pagaio più veloce possibile per tirarla fuori da lì, placare la furia di quell'onda spietata al posto suo, proteggerla per quanto possibile, ma il mostro marino è più veloce di me. Célène è paralizzata. L'onda arriva mentre io le urlo con tutte le forze di tuffarsi, sapendo che se resta fuori dall'acqua l'impatto rischierà di esserle fatale. Ma Célène non mi sente più, è troppo tardi. Becca in pieno la scudisciata dell'onda. La sua tavola schizza in aria colpendola, poi più niente. Célène scompare, inghiottita per intero dall'oceano.

«Célène!» continuo a gridare.

Pagaio alla sua ricerca, perlustro l'oceano, mi tuffo nel punto in cui ha perso la tavola, sperando che la sua caviglia sia ancora attaccata, ma ancora nessun segno di Célène. È sparita. Vado nel panico, la paura che sia annegata mi contorce le budella. Mi slaccio il cinturino alla caviglia e mi immergo per cercarla. Ispeziono il fondale in lungo e in largo. Poi, a una trentina di metri, noto la sua chioma scura scomparire tra le onde. Nuoto come se ne andasse della mia vita. Una nuova onda la sommerge e rallenta la mia avanzata, i battiti del mio cuore si intensificano. Nuoto più veloce che posso, i secondi mi sembrano durare ore. So che in questo genere di casi il tempo gioca a nostro sfavore. Se resta troppo a lungo sott'acqua, i suoi polmoni si riempiranno e annegherà. Il sole declina nel cielo a mano a mano che i secondi avanzano, l'oscurità che ci inghiotte non mi aiuta. Per fortuna finalmente riesco a raggiungerla. Galleggia inerte, a testa in giù sul mare. Le passo un braccio sopra al petto e stringo saldamente il suo busto contro il mio. Fatico a tornare a riva. Con la sua schiena contro il mio ventre, nuoto all'indietro per tenere la sua testa fuori dall'acqua.

«Célène!»

Una volta a riva, esco dall'acqua portandola in braccio. Non posso perderla, è impossibile. Cammino fino al capanno come in trance e adagio Célène sul letto. Le mie labbra trovano rapidamente le sue per farle la respirazione bocca a bocca. Le pratico delle pressioni sulla gabbia toracica unendo i palmi contro il suo petto.

Il suo volto è pallido e privo di reazioni, ma presto Célène riprende conoscenza e sputa fuori l'acqua. Vedendo i suoi occhi battere, tiro un sospiro di sollievo, felice di ritrovarla. Ho avuto così paura...

«Devi toglierti questa, sei fradicia.»

Le sue labbra riprendono colore, senza perdere tempo le sfilo la muta. Nessun gesto azzardato o inopportuno, voglio solo riscaldarla. Sotto è nuda, non la guardo. Lei trema tra le mie braccia, è gelata. Le avvolgo una coperta intorno al corpo. Voglio prendermi cura di lei.

«Ora ti riscaldo, Célène, non ti preoccupare, andrà tutto bene.»

Mi allontano, accendo il braciere e mi tolgo anch'io la muta. La pelle è la fonte di calore più intensa, così l'avvolgo con tutto il mio corpo per farle aumentare la temperatura a tutti i costi.

39
CÉLÈNE

Le onde assassine vanno e vengono incuranti e mi scherniscono rumorosamente mentre me ne resto rannicchiata, piena di gelo dalla testa ai piedi. Tremo sotto la coperta che Tristan mi ha appena avvolto intorno alle spalle. Anche lui è bagnato fradicio. Per scaldarci accende un fuoco nel braciere a pochi metri da noi, dietro i tendaggi. Ma né il fuoco né la coperta riescono a scaldarmi. Eppure, malgrado il freddo che mi paralizza, quando Tristan si toglie la muta, faccio scivolare i miei occhi su di lui senza pudore nella notte scura che ci circonda. L'atmosfera è elettrica. Lui toglie la coperta per rannicchiarsi accanto a me e con le mani mi friziona le spalle vigorosamente.

«Mi dispiace... È l'unico modo per far salire la temperatura.»

Le sue parole, seppur benintenzionate, mi feriscono il cuore. Non ho alcun dubbio sulle ragioni di questo avvicinamento fisico: il suo unico obiettivo è scaldarmi. Io non lo attraggo, non lo attraggo più.

«L'ho capito che non volevi andare a letto con me.»

Fisso le fiamme che danzano davanti a me e si perdono nell'oscurità, immaginando che lui stia facendo lo stesso. Siamo tutti e due di profilo, lui è disteso dietro di me, così parliamo senza guardarci. È per questo che la mia lingua è così sciolta? O è perché solo qualche minuto fa pensavo di morire e, a confronto con la morte, tutto questo non ha più nessuna importanza? Tristan non dice una parola ma le sue frizioni si trasformano in carezze. I secondi passano, poi finisce per rispondermi con parole che suonano come un'ammissione, una confessione: «Mi sono innamorato di te la prima volta che ti ho vista».

Il suo timbro è grave e profondo. Mi torna in mente il primo sguardo che mi ha rivolto prima di gettarsi sotto le ruote di una macchina per salvare un cane che non conosceva. Il Tristan che mi circondava con le braccia ora trova la mia mano e insinua le sue dita tra le mie. Mi stringe sempre più forte.

Man mano che la mia temperatura sale, il suo respiro caldo contro la mia nuca mi provoca brividi di piacere.

«Ma... È nelle grotte che ho capito. Quando abbiamo cominciato a... Eri così bella. Così persa. Non volevo fare qualcosa di cui ti saresti pentita, viste le circostanze...»

Pierre! Voleva semplicemente proteggermi da me stessa. Ha avuto paura che rompessi il mio impegno per un colpo di testa e che me ne sarei pentita amaramente. Quel che avevo scambiato per vizio in realtà era la più bella delle prove d'amore.

«Le circostanze sono cambiate. Tra me e Pierre è finita» chiarisco.

Lui mi attrae teneramente contro il suo torace, i battiti del cuore si intensificano, il suo respiro accelera. Sta per rispondermi ma si trattiene, come se stentasse a dirmi quello che ha nel cuore. Alla fine esclama: «Io e Vanessa non siamo una vera coppia, è tutto un bluff. Per accumulare follower».

Il mio stomaco si contorce deliziosamente.

«Fa bene dirlo ad alta voce» sospira. La distensione si estende al ritmo della sua voce mentre la sua bocca si avvicina di nuovo alla mia nuca.

«Non avete mai...»

Non riesco a terminare la frase, non per l'imbarazzo ma semplicemente perché i miei fremiti si intensificano. Tristan percepisce i miei tremori e le sue mani mi accarezzano con più vigore le spalle e gli avambracci.

Intreccio le mie mani con le sue, tento di fondermi con lui fino a formare un tutt'uno. Tristan mi stringe più forte contro di sé, come per paura che gli scappi.

«No. Non siamo mai andati a letto» mi conferma.

Tremo un po' di più, non di freddo ma di desiderio questa volta.

«Invece ho rischiato di andare a letto con tua cugina Charlotte. Fa qualche differenza?» mi chiede in tutta onestà.

Charlotte era travestita da suora-puttana, trasudava sensualità, e quella sera avrebbe potuto eccitare anche il papa. Tristan ha appena diciott'anni. Lei gli è saltata addosso e ha voluto farne il suo pancake. Non gliene voglio per questo, non sono più la ragazza che ha conosciuto a inizio anno. Ormai vedo le cose diversamente. La vita è così breve e piena di sorprese. Voglio morderla a pieni denti e godermi ogni istante.

«Tre mesi fa l'avrebbe fatta, ma ora sono Madame de Quimporte.»

Mi volto verso di lui e fisso il mio sguardo nel suo. Nelle sue biglie di solito blu, ma stasera scure come il mare agitato dietro di noi, riesco a leggere tutta l'intensità del suo desiderio. I nostri respiri si mescolano. Il suo accelera. Porto la mano sul suo collo, mi fermo, faccio un respiro profondo prima di dirgli sicura di me: «Provami che la teoria del pancake può rivelarsi falsa».

Riduco la distanza che ci separa e incollo le mie labbra alle sue. Lui risponde al mio bacio con foga. La sua lingua scivola tra le mie labbra e con un movimento soave e animale mi viene addosso con tutto il suo corpo. Ora sono distesa sulla schiena. Lui sa esattamente come muoversi e dosare il peso per non farmi male. Mentre mi accarezza il ventre, i fianchi, i seni con passione e diletto, assaporo i suoi baci e fremo al passaggio delle sue dita. E quando queste scendono sul mio sesso, mi apro a lui. Lo circondo con le braccia e mi aggrappo alle sue spalle, alla sua schiena, al suo sedere perfetto. Quando Tristan si sposta per venirsi a distendere tra le mie cosce, io mi tendo. Allora lui fissa il suo sguardo nel mio, come a farmi una domanda silenziosa. Sento il suo respiro caldo sulle mie labbra, fisso a mia volta il mio sguardo nel suo, serena, e prendo il suo viso tra le mie mani. Faccio un respiro profondo e cerco di imprimere questo istante nella mia mente. Lui su di me che mi guarda così, i tendaggi che circondano l'esterno del letto, il rumore delle onde che si infrangono a pochi metri da noi, il crepitio delle fiamme, il vento che soffia senza raggiungerci. Alla fine annuisco con un lieve cenno della testa e con gli occhi gli dico di sì.

Tristan si sposta, prende un preservativo dal suo zaino e mi bacia delicatamente sulle labbra prima di infilarselo rapidamente. Quando è pronto e posa il suo sesso sul mio, mi lancia un ultimo sorriso rassicurante e un bacio salvifico, poi entra dentro di me lentamente, teneramente e provoca una lacerazione piacevole e dolorosa.

Le nostre mani sono unite sopra la mia testa, un gemito sfugge dalle mie labbra e lui si ferma preoccupato. Io gli sorrido come per incoraggiarlo a continuare e premo le mie mani nelle sue dandogli un altro bacio sulle labbra. Tristan è al tempo stesso delicato, appassionato, attento, eccitante. Rende questo momento semplicemente perfetto. Questo momento che dura tutta la notte e appartiene a noi soli e a nessun altro.

40
VANESSA

Appoggiata alla finestra del corridoio principale su cui affacciano le aule del terzo piano, ammiro le vestigia di un mondo dimenticato, l'ex convento simbolo di castità, diventato liceo esclusivo per accogliere la gioventù privilegiata dei Paesi Baschi. Visto dall'alto, il chiostro è ancora più notevole. Il fogliame degli alberi che ne ornano il giardino fiorito vibra accarezzato dal vento, i raggi del sole trafiggono le maestose colonne di pietra che delimitano i corridoi e il portale di quercia massiccia in stile gotico domina l'ingresso. È quest'ultimo a calamitare adesso tutta la mia attenzione, perché sta per essere varcato da Tristan. Il mio talentuoso competitor che finalmente torna vittorioso ventiquattr'ore prima che la sfida abbia fine. Non sa ancora che sono al corrente delle sue prodezze di ieri. Gli lascio il piacere di annunciarmi la sua vittoria e di reclamare ciò che gli spetta... e che sarò felice di concedergli. Mi impegnerò a rispettare scrupolosamente i nuovi termini del nostro contratto. E lui si impegnerà ad aumentare i nostri cazzo di follower!

Era da diversi giorni che Tristan, con la scusa delle prove e della sua "challenge", mi trascurava. A furia di annullare le nostre promozioni di prodotti e i nostri falsi momenti di complicità in diretta, questa settimana tutti e due abbiamo perso diverse migliaia di follower. Al contrario, il profilo di Madame de Quimporte continua ad attirare l'attenzione. Il numero dei suoi follower non fa che aumentare. Purtroppo per lei, Madame de Quimporte presto cadrà nell'oblio. Tristan non sa neanche questo, ma io non ho finito con la parigina. Vanessa Merteuil non lascia nulla al caso.

Quando la campanella della prima ora è già suonata, il mio valoroso fidanzatino spunta nel corridoio del terzo piano. Come sempre si passa una mano tra i capelli con nonchalance, accoglie gli abbracci di alcuni suoi "fratelli" e finalmente mi nota addossata alla finestra in fondo al corridoio. Non osa neanche guardarmi negli occhi, sicuramente per paura di svelare troppo presto la propria vittoria. Se lo conosco bene, vorrà farlo con tutti i crismi. Ora che ha vinto la sua scommessa, questa non rappresenta più niente per lui: la bella e misteriosa Célène, una volta assoggettata, ha perduto ogni tracotanza e superbia. Non essendo più proibito, il frutto ha smesso di ricoprire interesse ai suoi occhi e da stamattina Tristan è di nuovo tutto per me.

«Hai passato una bella serata?» gli dico maliziosa quando mi raggiunge.

Lui fissa un punto invisibile sopra la mia testa reggendo in mano lo zaino.

«Tranquilla, niente di che» mente.

Adoro! Sto per rispondere, quando la cara parigina del Victor Hugo fa la sua comparsa nel corridoio. Chiodo di pelle (che non molla più dal cosplay), minigonna e Converse All Star: mi rendo conto che alcune ragazze del liceo indossano esattamente le stesse cose. Si sono addirittura applicate le decalcomanie della piuma che lei aveva tatuata sul décolleté durante la serata. Noto che alcune sue "fan" portano fieramente persino gli stessi infami girocolli e capisco che sta diventando una vera concorrente. Sta chiaramente influenzando la mia corte sotto i miei occhi! Sono incazzata nera. Le farò mangiare la polvere. Alcuni studenti si fermano per farle una foto, altri le vanno incontro per chiederle addirittura un selfie! Non si rende proprio conto che sta trasgredendo tutte le regole della buona creanza digitale. Per diventare influencer bisogna meritarlo!

Getto un'occhiata a Tristan, pronta a scatenare il mio odio verso quella piccola arrogante, quando mi accorgo che anche lui è catturato da lei. No, ma che cosa combina?! Sembra un fumetto. Ha gli occhi che tra un po' gli escono dalle orbite e la lingua che gli arriva per terra. Quando lei mi passa vicino senza neanche vedermi, noto il loro scambio di sguardi e mi rendo conto che ci sono state delle "irregolarità" nel gioco che avevamo concordato. Doveva scoparsela e poi gettarla alle ortiche. Non giocare con lei a fare i piccioncini! Quindi Tristan non ha ancora vinto la sfida.

«Tristan?»

Senza neanche girarsi mi dice: «Ci vediamo più tardi».

Cosa!?

Il suono della campanella ci avverte dell'inizio delle lezioni e rientriamo tutti in classe. Passo la giornata a osservare Célène e Tristan, convinta che ci sia qualcosa di marcio nel regno di Danimarca. Devo ristabilire in fretta l'ordine naturale delle cose prima di farmi spodestare. Nessuno può dirsi al riparo da un colpo di stato. All'epoca di Amleto come in quella dei social network.

Alla fine delle lezioni Célène si apposta all'uscita del liceo davanti alla locandina dello spettacolo e prende il cellulare: sembra sul punto di creare una story come se non avesse fatto altro in tutta la vita. Anch'io prendo il telefono e leggo prima di tutto il suo post: una foto di lei travestita da Madame de Quimporte. C'è il suo viso in primissimo piano, sembra quasi il ritratto vintage di una star degli anni Cinquanta, con il tag: "Solo l'amore rende felici. *#ChoderlosdeLaclos*". Poi scopro la story del giorno di Madame de Quimporte: foto rubate di Tristan sul palco come non l'avevo mai visto prima. Si scatena rappando come un artista hip hop consumato (siamo ben lontani dall'immagine di gran sportivo perbene, sotto ogni aspetto). Nell'ultima ha gli occhi persi nel vuoto, l'aria romantica, ed è vestito da duca di Guisa. Sembra Hugh Grant agli inizi della sua carriera. Ma quella lì come si permette di postare certa roba! Sembrerebbe una dichiarazione d'amore spiattellata sotto il naso e alla vista del mondo intero! Ha aggiunto il tag: "L'amore fece in lui quello che fa in tutti gli altri; gli fece venir voglia di parlare. *#MadamedeLafayette #LaPrincessedeMontpensier2.0* stasera alle 20.30". Arggggh!!! In meno di due minuti i like e i commenti si moltiplicano: "Ti si adora *#MadamedeQuimporte*", "Con lei la letteratura è uno spasso", "Non ho capito niente ma ti adoro Quimporte", "Tosto Montpensier *#tisiama*", "E tra Madame de Quimporte e il re del surf c'è del tenero o no?!".

Con la scusa di promuovere lo spettacolo, Madame de Quimporte mi sta rubando il ragazzo. E per coronare il tutto, se pensavo di mandare all'aria lo spettacolo non postando nessuna foto per attirare gli spettatori, mi accorgo che è riuscita a ottenere il numero di ingressi desiderato. Andremo in scena con il tutto esaurito.

Una gelosia devastante mi coglie quando Tristan raggiunge Célène al riparo dagli sguardi e intercetto la frase che le sussurra all'orecchio: «Ci vediamo stasera a teatro».

La sfiora con la punta delle dita e le rivolge un sorriso complice prima di uscire.

Questo semplice gesto mi fa rabbrividire di terrore. Che cosa succede? È tempo di ricordare alla corte chi è la regina e ciò di cui è capace se la si fa arrabbiare.

Apro i dossier sul mio telefono, sgancio la bomba sulla *Schoolchat* della scuola e finalmente ritrovo il sorriso.

«Bum!» esclamo fiera quando invio anonimamente il dossier assassino "Rivas" a tutto il liceo, compresa la direzione.

Prenderò due piccioni con una fava: mi assicurerò la distruzione dei Rivas e manderò a monte il musical...

Mi sbrigo a raggiungere il teatro e mi sistemo senza essere vista in cima alle balconate per gustarmi lo spettacolo. Gli studenti dell'ultimo anno si stanno già riscaldando perché Christophe Rivas sta sistemando gli ultimi dettagli prima della messa in scena. Charlotte, posizionata al centro del palcoscenico, sta eseguendo dei vocalizzi. Oscar la accompagna al pianoforte dal proscenio. Quanto a Patrick Rivas, la dirige con una bacchetta immaginaria come un direttore d'orchestra. È in piedi in mezzo agli spalti, fiero come un papa, e ammira quella sua figlia così bella e pura nel suo grazioso vestito da principessa. Julius entra anche lui nel teatro, sicuramente già al corrente della bomba. Corre sulle scale urtando allegramente i due fratelli Rivas.

«Ma insomma, Julius!» esclama il padre di Charlotte continuando a incoraggiare la sua progenie a porgere meglio la voce, sempre aiutato dalla famosa bacchetta immaginaria, che ridicolo!

Oscar dietro il piano e Ariel vestita da soubrette seduta a bordo palco, con Naya anche lei vestita da soubrette, ricevono la notifica *Schoolchat* e prendono i cellulari mentre Charlotte, all'oscuro di tutto, è sempre sul palco intenta a emettere i suoi miagolii proprio come i suoi due amanti che ora scoprono con orrore il mio montaggio video.

Il viso di Oscar impallidisce. Ben gli sta anche a quel traditore.

Siamo andati a letto insieme per l'ultima volta nel mio boudoir durante la serata cosplay. Incredibile quanto l'MDMA ha amplificato i nostri sensi. Naturalmente io anche sotto l'effetto della droga mi rifiuto di perdere il controllo ma lui ha goduto come un babbuino poi, passato l'orgasmo, mi ha guardata come sempre senza alcuna emozione e mi ha detto: «Ti dispiace se per noi questa è l'ultima sera? Vorrei provare a portare avanti una storia esclusiva con Charlotte».

Che cosa pensava, quel cretino?

Quando scopre il montaggio accelerato e in loop di Charlotte intenta a fare il rodeo su un illustre sconosciuto (non volevo che si riconoscesse Tristan), poi una compilation di tutti i momenti della loro scopata, da me filmati segretamente, e infine quando i suoi occhi cadono sul montaggio di una bella scopata con Ariel la sirenetta, lui impazzisce. Io sghignazzo di nascosto.

Anche Ariel guarda il suo telefono e scopre le immagini della sua innamorata infedele con una smorfia sul suo viso brufoloso. Al suo fianco Naya resta a bocca aperta per la sorpresa. Julius ha raggiunto Ben nella sala ed entrambi, da ragazzacci quali sono, continuano a guardarsi il video a ripetizione piangendo dal ridere e lanciando occhiate di scherno al loro futuro ex direttore.

«Mi sono perso qualcosa? Sembra una gran bazza. Di cosa si tratta?»

Anche Patrick prende il cellulare, clicca sulla notifica anonima che ha appena ricevuto sulla *Schoolchat* e scopre che più di settecento alunni hanno visionato un video di sua figlia che si fa prendere da ogni lato da una moltitudine di persone. I due amanti violati fulminano con lo sguardo Charlotte che, sempre concentrata sui suoi vocalizzi, non si accorge di nulla perché non ha con sé il telefono. Suo padre, scioccato, diventa rosso di rabbia. Merda, morirà seduta stante! È uno spasso.

«Che troia...» dice finalmente Oscar guardando Charlotte.

«Che figlia di puttana!» esclama a sua volta Ariel.

«MADEMOISELLE RIVAS!» urla il padre a sua figlia.

Charlotte interrompe i suoi vocalizzi e domanda ingenua: «Che c'è?».

Ecco fatto, non la si fa a Vanessa Merteuil pensando di uscirne puliti!

Célène Rivas, Madame de Quimporte, o chiunque tu sia, preparati: *Vanessa is coming!*

41
CÉLÈNE

Oltre al caos scatenato dal video e, in particolare, alle dimissioni che mio zio è stato invitato a dare dal consiglio d'istituto, il problema principale nell'immediato resta che Charlotte è scomparsa, mentre gli spettatori si stanno sistemando nella sala colma all'inverosimile.

Da dietro le quinte Tao, in piena crisi di panico, getta delle occhiatine nervose nella sala attraverso gli spessi tendaggi rossi. Inspira ed espira forte in un sacchetto di carta per riguadagnare la calma, ma invano.

«Siamo nella merda» rimarca mio padre. «Patrick, che cosa hai fatto a Charlotte?»

«Che cosa le ho fatto?! La cerco come te... per poterla uccidere. Corre più veloce di una lepre» scandisce lo zio Patrick attraversando le quinte come un tornado.

Nel frattempo Ariel attraversa il palcoscenico in senso inverso, in lacrime, seguita da Naya.

«Non era rivolto contro di te il dossier! Smettila di piangere, ti verrà una pelle schifosa!»

Ariel scappa via piangendo ancora più forte. Lo spettacolo sarà un disastro... Osservo impotente il panico in aumento dietro le quinte. Lo spettacolo non è neanche cominciato e già ho l'impressione di essere in piena tragedia greca.

«Lei sa dov'è Oscar?» scandisce Ben precipitandosi verso mio padre.

«Cosa? In che senso dov'è Oscar?» si preoccupa. «Non ditemi che è scomparso anche lui?»

Ma Ben non presta più attenzione a mio padre, perché ha appena incrociato lo sguardo di Tao che era al suo fianco. A giudicare dal turbamento che li coglie entrambi contemporaneamente, la questione tra loro due non dev'essere ancora risolta. Mio padre nota la mia presenza e mi corre incontro: «Hai ritrovato Charlotte?».

«Non è a casa e non risponde al telefono.»

In effetti ho appena perlustrato tutta Biarritz in lungo e in largo alla ricerca di mia cugina scomparsa nel nulla (peggio di quando avevo perduto Balzac) ma niente, nessuna traccia di Charlotte. Se non la troviamo entro cinque minuti, lo spettacolo non si farà. Osservo dall'altro lato del sipario la direttrice del teatro nelle sue scarpette e mi sale l'ansia.

«Hai provato sul suo iPhone?» suggerisce Tao.

«Quale iPhone? Ha due telefoni?» tuona subito lo zio Patrick appena arrivato alle nostre spalle. «Célène?! C'è altro che dovrei sapere?»

Imbarazzata, non so cosa rispondere. Per fortuna mi viene in soccorso Ben, che fa irruzione di nuovo ma con l'aria ancora più abbattuta della prima volta.

«Ho trovato Oscar, siamo nella merda!»

Subito lo seguiamo fino al magazzino dei costumi e scopriamo un Oscar completamente ubriaco, con una bottiglia di whisky tra le mani, disteso per terra dietro a un appendiabiti pieno di vestiti. Il suo russare è disumano. Siamo disarmati, pronti a gettare la spugna, ma mio padre non si lascia demoralizzare, il professionista che è in lui prende il sopravvento: «Patrick, trovami un caffè, un tuorlo d'uovo e due aspirine. Tao, tu sostituisci Oscar in apertura e accompagna Ben al piano».

«Non ho gli spartiti...» risponde Tao imbarazzato.

«Improvvisa! Célène, tu sostituisci Charlotte. Conosci la parte a memoria.»

«Ma non so recitare! E Charlotte balla il tip tap! Io non lo ballo il tip tap.»

Sono nel panico. Partecipare a questo spettacolo accanto a mio padre era un'esperienza formidabile, che tra l'altro gli ha permesso di ricominciare ad apprezzare la vita, ma da qui a salire sul palco non se ne parla.

«Capisco, vado in biglietteria e farò io stesso l'annuncio. Povero Lucas» conclude fatalista.

Se ci fa il giochetto della psicologia inversa, va a finire che funziona. Io, Tao e Ben ci guardiamo e ci accordiamo con un cenno della testa.

Ok, lo facciamo!

Mi infilo alla svelta il costume da principessa di Montpensier dietro le quinte, di fronte allo specchio, mentre alle mie spalle Tao mi sistema il cerchietto sulla testa. Fatico a respirare tanto sono impanicata.

«Sarai fantastica» mi rassicura il mio amico parlandomi allo specchio.

«Non hai una canna?» gli dico disperata. «Pare che rilassi!»

«Tieni! Questo rilassa dieci volte più di una canna, credimi.»

Tao mi passa il suo sacchetto di carta. Inspiro, espiro all'interno – «È vero che funziona!» –, ma subito se lo riprende per soffiarci dentro anche lui. Le luci si spengono e sentiamo i tre colpi. Ci siamo, lo spettacolo sta per cominciare. Mentre Tao fa il suo ingresso in scena, Ben lo ferma trattenendolo per un braccio.

«Cazzo, non ci siamo messi d'accordo sulla canzone!» si angoscia.

«Troppo tardi!» risponde Tao guardandolo intensamente.

Faccio il mio ingresso sul maestoso palcoscenico del mitico casinò di Biarritz ancora immerso nella penombra. Il sipario si apre sul pubblico, entra anche Ben, con passo meno sicuro. Arrivato al centro del palcoscenico, si immobilizza dalla paura davanti ai mille spettatori che lo fissano. Tao continua la sua traversata da artista consumato nel suo magnifico costume a kimono e si posiziona con eleganza dietro l'imponente pianoforte a coda situato nel proscenio dal lato della corte. Poi si gira verso Ben e lo guarda con improvvisa bonarietà.

«Te l'avevo detto che un giorno avrei suonato questo pezzo al pianoforte guardandoti negli occhi e tu avresti saputo che cos'è l'amore.»

Fin dalle prime note Ben riconosce la melodia che Maestro aveva composto per lui. Il gioco di luci che illumina Tao al piano rende l'atmosfera magica. Lui comincia a cantare il testo che Ben aveva scritto sulla sua melodia qualche settimana prima.

«*You came as a fraud, when I needed a god, the throne is long gone, I'm breathing so alone.*»

Ben non gli stacca gli occhi di dosso. Si avvicina al pianoforte come ipnotizzato e quando la sua voce, un po' alla maniera di Kurt Cobain, si posa sulla musica che Tao suona al pianoforte, è semplicemente meraviglioso.

«You're gone it's so dark! When I needed the sun! I'm falling apart, I'm rotten inside.»

Il pubblico è conquistato, ma Ben e Tao non se ne accorgono perché in quel momento i mille spettatori e i compagni del liceo sono come svaniti: esistono solo loro due. È così bello che ho le lacrime agli occhi. Ben si avvicina a Tao cantandogli quello che sente nel più profondo del suo cuore e prende posto accanto a lui sullo sgabello davanti al piano. Sul viso di Tao leggo sorpresa, ma presto si riprende e cantano all'unisono e suonano a quattro mani il ritornello della canzone che ha intitolato *Nemesis*: «*You break me, forsake me, you crush me! You blame me. Always be failing, you did it, you break me. Always be falling, you take it my will inside*».

E mentre Tao comincia una nuova strofa... – «*Cause you try to bring my fall! But this time I will stand tall! Under the storm, tall under the sun! Ready for the...*» – Ben non riesce più a far tacere quell'amore troppo a lungo ricacciato nei recessi del suo inconscio e prende il viso di Tao per incollare le proprie labbra sulle sue, prima che Tao abbia pronunciato la parola "*sun*", l'ultima della strofa. La melodia si interrompe di colpo. Il pubblico rimane in silenzio, sbalordito. Poi lo stupore generale lascia il posto a una marea di applausi. Vedere il capitano della squadra di rugby del liceo ammettere finalmente davanti a tutti quello che prova per il mio amico provoca in me una carambola di emozioni.

Prendo il telefono e invio un messaggio a Tristan: «Dove sei? Fra poco tocca a te e c'è una sorpresa!». Spero che sarà contento di scoprire che quella che corteggerà nello spettacolo sono io e non Charlotte.

Mentre gli applausi per Ben e Tao continuano a scrosciare, osservo dietro al sipario Oscar che è un po' in difficoltà nell'abbottonarsi la camicia con il collo a jabot davanti allo specchio. Mio zio gli compare alle spalle con la mistura prescritta da mio padre. Gli dà una pacca piuttosto decisa sulla spalla, facendolo sussultare. Quando si rende conto di essere solo al buio, al riparo da altri sguardi, davanti allo zio Patrick, Oscar, un armadio di un metro e novantacinque per centodieci chili, comincia a indietreggiare per paura che il padre della signorina violata nell'onore lo venga a picchiare. Eppure, al posto di un pugno, lo zio Patrick gli tende un bicchiere. Oscar all'inizio rifiuta quello che probabilmente scambia per un regalo avvelenato, ma mio zio non gli lascia altra scelta. Oscar assaggia l'intruglio, fa una smorfia e lo beve con disgusto.

«Sbrigati! Più veloce, più veloce, sbrigati!»

«Riguardo a sua figlia... volevo dirle, ehm...»

«Sta' zitto!»

«Sì, monsieur Rivas.»

Il mio scontroso zio recupera il bicchiere e gira i tacchi. Mantiene il controllo per il bene dello spettacolo. Oscar non sa quanto è fortunato. Mentre sto per fare il mio ingresso in scena, mi prende il panico, ho paura di avere un vuoto di memoria. Non so come facciano gli attori a subire questo tutte le sere, per loro volontà per di più. Ripeto in loop le prime battute e prego che la fortuna mi assista!

42
TRISTAN

Da solo nel camerino indosso il costume per interpretare Enrico di Guisa: camicia con collo a jabot, gilet ricamato, pantaloni d'epoca e stivali da cavaliere. Mi siedo davanti allo specchio, mi trucco il viso con l'aiuto di un grande pennello e di un portacipria e mi immagino che cosa dovessero provare quei tizi che si ricoprivano la faccia di questa polvere volatile bianca prima di presentarsi a corte. Mi appresto a fare il mio ingresso in scena, quando scopro un SMS di Célène: mi annuncia che mi aspetta una sorpresa! Non ho il tempo di rispondere, Vanessa travestita da nobile regina mi interrompe piantando violentemente una magnum di champagne sul tavolo da trucco e dicendo senza preamboli: «Bravo! Te la sei scopata, e a un giorno dalla scadenza per di più, ma ora la devi mollare. E ti restano solo un'ora e trenta minuti alla fine della scommessa!».

Faccio uno sforzo sovrumano per contenermi mentre sento la terra mancarmi sotto i piedi.

«Tic-tac, tic-tac, tic-tac...» Mentre mi esaspera con la sua stupida imitazione del pendolo, non posso fare a meno di chiederle: «Come sai che siamo andati a letto?».

Il sorriso di Vanessa si allarga, ha un'aria cospiratrice. Io spazzo via la domanda con un gesto della mano, in realtà non ha più alcuna importanza. L'avrà saputo da Charlotte o magari ha solo notato l'avvicinamento tra me e Célène.

«Guarda, non voglio neanche saperlo. Me ne tiro fuori.»

Vanessa è scioccata e perde il sorriso. Mi guarda più seriamente e aggrotta le sopracciglia domandando: «Come sarebbe a dire?!».

Io mi avvicino, articolo ogni parola perché il messaggio sia chiaro, intellegibile e le entri bene nel cervello: «Io ho perso, tu hai vinto, ti lascio la mia casa di Guéthary».

«Hai detto a Célène che non siamo una vera coppia?»

Devo ammetterlo, mi ha sgamato; anche se non prova vere emozioni umane, è bravissima ad analizzare quelle degli altri. Mi prepara un assist di cui approfitto per tirare in porta: «Sì».

Di fronte alla mia confessione, Vanessa si accovaccia lentamente. Quando i suoi occhi sono alla mia altezza, fissa il suo sguardo nel mio, mi afferra saldamente le cosce e avvicina ancora di più il suo viso al mio sorridendo con una perversione non dissimulata.

«E poi come continua? Annunceremo al mondo intero che tra noi è finita?»

«Sì» ripeto inflessibile. Mi alzo per porre fine a questa vicinanza che mi ha appena imposto. Lei si siede al mio posto, di fronte al tavolo da trucco, e guarda il suo riflesso. Io prendo la giacca del costume e me la infilo senza prestarle attenzione, allora lei, certa di colpire nel segno, esclama: «E la tua carriera?».

Ho un attimo di esitazione. Sono pronto a perdere tutto per Célène? La risposta è sì. Per lei vale la pena perdere tutto. «Non me ne importa niente. Mollo ogni cosa.»

Mi giro, guardo Vanessa dritto negli occhi. Sono sicuro di me, sicuro dei miei sentimenti per Célène, sicuro di quel che desidero dal più profondo di me stesso.

«Vuoi la guerra?» esclama lei in collera.

Percepisco la minaccia che sottendono le sue parole. Ma se crede di impressionarmi e di avere ancora potere su di me, si sbaglia. La guardo inflessibile.

«Se io cado, cadi anche tu. Rileggiti il contratto! Tu hai il mio dossier assassino e io ho il tuo. Allora lasciami andare.»

Riprendo posto davanti allo specchio e finisco di prepararmi in velocità, mi auguro di abbreviare questo incontro che mi dà noia. È strano, questa ragazza che conosco da quando sono bambino, che ho tanto desiderato, che ho ammirato, questa ragazza che mi eccitava con uno sguardo e che con una carezza otteneva da me tutto ciò che voleva, quella stessa ragazza, quella stessa pelle, quella stessa capigliatura, quello stesso sguardo non mi fanno più nessun effetto. Ero in balia di un incantesimo? E Célène è la fata che ha spezzato il maleficio?

«Sei sicuro che ce l'hai ancora? Chi ti ha insegnato a installare il programma spia?»

Ignoro le minacce di Vanessa ed esamino il mio riflesso. In sua compagnia ho l'impressione di essere il Tristan di prima.

«Stai bluffando. Anche se hai il programma spia non potrai vedere la mia password, solo dei punti sullo schermo.»

«Sei sicuro di questo?»

Prendo il mio telefono, digito il codice velocemente e per mezzo secondo, prima di trasformarsi in punti, le cifre appaiono sullo schermo. Scioccato, resto senza parole. Con il giochetto del programma spia ha cancellato tutti i dossier che avevo su di lei. Non ne è rimasta traccia.

«Invece io ce l'ho» insiste.

Sono pronto a lasciarle svelare i miei segreti al mondo intero?

«Sai cosa? Diffondi pure il mio dossier.»

«Non il tuo. Quello di Madame de Quimporte. Il dossier che ti rovinerà la vita.»

Prende il telefono e fa partire un video proiettandolo sullo specchio. Mi volto rapidamente, verifico con i miei occhi che quel che vedo è reale. Ho un tuffo al cuore. Decido di impossessarmi del telefono ma Vanessa, invece di rifiutarsi, me lo tende volentieri con un lampo di malizia negli occhi.

«Lo vuoi? Tieni, ho delle copie.»

Sta esagerando, mi viene voglia di picchiarla. Non picchierei mai una donna ma la Vanessa che esulta davanti a me è un mostro. Come si può godere tanto nel distruggere una vita? Che cosa le è successo? Anch'io ero così prima?

«Tu non stai bene!»

Vanessa si gira, mi ignora e prima di lasciare la stanza tuona: «Tu la molli sul palco e voglio che faccia male!».

Dopodiché se ne esce con lo stesso maledetto espediente che sciorina a tutte le sue vittime prima di firmare la loro condanna a morte: «Non ti preoccupare, poi mi ringrazierai».

Mi prendo la testa fra le mani e bevo una sorsata di whisky direttamente dalla bottiglia, per darmi coraggio.

Cazzo, avrei voglia di distruggere la stanza. Per la rabbia, con un gesto della mano butto all'aria tutto il contenuto del tavolo. L'astio si riversa in me come un veleno che mi consuma a poco a poco. È doloroso, subdolo, insidioso... proprio come Vanessa.

Lei mi chiede di far soffrire Célène, non solo di lasciarla. Vuole "che faccia male". Mi ha appena rubato la gioia, la felicità. Manderò tutto a monte per le sue minacce. Rinuncerò al vero amore per salvare la sua reputazione e, sì, lo ammetto, anche la mia. L'esito è ineluttabile, non ho scelta. Non posso lasciar trapelare il dossier di Célène.

Sento gli applausi del pubblico. È la fine del prologo. Ora tocca a me. Salgo dietro le quinte e mi posiziono dal lato della corte. Alzo la testa e di fronte a me vedo Célène. Era sicuramente questa la "sorpresa", ha preso il posto di Charlotte! Nel suo vestito di pizzo ocra e oro è divina, ha la bellezza di un angelo. Sì, le farò male, le spezzerò il cuore, ma non subito. Ho ancora tempo per amarla, per toccarla e per ricevere la sua tenerezza, il tempo di uno spettacolo teatrale amatoriale in cinque atti.

43
CÉLÈNE

Inspiro profondamente ed entro dal lato del giardino, mentre Tristan deve entrare dal lato della corte. A giudicare dalla sua faccia, deve essere sorpreso di vedermi. Gli sorrido, felice dell'effetto. Man mano che mi si avvicina, intravedo in lui un'emozione crescente, e quando mi prende le mani sulla scena, mi accorgo che trema. Avrà paura?

«È una follia! Sono promessa al principe.»

Gli stringo la mano nella mia e gli sorrido per fargli capire che andrà tutto bene. Lui mi sorride a sua volta e mi dice con fervore: «Nessuna follia, dal momento che ci amiamo».

Nelle vesti del suo personaggio sembra ancora più vero. Recita divinamente bene. Il suo sguardo blu affonda nel mio e ammetto che anch'io, provando una certa empatia per questa principessa di Montpensier – presa tra i suoi voti, la sua virtù e la sua passione –, ho quasi l'impressione di vivere questa scena.

Tao/il conte di Chabannes, il fedele amico della principessa, si mette alla console e di Ghisa/Dracula/Edward/Tristan mi dichiara il suo amore in un rap che mi galvanizza: «*Nothing realer than our love it is not a fugazi! Being with you is amazing, I said it, I mean it. It's a yes or a no, not a maybe! Dream of the day we escape this is the thing that we crave and you know it! I'm bearing my love to the grave! Swearing this thing is our fate for the moment*».

Il principe di Montpensier/Oscar, di nuovo operativo grazie alla pozione di mio padre, entra in scena e affronta il suo rivale di palcoscenico circondato dalla sua gang principesca in una super coreografia. Segue una battaglia a suon di rap brillantemente scritta e composta da Oscar e Tristan che si disputano la corte della principessa: il principe di Montpensier contro il duca di Guisa. Il duello di rap è epico, impossibile stabilire chi è il più bravo, il pubblico è in delirio!

Il principe di Montpensier accusa il duca di Guisa: «*I can hear you tiptoeing around my bimbo you dumb fuck. Quit moaning I'm sending you straight into limbo you sunstruck! Yeah I'm a star, too far for you to reach, too hot for you to spar with! The girl is mine, I'll ring her with your head stuck under my armpit!*».

Di Guisa si difende: «*I'm ready to bet she wants me, roll the dice! I'm a sword, you're a pocket knife! I'm begging you: "Please, before you get stuck up just shut the fuck up" cuz I'm over now!*».

Il principe è un avversario temibile: «*You talk a lot of shit for a virgin! You invested with a chick I've invested in! You been bested in less than a second, you are no match! But I'll light you up till your corpse is burning, yeah!*».

Mi torna in mente il duello western che si è svolto un mese prima tra Pierre e Tristan e ho l'impressione che questo musical rifletta la mia storia. Tra dialoghi dell'epoca e canzoni di oggi le scene si susseguono e il pubblico è conquistato. La principessa di Montpensier soccombe al fascino del duca e gli si concede.

Tristan è incredibile, è fatto per il palcoscenico. Il rap rivela la sua passione per il canto: «*We're meant to be together! Fuck what they say I'm so fed up! They offer me money they offer me cheddar! Don't wanna leave me alone! It's been you and me all along! I'm richer by ten times! They gave me piles of money that I can't count! It's my love that I let down! Apologies! Spending money I'll be overseas! You're like my blood running through me in my arteries, girl you're a part of me!*».

Come resistere? La principessa, malgrado gli avvertimenti del conte di Chabannes, approfitta dell'assenza del principe partito in guerra per amare il duca.

«Mi tradirete?»

«Mai.»

«Enrico, se voi siete il mio amore, il principe è la mia ragione... La ragione vince sempre, non è vero?»

Per tutta risposta il duca di Guisa prende la principessa tra le sue braccia e Tristan mi stringe forte, come se fosse l'ultima volta. Poi si eclissa e appare la regina che era nascosta nell'ombra: «I vostri sentimenti per Di Guisa sono troppo eclatanti, madame. Voi dovete sposare il principe, rompendo questa unione disonorate vostro padre».

La principessa di Montpensier prega domandando a Dio di aiutarla a scegliere la strada giusta. In quel momento la passione e la ragione personificate scendono entrambe dall'alto e calano sul palcoscenico. Ariel, sensualmente avvolta intorno a un trapezio, con indosso una maschera e una tunica bianca, rappresenta la passione, mentre Tao, seduto di profilo sull'altro trapezio e vestito di una tunica bianca e nera, rappresenta la ragione. Una danza sfrenata tra queste due entità si scatena sulla scena intorno alla principessa. La passione ha la meglio: «Monsieur Di Guisa, fuggiamo, sottraiamoci ai nostri obblighi. Il mio dovere, la mia virtù non sono che poca cosa in confronto all'amore sincero che ci unisce».

Ma le cameriere della regina hanno mille orecchie e presto i due vengono smascherati...

Le luci si riaccendono, i sudditi della corte accompagnati dalle guardie della regina entrano e li separano. Alla fine la regina onnipotente fa il suo ingresso trionfale, portata dai suoi fedeli soldati, e intona il suo inno di vittoria. Poiché la vera vincitrice in questa tragedia musicale è infatti la sorella del re autoproclamatasi regina. Quando la regina si rivolge alla principessa, ho la strana impressione che si tratti di una dichiarazione di guerra che la Regina Malvagia/Vanessa Merteuil mi fa in prima persona: «Di' *bye bye* al tuo *happy ending*, non conveniva sfidarmi, *darling*, la guerra è un'arte e io l'ho vinta, non vale la pena piangere, hai sacrificato la tua purezza, ogni relazione è pericolosa... pericolosa, nessun amore è felice... felice...».

La principessa viene data in moglie contro la sua volontà e Di Guisa è suo. Fine dell'atto IV, ne resta solo uno.

Siamo sommersi dagli applausi. Getto un'occhiata a mio padre, seduto in platea accanto alla direttrice del teatro che gli sta vicina in un modo strano. Vedo i suoi occhi brillare di orgoglio. Sono felice per lui.

44
TRISTAN

Il tempo vola. Arriviamo alla fine dell'atto V, la scena di rottura composta tutta in versi alessandrini... un casino! La principessa e di Guisa devono fuggire insieme ma lui le annuncia che si è innamorato di un'altra e che le conviene restare con il principe di Montpensier e tentare di salvare la sua reputazione dopo tutto.

Tao si mette al pianoforte, suona un valzer moderno, mentre Célène fa il suo ingresso con un abito da sposa meraviglioso, composto da un corpetto ornato di pizzi e perline e da una crinolina fatta da un migliaio di veli tempestati di paillette. La principessa è scappata dal castello la sera stessa della cerimonia e corre a cercare il duca nel parco, vicino alla quercia dove si sono scambiati il primo bacio. Lo chiama cantando una canzone che simboleggia la loro unione questa sera sotto le stelle. La voce di Célène è incantevole, non capisco le ragioni che l'hanno spinta a non presentarsi ai provini, è perfetta per questo ruolo. Balla in una maniera così sensuale che non riesco a distogliere lo sguardo. Sono scioccato, turbato, ho le vertigini.

«Les étoiles... unissent les amoureux, témoins de leurs espoirs, âmes seules se voulant soeurs.»

Mentre entro in scena, Vanessa mi fa segno. Segno che è arrivato il momento. È passata quasi un'ora e mezzo da quando ci siamo parlati, e mi ordina di mettere fine a questa pagliacciata. Prendendo a pretesto l'intrigo dei nostri personaggi, vuole che spezzi in diretta il cuore di Célène, davanti a mille spettatori, suo padre e tutto il liceo.

Ancora qualche istante, voglio amare Célène per il tempo di un ultimo ballo. Entro in scena e canto la mia strofa: «*Les étoiles, mystérieuses, éternelles. Impénétrables, belles... Invitent à l'aventure, illuminent les cambrures...*»

Poi voliamo via insieme all'unisono volteggiando. Ricordando il nostro ballo al castello, questa volta è impossibile trattenersi, e ci abbandoniamo entrambi a questo momento che so essere fugace. Mi piace questa leggerezza per un'ultima volta, e cantiamo insieme fino a scoppiare: «*Sous les étoiles ce soir. Je change l'histoire. Je te rends ton dé. Donne-moi un vrai baiser. Car toi tu me soulèves... Prête-moi tes lèvres, je t'offre mon coeur mon étoile mon âme soeur... Les étoiles ce soir nous invitent. Est-ce que cela va trop vite? Ma raison me quitte, je te laisse me guider... C'est un jeu dangereux, vivons-le à deux...*».

Célène si volta di spalle, io la circondo con le braccia. Il suo viso si solleva verso il mio, la sua guancia si posa sul mio petto, pronta ad accogliere il mio bacio. Le nostre labbra sono così vicine che quasi si sfiorano, ma i miei occhi si posano su Vanessa che, appostata dietro le quinte, ci osserva con sguardo assassino, brandendo il telefono e pronta a premere sul tasto INVIA. Le sue labbra si muovono senza emettere suono, ma io distinguo chiaramente la parola "adesso" formarsi su di esse. Il mio cuore si ferma, non canto più, solo Célène continua: «*Sous les étoiles ce soir, je change l'histoire, je t'offre mon coeur, mon étoile mon âme soeur...*».

«Interrompi la musica» dico con voce tremante. Faccio segno a Tao, che esegue aggrottando le sopracciglia, senza capire le mie intenzioni.

«Angelo mio, non ci è possibile rivederci, tanto meno unirci» le dico con voce per quanto possibile teatrale, tentando di adattare alla meno peggio il dialogo che avevamo scritto insieme qualche giorno prima. Ma poiché sembra non capire, ripiego sull'adattamento moderno che Rivas mi aveva rifiutato. Con voce più naturale invoco la sola frase che per me abbia senso, come un messaggio in codice, sperando che più tardi, ripensandoci, lei sarà capace di comprendere.

«Non è colpa mia.»

«A cosa stai giocando?» mi sussurra confusa.

Ho il cuore a mille, devo concludere. Così mi rimetto la maschera da stronzo bastardo che so indossare così bene e le dico: «Tra me e te è finita. Ne ho avuto abbastanza».

Non riesco a guardarla negli occhi. Mi allontano, fisso il pubblico che sembra confuso quanto lei. Il padre di Célène aggrotta la fronte, la direttrice del teatro si irrigidisce. Patrick Rivas affonda nella poltrona sotto gli sguardi sorpresi dei membri del consiglio d'istituto che già volevano fargli la pelle.

Io guardo qualsiasi cosa tranne lei, non posso dirle queste parole bugiarde affrontandola a viso a aperto.

«Perché non mi guardi?»

Mi mette le mani sul viso per costringermi a guardarla. È troppo dura, mi scanso, un po' troppo bruscamente. So che se mi immergessi nel suo sguardo crollerei e non andrei fino in fondo.

«Lasciami stare» le dico duramente. «Io non ti amo!»

Mi allontano, ho gli occhi umidi. Vanessa esulta. Io aggiungo: «All'inizio ti ho amata veramente. Poi fra tutti i tuoi principi, i tuoi valori, non ce l'ho fatta più. Ne ho avuto abbastanza. Non è colpa mia» ripeto di nuovo, tanto per rimarcare questo falso racconto di una verità. Non è colpa mia.

«Non è colpa tua? C'è qualcun'altra?»

Se solo sapesse...

«Un'altra, tante altre» dico con più forza. «Ma ce n'è una in particolare, ed è a causa sua... No, è per lei che voglio chiuderla subito. Non è colpa mia» ripeto ancora una volta.

So di torturarla con queste parole eppure mi escono dalla bocca senza freni. Non voglio più pronunciarle ma mi prendono a tradimento. Vorrei tacere ma è come un tic, le ripeto fino all'esaurimento, instancabilmente.

«Dannazione, basta con questa frase! Che cosa vuol dire "Non è colpa mia"? Sai cosa? Hai ragione. La colpa è mia. Sono stata troppo stupida.»

Ho voglia di piangere ma mi trattengo. Finalmente l'ho convinta della mia disaffezione, eppure il mio solo pensiero davanti alla sua reazione è: come può credermi dopo tutto quello che abbiamo condiviso? Lei mi volta le spalle e fa per lasciarmi, poiché lasciando questo palcoscenico lascerà definitivamente anche me, è lo scopo di questa messinscena. Eppure mentre si dirige incerta dietro le quinte, esclamo con durezza, forse per ferirla quanto mi ha ferito, o semplicemente perché mi fa troppo male: «Forse sei ancora in tempo per sposare il tuo ragazzo perfetto. L'hai dimenticato in fretta, ma magari lui ti aspetta ancora».

Lei si immobilizza come colpita in pieno cuore.

«Mi stai distruggendo» mi confessa in un sussurro, tremante.

«No. Sto solo capendo chi sono veramente, tutto qui.»

«Io lo so chi sei veramente. Sei solo uno stronzo bastardo che fa finta di essere un ragazzo perbene.»

Allora mi ricordo il primo giorno di scuola, nel cortile del liceo. Célène mi aveva rivolto una frase che non ero più riuscito a togliermi dalla testa: «Non riesco a capire se sei uno perbene che sta con degli stronzi o se sei uno stronzo che finge di essere perbene». Questa sera ha ottenuto la risposta. Tutti e due abbiamo ottenuto le nostre risposte. È esattamente quello che sono. Grazie a lei mi era sembrato di diventare una persona migliore, ma a quanto pare mentivo a me stesso. Quando il nostro passato torna a riprenderci, non possiamo voltargli le spalle, soprattutto quando sono larghe come le mie. Così, non potendo fare altrimenti, volto le spalle a Célène.

«Non c'è un buon momento per mollare qualcuno. Allora tanto vale usare questo.»

«Perché lo stai facendo?»

Sono incapace di rispondere, incapace di guardarla, incapace di sopportarmi. Resto in silenzio. Mi porto una mano al viso e mi premo le tempie con tutte le forze. In quell'istante Vanessa entra in scena e procede alla condanna a morte della sua rivale, nel modo più subdolo e teatrale che le riesce.

«Per divertimento, Madame de Montpensier. Era una scommessa!»

Solo Célène sa che in questo momento Vanessa non si riferisce alla principessa di Montpensier ma alla sua realtà. Gli spettatori non si rendono conto di niente, sono incollati alle poltrone, catturati da questo colpo di scena. Ma il cuore di Célène va in frantumi, lei capisce che per tutto questo tempo pensava di vivere una storia d'amore mentre in realtà era solo la vittima di un gioco crudele. Le gambe non le reggono più e si accascia al suolo mentre quella stronza di Vanessa se ne sta in piedi trionfante. Il pubblico esplode e gli applausi riempiono la sala.

Célène non riesce a muoversi, le lacrime le scorrono sulle

guance. Per me è troppo, non posso più assistere a questo spettacolo. Esco di corsa diretto verso la bottiglia di Jack, prendo il mio pacchetto di sigarette e con la rabbia in corpo salgo sul tetto del casinò di Biarritz. Vanessa mi guarda andar via ma non mi segue. Si gode il suo momento di gloria. Gli applausi raddoppiano. La regina ha vinto.

45
VANESSA

Raggiungo Tristan sul tetto del teatro mentre si svolge l'ultima scena dell'atto V, la morte della principessa. Com'è poetico, adoro! Sento la musica in sottofondo quando vedo Tristan, scuro in volto, seduto sul bordo del tetto con in mano una sigaretta e nell'altra una bottiglia di whisky. Guarda l'oceano agitato. Non c'è nessun'altra luce tranne il riflesso della luna e il bagliore del faro. Stasera io sono il faro e lui il battello, smarrito in una tempesta interiore che fa rabbia, la mia sorgente di luce è la sola che deve contare per lui, la sola che può condurlo in salvo, la sola a cui può affidarsi. Ho preso una bottiglia di champagne per festeggiare la mia vittoria, la nostra vittoria, perché anche se ancora non lo sa ha vinto alla grande la sua scommessa. Se l'è scopata e l'ha gettata via, e ora otterrà quel che ha sempre reclamato in tutti questi anni di collaborazione: il mio corpo. O forse anche di più, chissà? Mi siedo accanto a lui.

«Assapora il tuo nuovo contratto...»

Mentre gli sussurro queste parole, gli prendo il viso tra le mani, lo inclino verso di me e bacio la sua bocca per la prima volta lontano dagli occhi del pubblico e delle telecamere. Sono pervasa da un migliaio di sensazioni nuove. Devo dire che nell'intimità non bacio, non per paura di essere respinta, ma per paura di lasciarci una parte di me. I baci sono così... personali. Tristan ha sempre espresso il desiderio di possedermi, ma io ho sempre messo un limite quando diventava troppo pericoloso, semplicemente perché, quando la gazzella si lascia catturare dal leone, finisce sempre male per lei.

Non mi lascio divorare da nessuno, anche se forse, se lo volesse, Tristan sarebbe l'unico che potrebbe farmi cedere. E poi, diciamocelo, ai ragazzi piace correre dietro a Vanessa Merteuil, desiderano a tutti i costi fare sesso con Vanessa Merteuil. Ma una volta che hanno soddisfatto il loro bisogno, non gliene importa niente di svegliarsi accanto alla ragazza di diciott'anni che sono nella realtà. Tristan sarà l'eccezione a questa regola? Farà l'amore con me per quella che sono e non per quello che posso dargli, come la notorietà e il senso di potenza?

Non oppone resistenza al mio bacio ma non me lo restituisce. Le sue labbra restano di marmo. Allora ci metto un po' più di vigore, tento di eccitarlo insinuando la mia lingua tra le sue labbra e attirandolo a me. Ma Tristan mi respinge.

«Lasciami stare, cazzo! Non mi interessa. Mi fai schifo.»

"Non gli interessa"? Non gli interessa il nostro nuovo contratto?! Conosco Tristan da quando avevo sei anni, siamo cresciuti insieme. Abbiamo attraversato lo specchio della celebrità insieme, poi insieme siamo passati dal lato oscuro, ovviamente io per prima. Le ragazze transitavano, anche i ragazzi, ma io e lui eravamo tutto l'una per l'altro. Anno dopo anno il mio cuore si è spezzato per le false promesse della gente dello spettacolo. Le mie illusioni sono svanite quando quel regista di cui non farò il nome mi ha chiesto di provare quella scena una sera tardi. Per non parlare di quella notte in cui quel produttore è venuto a casa mia a chiedermi di spogliarmi nuda per ottenere una parte. I miei genitori erano nella stanza accanto. Deve essere stato allora che la bambina ingenua ha lasciato il posto alla regina di ghiaccio che nessuno potrà più toccare o manipolare. Tristan ha assistito alla mia trasformazione. Sì, sono diventata insensibile, impenetrabile, oscura, talvolta crudele. Eppure mai e poi mai l'ho disgustato. Come può dire questo stasera? Mi allontano da lui e cerco di controllare i miei tremori, perché questo ragazzo è la mia cazzo di debolezza.

«Con te è tutto falso!» mi dice aggressivo.

Quando si perde l'innocenza si perde una parte di sé, ma in compenso si vede tutto più chiaramente. Si scopre che il mondo si divide in due categorie: quelli che pensano di essere persone perbene, come si deve, e quelli che scendono a patti con l'oscurità, il vizio, il desiderio, la lussuria e il potere. Morirei pur di non appartenere alla prima categoria, perché è la peggiore. Ma basta un niente perché quei sepolcri imbiancati passino dal lato oscuro. È questo lo scopo delle nostre sfide, mie e di Tristan! La mia missione è di rivelare la parte di oscurità nascosta che c'è in tutta quella brava gente. Non ne traggo rassicurazione, ma solo un senso di giustizia. No, in me non è tutto falso. Forse il mio naso, le extension e, sì, ho fatto due o tre liposuzioni, ma io so chi sono e non mento a me stessa. Mento solo al pubblico per dargli quello che desidera: l'illusione della perfezione.

Tristan fa un lungo tiro dalla sigaretta. Ha gli occhi rossi, non mi guarda e prosegue con le sue accuse: «Tu non provi niente...».

«Invece sì!» gli dico altrettanto decisa. «Tu non capisci niente di donne.»

Con Tristan avrei potuto sentire cosa si prova ad abbandonarsi. Con Tristan avrei semplicemente potuto "sentire", forse. Perché quando non godo devo ammettere che non è più per scelta. C'è qualcosa di morto in me. Ho diciott'anni e sono già morta dentro. La mia unica gioia è quella della vittoria.

«Certo! Forse non capisco niente di donne, ma capisco che tu hai bisogno di un gioco per venire a letto con me» mi dice senza mezzi termini.

Vuole farmi sprofondare? Faccio un sorrisino amaro. Non ammetterò mai che ha ragione. Che questa scommessa aveva un unico scopo, quello di darmi un pretesto per lasciarmi andare con lui. Spingermi a superare le mie paure e soprattutto i miei limiti. Con Oscar o con tutti gli altri uomini che hanno condiviso il mio letto è semplice. È tutto calcolato. Con Tristan sarebbe potuto essere vero, ma è troppo tardi. Ha rovinato tutto e gli farò pagare il suo tradimento. Pagherà per tutti quanti i tradimenti.

«Non mi sarei mai lasciata scopare da te» gli rispondo calma.

Ora so come vendicarmi. È tempo di rindossare la maschera. Che lo spettacolo abbia inizio!

«Ho appeno vinto la mia sfida personale» esclamo, piena di odio e tristezza insieme.

Adesso Tristan mi guarda, si prende paura, mi conosce.

«Non ti eri mai innamorato e per una volta che ci eri riuscito hai sabotato con le tue stesse mani la tua grande storia d'amore. Inutilmente per di più.»

Ieri sera Tristan non ha risposto a nessuno dei miei messaggi. Avevamo uno shooting fotografico e lui ha pensato bene di piantarmi in asso. Non era a casa sua, così ho pensato che fosse nella sua casetta sulla spiaggia di Guéthary. Quando ci sono andata, Matéo ha dovuto parcheggiare la macchina molto lontano. Ho raggiunto la spiaggia a piedi, era calato il buio e sono riuscita a trovare il capanno solo grazie alle fiamme che si alzavano dal braciere. Quando mi sono avvicinata l'ho visto che faceva l'amore con Célène. Allora l'ho immaginato fare a me tutto quello che faceva a lei. Baciarmi con dolcezza, guardarmi con intensità, accarezzarmi con piacere e penetrarmi come se... come se mi amasse! Mentre sollevavo delicatamente una tenda della veranda per spiarli meglio, mi sentivo sempre più eccitata. Poi all'improvviso ho avvertito un dolore opprimente al petto. E se non stava facendo finta? E se lo stavo perdendo? È stato allora che ho preso il telefono dalla tasca e ho iniziato a filmare la scena. Ed è per lo stesso motivo che, seduta accanto a lui sul tetto del Teatro del Casinò di Biarritz, prendo il telefono e con un *clic* do in pasto ai miei sei milioni di follower su Instagram il dossier assassino su Célène. Ho vinto! Tristan non fa in tempo a impedirmelo. Si alza piangendo e grida fuori di sé: «Ma tu sei una psicopatica!».

«Che cosa credevi!? Mi hai appena dichiarato guerra! Hai cambiato bandiera, mi paro solo il culo!»

«Ma cazzo! Smettila con le tue guerre immaginarie! Hai tutto! Milioni di ragazze vorrebbero essere al tuo posto! Perché non puoi mollare la presa? Mollare la presa... e godere della tua felicità?!»

Ma dice sul serio? E io che pensavo che fosse l'unico a capirmi...

«"Godere della mia felicità", questa è buona!»

Mi sale la rabbia. Mi tornano in mente migliaia di immagini, di ricordi. Quell'uomo di vent'anni più grande che mi metteva addosso le sue mani schifose. Il suo sguardo rosso e acquoso che mi osservava come se fossi un banale oggetto che poteva usare a suo piacimento. La paura che mi attanagliava la pancia e il disgusto che provavo e che ho dentro ancora oggi. Esplodo.

«Bado a me stessa da quando avevo nove anni, a quindici avevo già visto e vissuto fin troppe ingiustizie! So cosa significa essere la preda: ricatto, intimidazione, proposte, palpeggiamenti, sesso consensuale, non consensuale, maggiorenne o no che importa, quando in ballo c'è una parte! Essere attrice non era stata neanche una mia scelta! Ma ora comando io. Una donna non può contare per sempre sul suo fisico e di attricette come me ce ne sono a decine. La competizione tra donne è spietata e gli uomini cercano giustamente di dominare il sesso cosiddetto debole con ogni mezzo. Allora per non essere mai più vittima, sì, è vero, non mollo la presa! Uso gli uomini e faccio la guerra alle donne perché in questo mondo o si vince o si muore. L'unica volta che ho rischiato di perdere il controllo e cedere al desiderio è stato tanto tempo fa... con te.»

Mi è scappato. Lui sa che mi riferisco a quell'unica volta in cui ci siamo lasciati andare insieme tre anni fa, quando abbiamo deciso di incarnare la coppia perfetta. Io avevo quindici anni, Tristan non era ancora il ragazzo sicuro di sé ed esperto che è oggi. Mi guardava come se fossi la perfezione fatta persona. Ci siamo baciati sulla spiaggia davanti ad alcuni paparazzi della domenica e io ho avuto qualche momento di smarrimento, ma ho subito archiviato quell'istante pericolosamente magico e ho stilato in tutta fretta il contratto che ci ha uniti fino a stasera.

«Sei stata tu a dettare le regole del gioco quel giorno! Hai scelto una storia d'amore con il tuo pubblico anziché una storia vera con colui che avrebbe potuto essere il tuo vero ragazzo.»

Mi guarda disgustato, fuma, beve, va avanti e indietro sul tetto come un animale ferito che cerca ancora di battersi contro il cacciatore armato che l'ha praticamente abbattuto.

Da questa sera sono sola al mondo.

«E il tuo pubblico? Come credi che reagirà quando saprà che la dolce Petite Sophie è cento per cento fake?» mi dice senza fiato e con i nervi a fior di pelle?

Cosa fa, mi minaccia? La mia rabbia è incontenibile, lo fulmino con gli occhi e gli spiattello tutta la verità.

«Me ne frego del mio pubblico. Me ne strasbatto le palle. Delle pischelle, delle MILF, dei rozzi, degli sfigati, dei pazzi pervertiti che non hanno di meglio da fare tutto il giorno che seguirmi online. Credi che il web, i social non siano una tortura per me? A dieci anni ero la regina del grande schermo, cazzo! E quando sono a un passo dal ritrovare la vita, *La Petite Sophie 4*, il mio grande ritorno al cinema, mi faccio fregare. Stamattina mi ha chiamata la mia agente... a quanto pare sono troppo vecchia per mantenere il mio ruolo! Hanno preso una mocciosa di dieci anni, gli stronzi. Vanessa Merteuil è superata. Ho passato la data di scadenza. Allora vedi, il mio pubblico di merda che odio più di ogni cosa è tutto quello che mi resta!»

Gli applausi e le acclamazioni del pubblico si alzano dal teatro e arrivano fino al tetto... Lo spettacolo è finito e tra qualche istante Célène sarà qui!

«Tra l'altro il pubblico mi aspetta!» concludo fra trionfo e amarezza mentre lascio il tetto senza girarmi, ingoiando l'emozione e abbandonando definitivamente il mio partner di sempre.

CÉLÈNE

Enrico di Guisa ha messo gli occhi su un'altra donna e la principessa di Montpensier è morta di dolore, incapace di sopportare di aver perso in un sol colpo la stima di suo marito il principe e l'amore del duca di Guisa. Che triste farsa. Mentre il mio corpo senza vita viene portato a braccio da un corteo funebre, io seguo le sorti del personaggio che interpreto. Il mio cuore è in mille pezzi, il mio corpo non ha più lacrime da versare, tanto il dolore è grande. Gli attori si zittiscono, le luci si spengono. La principessa è morta, ovazione generale. Usciamo a salutare il pubblico un'ultima volta, io sono come in trance, "in pausa", aspetto che finiscano le chiamate per scomparire. Quando Tao mi ha abbracciata dietro le quinte qualche istante fa, ero rigida e fredda come il marmo, insensibile, inerte, incapace di pronunciare la minima parola. Mi ha ricordato il giorno dei funerali di mia madre, quando Pierre mi ha stretta a sé; lui piangeva a calde lacrime ma io ero così scioccata che non ci riuscivo. Gli applausi non finiscono più, vedo mio padre davanti a me in platea che tenta di liberarsi dalle braccia della direttrice del teatro.

«Grazie. Ehm, la sua mano è sulla mia.»

«Lo so» dice lei, aumentando la stretta.

«Ok... Ehm, io vado.»

Mio padre si avvicina al palcoscenico. Fa un occhiolino a mio zio che riceve gli abbracci e i complimenti dei membri del consiglio d'istituto del Victor Hugo. Si congratulano per il "brillante" adattamento e il "brillante" colpo si scena di declinare il tutto in linguaggio moderno. Una perfetta metafora per quella maniera "così unica" di esprimersi in presenza dei ragazzi e di trasmettere il piacere delle lettere classiche alle nuove generazioni. Sono felice per lui, la sua reputazione e il suo posto di direttore sono salvi.

«Grazie agli alunni dell'ultimo anno del Victor Hugo!» esclama mio padre. «E grazie a tutti voi. Sommando le donazioni e il ricavato della vendita dei biglietti siamo riusciti a raccogliere la somma di trentanovemila euro necessaria per l'intervento di Lucas Rodriguez!»

Mio padre è di nuovo se stesso, è fiero e soddisfatto. Mi rivolge uno sguardo tenero prima di scomparire dietro le quinte. E il pubblico continua ad applaudirci mentre in sala i telefoni si riaccendono. Si sentono ovunque i *bip* delle notifiche. Gli spettatori e i compagni intorno a me guardano i display. Si alzano grida di stupore e gli occhi di tutti convergono interdetti su di me. Non capisco.

Mi affretto anch'io a vedere di cosa si tratta. Quando scopro la story di Vanessa, mi metto una mano sulla bocca, scioccata. È un video, c'è Vanessa in primo piano che lancia una richiesta d'aiuto ai suoi follower. In lacrime.

«La Petite Sophie c'è sempre stata per voi, amori miei, ma ora sono io che ho bisogno del vostro aiuto. Il mondo mi è crollato addosso, Tristan mi ha tradita con Madame de Quimporte, la mia amica che in teoria era fidanzata e fedele... Mi fidavo ciecamente. È orribile!»

Segue un filmato di me e Tristan nel capanno sulla spiaggia, un video in cui mi si vede nuda mentre faccio l'amore seduta su di lui. Come ha fatto ad avere quelle immagini? Mi tornano in mente le parole di Vanessa, "una scommessa... per divertimento...". Quindi era tutto pianificato, orchestrato? Non era vero niente. Il video di Vanessa è più forte della mia verità, il pubblico crede solo a quello che vede. Sono diventata la nuova sfasciacoppie. E quel video non finisce mai! Smettetela, smettetela di guardarmi, di giudicare! Quando alzo gli occhi dal telefono, avvisto in mezzo al pubblico Pierre con l'iPhone in mano che mi guarda perdere la verginità con un altro. Alza gli occhi verso di me e mi fissa con aria inebetita. Poi si alza, si infila la giacca ed esce dal teatro.

Oh mio Dio! È più di quanto possa sopportare, non riesco più a respirare, non sento più i fischi della folla, né le risatine, non sento più niente. Mi si appanna la vista e, anche se attraverso il palcoscenico correndo, mi sembra di muovermi al rallentatore.

Quando finalmente sto per uscire, incrocio Vanessa che mi rivolge un sorriso machiavellico da ghiacciare il sangue. Come può essere capace di tanta crudeltà? Che cosa le è successo?

Corro via. Infangata, umiliata davanti a tutti. Ho un unico desiderio: scomparire.

VANESSA

Voglio apparire sul palcoscenico come una madonna oltraggiata, pronta a farmi consolare dal mio caro pubblico. Incrocio Célène in piena fuga mentre faccio il mio ingresso trionfale. Accolta dal pubblico che mi ama e mi amerà sempre, assaporo questo affetto dolce come il miele. Non reciterò mai ne *La Petite Sophie 4* ma la mia carriera continua! Con sei milioni di follower sono tutt'altro che finita. Rinasco al suono degli applausi. Sono così influenzabili, si accontentano di trenta secondi di immagini e ne fanno una verità assoluta! Ma non bisogna mai credere a quello che si sente e credere solo a metà di quello che si vede, poveri imbecilli! Ai loro occhi sono la vittima di Tristan e Célène, li vedo gli sguardi pieni di pena che mi rivolgono. Io esulto, sono onnipotente. Mentre arriva una nuova raffica di notifiche, sicuramente delle reazioni al mio video di richiesta d'aiuto, prendo il cellulare dalla tasca e scopro che Tristan ha appena inviato un video sulla nostra *Schoolchat* e un messaggio audio intitolato "Dossier Petite Sophie". Clicco sul video e scopro un selfie di Tristan sul bordo del tetto. Non capisco.

«Te l'avevo detto che parlavi troppo. Il tuo dossier assassino te lo sei creato con le tue stesse mani, povera stupida!»

«Oh mio Dio!» esclama Ariel. «Ma che cosa è successo? Mi sono persa qualcosa?»

Non faccio in tempo ad ascoltare il dossier audio che Ariel collega il suo telefono all'amplificazione del palcoscenico. Si sente la mia voce nelle casse e le parole che ho urlato a Tristan qualche minuto prima: "Me ne frego del mio pubblico. Me ne strasbatto le palle. Delle pischelle, delle MILF, dei rozzi, degli sfigati, dei pazzi pervertiti...". Non ci posso credere, mi ha registrata! Mi ha fatta parlare apposta, mi ha manipolata. L'allievo ha appena superato la maestra. Ha firmato la mia condanna a morte sociale! Regola numero 1: trattare da imbecille il pubblico, ma senza farglielo sapere.

La mia carriera è finita. Mi volto verso Naya e Ariel sul palco in cerca del loro sostegno. Dopotutto senza di me non sarebbero dove sono ora. Ma quelle vigliacche si girano dall'altra parte, anzi Ariel è la prima a fischiarmi! E Oscar? Io e Oscar siamo Cersei e Jaime Lannister, il fratello e la sorella incestuosi di "Game of Thrones", non mi abbandonerà mai tra le grinfie di questi avvoltoi che vogliono divorarmi. E mentre tutto il mio disprezzo per il pubblico continua a riempire lo spazio sonoro, quel buffone di Julius prende il suo iPhone per filmarmi in diretta, come se fossi un animale da circo. Quanto agli spettatori, sono tutti in piedi davanti a me che mi fissano duri e imperterriti, è davvero inquietante. Non sono più al casinò di Biarritz nel XXI secolo. Sono al tribunale rivoluzionario del 1793 fischiata dai miei sudditi, insultata da coloro che fino a pochi minuti prima mi veneravano. Prendo atto che in trecento anni non è cambiato niente. Devo scappare da questo maledetto teatro prima che mi lincino. Finalmente individuo l'uscita di sicurezza piantonata da Matéo. Perché quel cretino non è intervenuto? Devo proprio fare tutto da sola! Fuggo dal palco e scendo in platea per raggiungere l'uscita, ma sono inseguita dalla folla che al posto delle forche e delle baionette brandisce degli stramaledetti telefonini in modalità video. Smettete di filmarmi, cazzo, ve lo proibisco! Corro verso la mia guardia del corpo e gli urlo di lasciarmi passare.

Ma il mio fedele gorilla non si sposta di una virgola. L'uomo incaricato di proteggermi fin da quando avevo sei anni resta immobile, mi fissa ed esibisce un ampio sorriso. Anche lui prende il telefonino dalla tasca e inizia a filmarmi in piena faccia. Mi sembra giusto, documentando la mia disfatta si vendica di tutte le umiliazioni che gli ho fatto subire negli ultimi anni. Non pensavo che anche lui mi detestasse, ma mi sbagliavo! Ancora una volta non bisogna fidarsi di nessuno. Matéo si unisce alla folla di spettatori che mi travolge inghiottendomi. Sono finita.

46
TRISTAN

Dopo aver attinto a quel po' di ragione che mi rimaneva per postare il dossier di Vanessa sperando che serva a qualcosa, la follia si impossessa di me. Batto i pugni fino a farli sanguinare, urlo la mia disperazione al cielo, fumo fino a soffocare, bevo fino a morire... ma questo maledetto dolore, questo maledetto senso di colpa, niente e nessuno potrà attenuarli, se non il vuoto.

E mentre questo pensiero all'inizio fugace si insedia a poco a poco nella mia mente, mentre medito su quello che sto per fare, ripenso a come sono arrivato a questo punto. Ripenso alla famosa sera in cui Vanessa ha stilato il contratto. Sul momento mi è sembrata una cosa stupida, poi lei se n'è uscita con quella frase che ha catturato la mia attenzione, che mi ha sedotto in una frazione di secondo e che ora non riesco a togliermi dalla testa: «Che cosa saresti disposto a fare per la celebrità? Per fare parte dell'élite? Duecento anni fa per appartenere all'élite dovevi avere il sangue blu, essere un aristocratico! Vent'anni fa dovevi essere pieno di soldi. Oggi un titolo nobiliare o tanto denaro non ti impediscono di essere un *loser*. Oggi potere significa fama... e una volta che l'hai assaporata saresti disposto a tutto pur di conservarla, persino a morire».

Immagino che ora arriva la parte in cui bisogna morire!

Cammino sul tetto del Teatro del Casinò di Biarritz, al buio, lontano dagli strass, dai lustrini, dal pubblico, dai fotografi professionisti o dilettanti, dai follower e dagli Instagrammer. Tutto questo ormai è distante anni luce.

Il bagliore del faro si riflette sugli edifici che sormontano la

Côte des Basques ricordandomi incessantemente che sono alla deriva. La mia epopea si conclude con la perdita della sola donna che ho mai amato.

Mi avvicino al bordo, solo pochi centimetri mi separano dal vuoto che mi reclama e, mentre gioco al perfetto equilibrista sul filo immaginario, all'improvviso non ho più voglia di giocare... Mi immobilizzo sul parapetto e guardo il vuoto che mi invoca a sé. È ora di fare il grande salto. Alzo le braccia pronto a prendere il volo. Ma prima mi resta ancora una cosa da fare...

CÉLÈNE

Non riesco più a respirare, soffoco, non ho più freddo, il vento di sud-ovest mi sferza il viso, il mio abito da sposa è sempre più pesante da portare, sono esausta, corro a più non posso ma i piedi affondano nella sabbia gelata, sono sola nel buio, soltanto la luce del faro illumina il mare e gli scogli. Come ho potuto essere così stupida? E se mia madre fosse ancora viva si vergognerebbe di me?

Sono di fronte al mare, un mare nero, un mare spesso, un mare selvaggio, eppure un mare che mi attira. L'abito è troppo pesante, con un gesto stacco la crinolina tempestata di perle e la lascio cadere sulla sabbia. Mi affretto ad andare incontro all'oceano, che malgrado la violenza delle onde mi calma, mi avvolge... poi mi inghiotte.

Pare che quando si è prossimi a morire si veda la vita scorrere davanti agli occhi. Io vedo il momento in cui tutto ha vacillato, il giorno in cui sono andata via da Parigi. Sono nel furgone, sento la voce di Pierre al telefono, ero appena partita e già ci perdevamo. Poi sono con Tristan nella sua casa sulla spiaggia. Siamo insieme, io sono serena. Tutto scompare, il suo tradimento, le derisioni. Apro gli occhi e nelle profondità marine ho l'impressione di vedere Tristan con indosso la sua camicia bianca con jabot che apre le braccia come per prendere il volo. Lui mi invoca, io tendo le braccia e scendo più in profondità per raggiungerlo, ma una voce mi richiama in superficie: «Célène! Célène!».

Sento delle braccia che mi prendono e mi trascinano a riva.

Tristan!? No. Pierre...? Sì, è Pierre. Mi issa con tutte le forze verso la spiaggia, poi mi distende sulla sabbia umida prima di crollare accanto a me. Tento di riprendere fiato. Il bruciore dell'acqua ghiacciata non è niente in confronto a quello che provo nel profondo di me stessa. Questa vergogna di aver tradito la sola persona che mi amava, la tristezza di essere stata tradita da colui che amavo. Non riesco a voltarmi verso Pierre, neanche lui mi guarda. Non so cosa dire e approfitto di questo momento di grazia in cui siamo entrambi troppo sfiniti per parlare. Ma alla fine Pierre riprende fiato.

«Che cosa pensavi di fare?»

Non so cosa pensavo di fare. Lavare via tutta questa vergogna? Liberarmi del passato per rinascere più forte? Annegarmi?

«Avevo solo bisogno di silenzio... per non pensare a niente.»

«Allora ti sei detta "Vado a fare un bagno di mezzanotte, a salutare Nemo e trattenere il fiato per cinquantasei secondi!". Ma hai visto le onde, eri a dieci metri dalla riva, cazzo!»

La sua voce familiare, la sua tenera irritazione... Pierre si è buttato in mare per salvarmi malgrado tutto e io continuo a non spiegarmi cosa ci faccia qui.

«Perché sei venuto?»

«Ti avevo detto che non me lo sarei perso per niente al mondo» risponde semplicemente.

Quando mi sono immersa in questo mare nero, quando è arrivato il silenzio e la mia vita mi è passata davanti come un film accelerato, il puzzle si è ricomposto, ogni istante e ogni dettaglio hanno ripreso significato. Finalmente ho capito.

«Ti ho detto "sì" perché piacevi a mia madre. Sei l'ultimo ragazzo con cui mi ha visto e ti adorava. Stare con te significava conservare il legame con lei. Ti chiedo scusa.» Poso la mia mano sulla sua.

«Non c'è bisogno» mi dice con un sorriso triste.

Pierre fissa il cielo a lungo. Il mio cuore batte all'impazzata, ho paura di avergli dato il colpo di grazia.

«Anche perché, se dobbiamo davvero analizzare tutto... forse ti ho chiesto di sposarmi in maniera un po' affrettata, per controbilanciare il lutto che stavi attraversando.»

Cioè?

«Mi hai chiesto di sposarmi per pietà?»

«No, per amore» si difende. «Ma il nostro amore è più platonico che altro, no? Prima non avevi altri termini di paragone» dice con un sorriso amaro.

Riportata di colpo alla realtà, capisco che si riferisce al video che lui e diversi altri milioni di persone hanno guardato pochi minuti prima.

«Hai visto il video?» gli chiedo piena di vergogna.

«Sì, l'ho visto... Ma il peggio è stato vederti sul palcoscenico. Quel ragazzo ti è entrato dentro e chiaramente la cosa è reciproca! Allora sai cosa ti dico, hai la mia benedizione!»

La sua benedizione? E che cosa me ne faccio? Quindi Pierre non sa che sono stata oggetto di una vile scommessa?

Sento il suo telefono emettere il suono di una notifica.

«Guarda» mi dice.

Sullo schermo riconosco Tristan che filma in diretta il vuoto, un vuoto impressionante. Quando solleva il telefono all'altezza della sua faccia, riconosco un uomo distrutto. È l'ombra di se stesso. Capisco che è sul bordo del tetto del casinò di Biarritz e che sta per buttarsi giù in diretta.

«Caro follower, che cosa saresti disposto a fare pur di far parte dell'élite? Ecco la mia confessione: io e Vanessa non siamo mai stati insieme. Era una tecnica per accrescere la nostra notorietà, i nostri follower. Io e lei non ci siamo mai toccati. Il nostro giochetto erano le scommesse. E Célène era la nostra scommessa dell'anno. Dovevo farci sesso e gettarla via come tutte le altre.»

Mentre la rabbia lascia il posto all'incomprensione, ascolto la sua diretta come le centinaia di migliaia di follower che continuano ad aumentare a mano a mano che lui si dà in pasto al pubblico.

«Non avete mai sentito parlare delle altre perché sapevano che alla prima fuga di notizie sarebbero state taggate come #*sfasciacoppie*. Se non fosse che a questo giro mi sono innamorato per la prima volta in vita mia. Con Madame de Quimporte/Célène... non era sesso, era amore. Lei non ha sfasciato niente perché non c'era nessuna coppia da sfasciare.»

Quindi era amore? Ma allora perché mi ha umiliato, perché è stato così crudele sul palco?

«Ah sì, e poi come vedete fumo e tracanno anche. Non sono il salutista che seguite sui social. E questa sera voglio chiedere scusa a tutte quelle che ho ferito. Célène, quel che ho fatto sul palco aveva lo scopo di proteggerti. Ma non ha funzionato. Ti amerò per sempre, davvero. Anche se ormai non ha più nessuna importanza.»

Proteggermi? Ora capisco quel "non è colpa mia". Era Vanessa a farlo parlare con il ricatto del video. È stata lei a filmare la scena a nostra insaputa. Ora si capisce tutto, lei lo ama. Ma che cosa fa Tristan? Perché si sporge ancora sopra a quel parapetto!? Sono troppo lontana per aiutarlo, i soccorsi non arriveranno mai in tempo. Ma Tristan ha il telefono in mano, così faccio partire anch'io una diretta e prego perché lui la segua.

«Ci sono due tipologie di morti, le morti stupide e tutte le altre. Mia madre è morta di una morte stupida. Una piccola ferita alla spalla che si è infettata e in tre giorni se l'è portata via. Buttarsi da un tetto perché ci si vergogna di quel che si è fatto sarebbe una morte altrettanto stupida. Ok?»

Tristan mi segue, mi ha appena inviato l'emoji delle mani giunte e io riprendo fiato. Leggo diversi commenti di follower che mi seguono e che continuano ad aumentare. Leggo messaggi di incoraggiamento – "Ti amiamo Madame de Quimporte", "Team Madame de Quimporte" –, ma anche messaggi di odio verso Vanessa. Si fa insultare, minacciare, denigrare, sono di una violenza senza limite. I follower la conducono al patibolo pensando di farmi piacere. Io sono la vittima, lei il bersaglio. E io inorridisco nello scoprire il potere del cyberbullismo, non lo auguro alla mia peggior nemica.

«"Occorre che si faccia grande differenza fra i mancamenti che vengono dalla nostra debolezza e quelli che procedono dalla malizia." Non è un testo di Grand Corps Malade, è Montaigne. A pensarci bene ha ragione: puoi scegliere di distruggere una vita per malizia o per debolezza. Tristan Badiola non ha agito solo per malizia e io perdono la debolezza di Vanessa Merteuil. Quindi non giudicatela, sui social, non infierite. Si possono fare cose strane per amore o per essere amati. E qualunque sia il numero di follower, alla fine senza amore non c'è gloria. E lo scopo non è trovare il proprio lui o la propria lei che ci fa brillare, ma trovare la persona che ci rivela a noi stessi.»

Vanessa usava Tristan perché l'aiutasse a brillare sui social, ma ora so che avrebbe desiderato che la rivelasse a se stessa nella vita vera. Pronuncio questa frase nella mia diretta pensando anche a Tao. Tao ha rivelato Ben a se stesso e Ben ha rivelato il suo amore per Tao senza riserve. Non so se stasera mi seguono. Li immagino stretti sul palco l'uno nelle braccia dell'altro, lontani da questo caos.

«A volte ci vuole più di una persona, perché in amore non si sceglie chi essere né chi amare. Cugina, non so dove sei né se mi stai seguendo ma... devi sapere che sei la persona più pura e più integra che conosco. E quelli che non se ne rendono conto semplicemente non ti meritano. Ti voglio bene, Charlotte.»

"Nel guardaroba dietro le quinte" mi risponde mia cugina in direct. Mi sta seguendo! Se anche Oscar e Ariel mi seguono, mi piacerebbe che la vedessero nella sua interezza e prendessero in considerazione la possibilità che non abbia agito per egoismo o menefreghismo, ma semplicemente perché ha un cuore due volte più grande degli altri. Niente a che vedere con i geni o la paura di impegnarsi.

Anche mio zio mi invia un commento in direct. È nel guardaroba con sua figlia, le ha chiesto scusa.

Continuo a camminare decisa e finalmente arrivo sul tetto del casinò all'insaputa di Tristan.

«E anche se commetti degli errori strada facendo chi se ne frega. Mia madre diceva: quando è amore vero, il mondo ti perdona.»

Mio padre mi manda l'emoji di un cuore e di un angioletto nei commenti.

Trovo Tristan di spalle, in ginocchio sul bordo del grande tetto, da solo con le bottiglie di alcol vuote a fianco. Lo riprendo. Lui fissa il suo telefono senza capire che sono alle sue spalle.

Mi avvicino e continuo a filmarlo, fin quando non vede la sua immagine sul suo telefonino. Quando si rende conto che sono dietro di lui, si gira e io gli vado ancora più vicino. Capisce che lo sto riprendendo in diretta, poi inoltra ai suoi follower la citazione di mia madre aggiungendo la domanda: "Il mondo perdona quando è amore vero... Ma tu potresti davvero perdonarmi?" chiede.

Mi si disegna un sorriso sulle labbra e non posso fare a meno di rispondergli: "Sfida accettata".

Lui coglie perfettamente il riferimento e il senso delle mie parole. Le sue spalle si distendono e il suo viso riprende vita. Inspira profondamente inchiodando il suo sguardo nel mio.

«Mi fai venire voglia di essere un ragazzo migliore. Non uno stronzo che fa finta di essere un bravo ragazzo. E per tua informazione... mi sono finalmente posto la domanda. La risposta è sì: credo nell'amore assoluto.»

Non pensavo che si ricordasse di quella domanda che gli avevo rivolto alla Roccia della Vergine. Con aria grave gli rivelo: «Io no».

Le sopracciglia di Tristan si aggrottano di incomprensione: «Cosa?».

«Scherzo!» lo rassicuro con un grande sorriso. Dovevo pur vendicarmi un po', no?

Piovono commenti di approvazione, i follower che stanno certamente assistendo al film dell'anno – perché, bisogna ammetterlo, questa serata ha dell'incredibile ed è degna di una sceneggiatura (mancano solo i popcorn) – ci incoraggiano ad amarci e ci danno la loro benedizione. La sua bocca si impossessa della mia a una tale velocità che mi toglie il respiro. Tristan mi solleva nel mio abito da sposa e mi stringe a sé.

Mentre mi abbandono al più lungo bacio cinematografico su iPhone, ho la testa che gira e il cuore che batte sempre più forte.

Epilogo

Un'arcata floreale domina il mare. Naya, da perfetta maestra di cerimonia, in piedi davanti a me e a Tristan intona a cappella un inno all'amore.

«*I share my love, my song my heart, open your eyes. Hoping you will sing your part. Follow my lead and take a leap! Don't let us go, you hold you hold you hold the note...*»

È tutto perfetto. Io e Tristan siamo una di fronte all'altro, i miei occhi sono tuffati nei suoi, siamo più innamorati che mai, tutti i nostri amici e i nostri familiari sono riuniti per celebrare non il nostro matrimonio ma quello di Charlotte, Ariel e Oscar. Io e Tristan siamo i loro testimoni. Quando stanno per unirsi, noi ci guardiamo negli occhi e ci lasciamo entrambi prendere dalla stessa idea, la stessa fantasia: un giorno ci saremo noi al posto loro, ma non subito. Oggi, sulla pedana nuziale, a unirsi sono mia cugina e i suoi due amori. Ufficializzeranno la loro troppia. In prima fila lo zio Patrick ha le lacrime agli occhi, nasconde l'emozione dietro a un paio di occhiali scuri. Al suo fianco, papà gli dà un colpetto sulla spalla. A sinistra di mio padre, contro ogni attesa, si trova Sarah, la direttrice del Teatro del Casinò! Alla fine è molto simpatica, e divertente. Mi fa notare che questa volta è stato mio padre a mettere la mano sulla sua. Ci sono anche Tao e Ben. Siamo venuti tutti quanti ad assistere a questo momento magico tra Charlotte, Ariel e Oscar. C'è anche Pierre, accompagnato da una studentessa che si occupa di volontariato. Credo che non sia mai stato così felice e il cuore mi si gonfia di gioia nel vederlo con qualcuna che lo guarda nello stesso modo in cui io guardo Tristan.

Naya continua a cantare, commossa di unire in matrimonio la sua sorella del cuore.

«*My truth starts here, my faith is in the real, jump now on board, you hold, you hold you hold the note!*»

L'emozione è all'apice. Finita la canzone, Naya dice solennemente: «Sorella, Oscar, Charlotte, è vostra intenzione unirvi in matrimonio per tutta la vita?».

«Sì» rispondono tutti e tre in coro.

«In virtù dei poteri conferitimi da be-a-priestess-online.com, vi dichiaro sposi. Potete limonarvi!»

Si baciano tra gli applausi degli invitati.

«Vieni.» Tristan mi mette un braccio intorno al collo e posa le labbra sulle mie. Si affretta a postare su Instagram la foto con l'hashtag #*giàunanno*.

Sento una mano esitante sulla mia spalla. È Lucas Rodriguez. Mi abbraccia e vorrebbe fare un post con Tristan Badiola e Madame Quimporte. Alza il pollice #*grazieperloperazione* #*surfforever*.

Grazie allo spettacolo teatrale ha potuto ottenere i fondi necessari per farsi operare e anche per essere accompagnato dai genitori.

Il successo della pièce e soprattutto l'avvicinamento tra Sarah e mio padre hanno fatto sì che un altro spettacolo vedesse la luce al Teatro del Casinò di Biarritz. Dopo di noi è toccato ad attori veri, e ogni sera il pubblico arriva puntuale all'appuntamento. Mio padre sta già preparando una nuova regia: un adattamento de *Le relazioni pericolose* in forma di musical! Sarah è molto fiduciosa.

Invece Tristan ha un annuncio da fare in diretta Instagram: «Ragazzi, c'è una nuova star dei social: King Julius. Io non mi dimentico di voi, ma d'ora in poi mi concentrerò sulla passione che mi anima da sempre, il rap #*birdwish*».

Tristan comincia a rappare sul palco mentre Julius, il folle di corte diventato ancora più folle all'idea di essere re, si mette a saltare scatenandosi a destra e a manca. La sua regina Naya lo raggiunge con un cocktail e lo bacia sulla bocca. Alla fine, al di là che sia matto o re, Julius è soprattutto folle d'amore.

Tristan canta e ha tutti i telefoni puntati addosso. Da quando ha allentato la carriera di grande sportivo per dedicarsi a quella musicale, continua a guadagnare in notorietà. Ha superato i quattro milioni e mezzo di follower. Naturalmente seguita a surfare tutti i giorni per piacere.

Sorprendo anche Tao e Ben intenti a farsi una story insieme, e quando Tao si allontana per ballare al centro della pista, Ben lo filma inserendo l'hashtag *#troppofierodelmioragazzo*.

Vedo mio zio che, a braccetto con Oscar, riferendosi a Charlotte gli dice con gli occhi pieni di lacrime: «Te l'affido, fra'! Vale oro! Spacca di brutto, la ragazza!».

Oscar non riesce a trattenersi dal ridere. Mio zio non cambierà mai.

L'unica assente è Vanessa. Nessuno l'ha più rivista dalla sera famosa del 31 ottobre, sappiamo solo che è stata bloccata su Instagram. "Utente non trovato." So anche che è piena di risorse e troverà il modo di rialzarsi e ripartire alla conquista del suo pubblico. Magari partecipando a un reality, raccogliendo fondi per i gattini abbandonati o lanciando un singolo di successo. Oppure una serie web.

Ricevo una notifica. Ho appena superato quota due milioni e mezzo di follower e accanto alla mia foto è apparsa la spunta blu. Ho un profilo verificato. Posto una nuova story con il tag: "A furia di cercare buone ragioni, si finisce col trovarle, si espongono e poi ci si attiene a esse non tanto perché siano valide quanto per non smentirsi". *#LetteraXXXIIIdeLaclos #LaMarchesadeMerteuilalVisconttedeValmont #MadamedeQuimporte*.

Madame de Quimporte è nata dal mio amore con Tristan. Lui ha rivelato questa parte di me di cui ignoravo l'esistenza e io ho rivelato una parte della sua anima che lui credeva scomparsa. Spengo il telefono, guardo i miei amici, felice, poi corro a raggiungerlo sulla pista e a godermi la vita... quella vera!

Bonus

Versione rivista da Oscar di *Le curé de Camaret*
La princesse de Montpensier cache une belle fontaine et quand elle s'assoit dessus ça la tache jusqu'au cul, elle fait des flaques
La princesse de Montpensier se dit toute vierge, mais quand elle s'trouve dans mon lit, elle préfère tenir mon vît qu'un cierge
Qu'un cierge, qu'un cierge, qu'un cierge
Princesse de Montpensier où est ton pucelage, il s'en est allé sur l'eau par derrière les vaisseaux, il nage, il nage, il nage...

Traduzione:
La principessa di Montpensier nasconde una fontana e quando ci si siede sopra si bagna fino al culo, a macchie e chiazze
La principessa di Montpensier si dice vergine, ma quando è nel mio letto preferisce tenere la mia asta che un cero
Che un cero, che un cero, che un cero
principessa di Montpensier, dov'è la tua verginità, se n'è andata per mare dietro i vascelli, a nuotar, a nuotar, a nuotar...

Canzone per il provino di Vanessa
Aujourd'hui c'est le grand soir
Le soir de tous les espoirs
La noblesse frappe
La gloire me rattrape
Le prince à mon bras
Et de Guise sous les draps
Toute liaison est dangereuse... dangereuse
Il n'y a pas d'amours heureuses... heureuses

Traduzione:
Oggi è la gran sera
La sera di tutte le speranze

La nobiltà ferisce
La gloria guarisce
Il principe al suo braccio
Di Guisa nel suo letto
Ogni relazione è pericolosa... pericolosa
Non c'è amore felice... felice

Rap per l'audizione di Tristan
Quicksilver sur mon appareil, tends-moi la main je te rends la pareille. Dans le turfu et le rap d'avant, trompeuses sont les apparences. Bombardement dans ma tête et dans mon coeur comme un champ de mine, j'ai raflé la coupe, interview, quand la caméra tourne et ça s'envenime. À bas les masques, je suis le mec de Vanessa, dur d'avaler ça, les photos et moi c'est pas pareil, dans les grottes de Sare j'étais pas préparé...

Traduzione:
Logo Quicksilver sui vestiti, dammi la mano ti rendo il favore. Nella moda e nel vecchio rap. L'apparenza inganna. Scoppi nella mia testa e nel mio cuore. Come un campo di mine. Podi, coppe, interviste. Poi la camera è off e tutto scompare. Abbasso le maschere, sono il tipo di Vanessa. È dura da ingoiare, tra me e le foto niente a che vedere. Alle grotte di Sare non me l'aspettavo.

Duetto tra Tao e Ben (*Nemesis*)
You came as a fraud, when I needed a god, the throne is long gone, I'm breathing so alone.
You're gone it's so dark! When I needed the sun! I'm falling apart, I'm rotten inside.
You break me, forsake me, you crush me! You blame me. Always be failing, you did it, you break me. Always be falling, you take it my will inside.
Cause you try to bring my fall! But this time I will stand tall! Under the storm, tall under the sun! Ready for the...

Traduzione:
Sei arrivato come un impostore, invece avevo bisogno di un dio, il trono è perso, respiro in solitudine.
Te ne sei andato, è calato il buio! Invece avevo bisogno del sole! Sto cadendo a pezzi, sono marcito dentro.
Mi spezzi, mi abbandoni, mi distruggi! Mi dài la colpa. A furia di farmi cadere mi spezzi. A furia di farmi cadere, mi sottrai volontà.
Perché cerchi di farmi cadere! Ma questa volta resterò in piedi! Sotto la tempesta, in piedi sotto al sole. Pronto per il...

Duello fra Tristan e Oscar su musica originale di Clément Dumoulin (Animalsons)

Tristan (testo di Simon)
Nothing realer than our love it is not a fugazi
Being with you is amazing
I said it, I mean it
It's a yes or a no, not a maybe
Dream of the day we escape
This is the thing that we crave
And you know it
I'm bearing my love to the grave
Swearing this thing is our fate
For the moment

Traduzione:
Niente è più vero del nostro amore, non è un fake
Stare con te è fantastico
L'ho detto, ci credo
È un sì o un no, non un forse
Il nostro sogno è la fuga
È quello che desideriamo
E tu lo sai
Sto portando il mio amore alla tomba
Giurando che questo è il nostro destino
Per il momento

Oscar (testo di Oscar)
I can hear you tiptoeing around my bimbo you dumb fuck
Quit moaning, I'm sending you straight into limbo, you sunstruck
Yeah I'm a star, too far for you to reach too hot for you to spar with
The girl is mine, I'll ring her with your head stuck under my armpit

Traduzione:
Ti sento gironzolare intorno alla mia tipa, brutto idiota
Smettila di sbavare, ti spedisco a quel paese, brutto rintronato
Yeah sono una star, troppo avanti per essere raggiunto da te, troppo fico per farmela con te
La ragazza è mia, la chiamerò tenendo la tua testa sotto il braccio

Tristan (testo di Simon)
I'm ready to bet she wants me
Roll the dice
I'm a sword, you're a pocket knife
I'm begging you: "Please, before you get stuck up just shut the fuck up"
Cuz I'm over now

Traduzione:
Sono pronto a scommettere che lei mi vuole
Tira il dado
Io sono una spada, tu un coltellino svizzero
Ti prego: "Prima di restare bloccato
Chiudi quella bocca del cazzo".
Perché ora ne ho abbastanza

Oscar (testo di Oscar)
You talk a lot of shit for a virgin
You invested with a chick I've invested in
You been bested in less than a second you are no match but I'll light you up till your corpse is burning

Traduzione:
Dici un sacco di stronzate per una verginella
Hai investito su una tipa che ho puntato prima io
Sei stato battuto in meno di un secondo, non puoi competere
Ma ti tengo d'occhio finché il tuo cadavere non brucerà

Tristan (testo di Simon)
We're meant to be together!
Fuck what they say I'm so fed up!
They offer me money they offer me cheddar!
Don't wanna leave me alone!
It's been you and me all along!
I'm richer by ten times!
They gave me piles of money that I can't count!
It's my love that I let down! Apologies!
Spending money I'll be overseas!
You're like my blood running through me in my arteries, girl you're a part of me!

Traduzione:
Siamo fatti per stare insieme!
Al diavolo quel che dicono, ne ho abbastanza!

Mi offrono soldi, mi offrono cheddar!
Non voglio che mi lasci solo!
Siamo io e te insieme da sempre!
Sono dieci volte più ricco!
Mi davano quantità smisurate di denaro!
Ma deludevo il mio amore! Perdonami!
Andrò oltreoceano a spendere soldi!
Sei come sangue che mi scorre nelle vene,
ragazza sei parte di me!

Cimino
Testo di Oscar Lesage, musica di Clément Dumoulin (Animalsons)

Yeah I'm in beast mode, man fuck a cheat code
I'm working day and night, to afford a Torino
I'll count myself lucky the day I own a casino
Heading straight for heaven's gate Michael Cimino
I can't afford to die broke, down on my knees
So take note: I sold my soul in my teens
Soon as the devil spoke the angels ceased to breathe
You've got to know the ropes in order to break free

Don't ask me how I'm doing, ask me how I do it
We can speak business, it's alright, I'm fluent
I'm here to blow up, you had your chance and you blew it
You just hungry for clout, now here's a thought you can chew on
You want to live the dolce vita, own a Buick
But there ain't a single soul that needs ya
Drunk on too much information under the influence
Covering shame with foundation, your self-esteem is in ruins
Mirror mirror on the wall who the finest
Down here a square jaw's worth more than kindness
I'm as fake as your grandma's incisors
So I ask you: what's left inside us

Testi di Rachel Suissa, con musiche di Clément Dumoulin (Animalsons)
***Be a good girl* (canzone per il provino di Charlotte)**

Don't you wanna be a good girl?
Don't you wanna be your daddy's girl,
shut down your mouth girl,
don't spread your legs!

I'm burning, take me for an endless drive
I'm craving for life, screaming silently.

Danger is everywhere,
Take me there
I'm dying
I'm dying

Be a good girl, do as you're told girl,
shut your mouth girl, be ashamed!
No more no more no more
I'm done being a good girl I'm done!

Traduzione:
Non vorresti essere una brava ragazza?
Non vorresti essere la ragazza di papà,
tieni la bocca chiusa ragazza,
non aprire le gambe!
Sto bruciando, accompagnami in un viaggio senza fine
Ho fame di vita, urlo in silenzio.

Il pericolo è ovunque,
Portami lì
Sto morendo
Sto morendo

Comportati da brava ragazza, comportati come si deve,
tieni la bocca chiusa ragazza, prova vergogna!
Basta basta basta
Sono stanca di essere una brava ragazza, stanca!

Pancake

One day my prince will come
Riding his big white horse
Should I wait singing at home?
Dreaming of our intercourse?

My mum says: 'Fuckthat shit!!!
Men are just like pancakes
First round will taste like shit
Time for you to learn to bake:

Pancake Pancake Pancake
Don't even need to fake
Pancake Pancake

Keep it light You won't get fat
It's not a theory it's a fact
They're your servants, you're their Queen
Use them and give them a good spanking!

Men are just:
Pancakes Pancakes Pancakes
You bake you bake
You bake you bake Pancakes

You'll see as you begin
First pancake is too thin
Second one is too thick
Third one you'll burn
Putting too much heat
But quickly you'll learn

Pancakes (x5)
Sounds like destiny, it's fate
Always keep your rosebud happy,
And much good love you'll make.
Until you meet that Prince... Copy?

Pancakes (x5)
Your prince will be the best pancake to eat
And the one pancake you ll keep
Get ready for the one you ll love
Not the first one you ll meet

Les étoiles

Les étoiles
Unissent les amoureux
Témoins de leurs espoirs
Âmes seules se voulant soeurs
Les étoiles
Mystérieuses éternelles
Impénétrables belles
Invitent à l'aventure
Illuminent les cambrures
Sous les étoiles ce soir
Je change l'histoire
Je te rends ton dé

Donne-moi un vrai baiser
Car toi tu me soulèves
Prête-moi tes lèvres
Je t'offre mon coeur
Mon étoile mon âme soeur...
Toi tu me soulèves
Et cela va... trop vite
Ma raison... me quitte
Jeu dangereux.
C'est un jeu dangereux
Vivons-le à deux
Les étoiles
Ce soir nous invitent
Est-ce que cela va trop vite
Ma raison me quitte
Je te laisse me guider

Traduzione:
Le stelle
Uniscono gli innamorati
Testimoni delle loro speranze
Anime sole che vogliono essere gemelle
Le stelle
Misteriose eterne
Impenetrabili belle
Invitano all'avventura
Illuminano le curve

Sotto le stelle stasera
Io cambio la storia
Ti restituisco il dado
Dammi un vero bacio
Poiché tu mi sollevi
Prestami le tue labbra
Io ti offro il mio cuore
Mia stella, mia anima gemella...

Tu mi sollevi
E il tempo scorre in fretta
La mia ragione sfugge
Gioco pericoloso.
È un gioco pericoloso
Viviamolo in due

Le stelle
Stasera ci invitano
Il tempo scorre troppo in fretta
La mia ragione sfugge
Guidami tu

Stasera...
Ti amo sotto le stelle
Ti amo stasera

Hold the note
I share my song my soul my heart
Hoping you will sing your part
Follow my lead and take a leap

Don't let us go
You hold you hold you hold
You hold the note

My truth starts here
My faith is in the real
Jump now on board
You hold you hold
You hold... the note

Traduzione:
Condivido la mia canzone anima mia, mio cuore
Sperando che tu canti la tua parte
Seguimi e fai il salto

Non lasciarci andare
Tieni tieni tieni
Tieni la nota

La mia verità inizia qui
La mia fede è nel reale
Ora sali a bordo
Tieni tieni
Tieni... la nota

PEFC
PEFC/18-32-03

Mondadori usa carta certificata PEFC
che garantisce la gestione sostenibile delle risorse forestali

Mondadori Libri S.p.A.

Questo volume è stato stampato
presso ELCOGRAF S.p.A.
Stabilimento - Cles (TN)

Stampato in Italia - Printed in Italy